LAUREN LAYNE

como num filme

PREQUEL DA SÉRIE RECOMEÇOS

TRADUÇÃO
LÍGIA AZEVEDO

paralela

Copyright © 2013 by Lauren LeDonne

A Editora Paralela é uma divisão da Editora Schwarcz S.A.

Grafia atualizada segundo o Acordo Ortográfico da Língua Portuguesa de 1990, que entrou em vigor no Brasil em 2009.

TÍTULO ORIGINAL Isn't She Lovely
CAPA Marina Ávila
FOTO DE CAPA Vasyl Dolmatov/ iStock by Getty Images
PREPARAÇÃO Paula Carvalho
REVISÃO Valquíria Della Pozza e Adriana Bairrada

Dados Internacionais de Catalogação na Publicação (CIP)
(Câmara Brasileira do Livro, SP, Brasil)

Layne, Lauren
    Como num filme / Lauren Layne ; tradução Lígia Azevedo. — 1ª ed. — São Paulo : Paralela, 2018.

    Título original: Isn't She Lovely.
    ISBN 978-85-8439-128-8

    1. Ficção norte-americana I. Título. II. Série.

18-19590   CDD-813

Índice para catálogo sistemático:
1. Ficção : Literatura norte-americana   813

Maria Alice Ferreira – Bibliotecária – CRB-8/7964

2ª reimpressão

[2022]
Todos os direitos desta edição reservados à
EDITORA SCHWARCZ S.A.
Rua Bandeira Paulista, 702, cj. 32
04532-002 — São Paulo — SP
Telefone: (11) 3707-3500
editoraparalela.com.br
atendimentoaoleitor@editoraparalela.com.br
facebook.com/editoraparalela
instagram.com/editoraparalela
twitter.com/editoraparalela

Para LACT.
Obrigada.
Pela orientação nas redes sociais. Pelos conhecimentos de tecnologia e outras nerdices. Pelo gênio criativo. Pelos drinques e por me ouvir.
Por estar aqui.

1

STEPHANIE

É assim: nos filmes românticos, sempre tem o encontro fofo.

É o momento em que o casal se encontra pela primeira vez, e é surpreendente, irônico, encantador ou qualquer bobagem dessas.

Você sabe, aquela cena em que a protagonista feminina sarcástica e intimidadora acha que o novo advogado bonitão trabalha na limpeza. Ou quando a secretária bonitinha bate na traseira de uma BMW só para descobrir que é do seu novo chefe.

Então, é claro, o amor verdadeiro nasce, e todo mundo esquece que a coisa toda foi deliberadamente arquitetada.

Mas isso aqui você não aprende nas aulas de introdução ao cinema: na vida real, o encontro fofo não é nem um pouco fofo. É muito mais constrangedor. Às vezes é do tipo "quero morrer".

E quer saber outra coisa que a gente não aprende?

Leva muito mais tempo do que esse breve momento para saber que a outra pessoa não passa de um gigantesco pé no saco.

Basicamente, o encontro fofo é uma grande ilusão criada pela terra da fantasia que é Hollywood.

Só que às vezes... às vezes ele é real.

Minha mãe sempre me dizia que a gente não sabe quem realmente é até fazer trinta. Estou convencida de que isso é uma besteira.

Estou com vinte e um e já sei várias coisas sobre mim mesma. O cheiro de rosas me deixa enjoada, fico pálida ao usar roupas verdes, não sei bater papo-furado e sou louca por filmes antigos.

Ah, e odeio chegar atrasada.

Mas deve haver alguma lei cósmica para que no primeiro dia de aula você não ouça o despertador, não encontre a mochila e o metrô demore *muito* para passar.

Não que eu precise me preocupar em chegar atrasada para a aula de roteiros de filmes clássicos, porque é só uma optativa. Mas, como eu disse, odeio me atrasar.

O lado bom é que faz três anos que estudo na Universidade de Nova York, então sei me virar no campus. Pelo menos não me perco enquanto estou meio correndo, meio andando rápido, com os peitos pulando a caminho da sala de aula.

Estou revirando minha mochila preta velha em busca de uma barrinha de cereal para substituir o café da manhã quando bato em um muro de... bem, *pura gostosura*, por falta de uma expressão melhor.

Nunca tinha virado a esquina e dado de cara com alguém, mas sempre pensei que acontecesse meio que em câmera lenta.

Não é bem assim.

É mais como um lampejo de surpresa, enquanto você bate os dentes de um jeito desconfortável, seguido de uma grande humilhação.

Não sei o que é pior: as minhas coisas estarem todas espalhadas pelo chão ou o fato de que estou boquiaberta diante do cara com quem acabei de trombar. Ele é ridiculamente bonito, com cabelo curto, de um jeito meio certinho. Cabelo loiro-escuro, queixo quadrado, olhos castanho-claros e ombros deliciosos...

Não faz o meu tipo. Prefiro o estilo artista magrelo com olhos expressivos. Mas, ainda assim, é um cara bonito, se você gosta dos altos e musculosos com gel no cabelo.

Em vez de se desculpar, o cara solta um suspiro baixo, como se isso estivesse sendo inconveniente para *ele*, que não é nem o dono dos absorventes e cadernos espalhados pelo chão.

"Ótimo", murmuro, me inclinando para recolher a bagunça.

Ele se abaixa no mesmo momento, e consigo afastar a minha cabeça, evitando que ela se choque com a dele, como se fosse uma cena de filme B. Infelizmente, isso joga meus peitos na cara dele. Nós dois recuamos antes que seu nariz mergulhe bem ali no meio. Ou seja, troquei um momento levemente desconfortável por outro ainda mais constrangedor. O dia não poderia estar sendo melhor...

"Foi mal", o Bonitão diz, com um sorriso torto. Não sei se está se desculpando pela trombada inicial ou pela humilhante situação de quase ter enfiado a cara no meio dos meus peitos sem querer. Como parece que ele está prestes a rir, desconfio que seja a segunda opção.

Babaca.

Mantenho os olhos fixos nos meus livros e papéis que estão no chão, pois meu rosto está muito vermelho. É claro que eu tinha que ter saído de regata hoje. Não sou do tipo que mostra muita pele, mas está quente pra caramba, com a umidade em quatrocentos por cento, e minhas camisetas escuras de sempre pareceram meio opressivas.

É o que eu ganho por ser prática.

O cara começa a me ajudar a recolher minhas coisas, e eu o avalio discretamente. A polo branca e a bermuda xadrez muito bem passadas destoam do estilo do pessoal do departamento de artes, em que a maior parte dos alunos parece comigo: com cabelo e roupas escuros e muito lápis de olho.

Examino a bolsa cor de café dele, com um discreto logo da Prada.

"Você está perdido?", solto.

Ele dá uma risadinha.

"O fato de não andar acelerado por aí não quer dizer que estou perdido."

"Não virei com tudo", digo. "Só estava com pressa."

Ele pega um absorvente e me passa com um sorriso inocente no rosto. Tento parecer segura ao guardá-lo no fundo da mochila. Sério, entre todas as coisas espalhadas no chão, ele tinha que recolher justamente isso?

Reúno o resto da bagunça e enfio tudo na mochila, levantando enquanto fecho o zíper. "Então tá. Só ia te ajudar a se localizar."

"Começo meu último ano em setembro. Acho que posso me virar no campus", ele diz, também levantando e ficando bem mais alto do que eu.

"*Aqui?*" Fico embasbacada. "Você parece saído de um folheto de Harvard."

Ele levanta uma sobrancelha um pouco mais escura que o cabelo. "Então você julga as pessoas pela aparência?"

Nem sei por que estou discutindo com esse cara, mas ele parece meio convencido, e essa coisa toda perfeitinha me deixa louca. Prefiro caras reais, o que não é o caso.

Aponto para o figurino dele. "É só que você parece ter se esquecido de tirar o uniforme do clube de campo."

Ele dá um passinho na minha direção. Tento ignorar o fato de que é uns trinta centímetros mais alto que eu e tem visão perfeita do meu decote.

"O mau humor vem com o visual gótico?", ele pergunta, me olhando de cima a baixo. "Ou vende separado?"

Levanto a mão para esconder meus olhos. "Cuidado pra onde aponta seus dentes, por favor. O brilho está me cegando."

Ele passa a língua pelos dentes ridiculamente brancos, parecendo pensar. "Quando está escuro demais para estudar, eu só sorrio e uso o reflexo dessas maravilhas, sabia?"

É uma péssima resposta, mas só reviro os olhos e deixo que tenha a última palavra. Cansei dessa conversa absurda. Vou para a sala, sabendo que estou vinte minutos atrasada.

"Não vai nem se despedir?", ele grita pra mim. "Devolvi seu absorvente!"

Faço um aceno de qualquer jeito por cima da cabeça, sem me dar o trabalho de virar.

Encontro a sala e me preparo para a sensação desconfortável de ser a atrasadinha. Está bem cheia, considerando que é uma optativa de verão, mas acho que não é surpresa quando o professor ganhou dois Globos de Ouro e um Oscar.

Na verdade, ele nem é um professor de verdade, e sim o roteirista queridinho de Hollywood no momento. Martin Holbrook se formou na Universidade de Nova York uma centena de anos atrás. Dá algumas aulas como professor convidado de tempos em tempos, para dividir um pouco de sua sabedoria com os alunos.

É claro que essa aula não é o único motivo para eu ficar em Nova York no verão. Não é nem o motivo *principal*.

Mas ainda assim é legal pra caramba trabalhar com um cara que passou pelo tapete vermelho e tudo o mais. A experiência da maioria dos meus professores se limita aos bastidores de filmes independentes.

"Srta. Kendrick, imagino", Martin Holbrook diz quando tento entrar discretamente.

"Hum, isso", digo, enquanto sento na primeira carteira livre, encostada na parede. "Desculpa o atraso."

Para minha surpresa, o sr. Holbrook não parece perturbado pela minha falta de pontualidade. Meus colegas de classe tampouco parecem me repreender com os olhos, como costuma acontecer.

Estão todos concentrados no cara com o sorriso de propaganda de pasta de dente parado à porta.

Ah, não. Ele só pode estar na sala errada.

"É bom ver você de novo, Ethan", Martin Holbrook diz.

Peraí. Quê? Do que ele está falando?

Em vez de se esgueirar pelo canto, como eu fiz, Ethan vai com toda a tranquilidade para a fileira vazia em que estou sentada, parecendo indiferente ao fato de que todo mundo está olhando para ele.

Viro para ele, de um jeito que espero que o convença a deixar algum espaço entre nós. Ethan passa rente à minha carteira, derrubando a barrinha de cereal no meu colo.

"Acho que você deixou cair alguma coisa", ele diz, com uma piscadela.

Todos olham confusos para nós, e não posso culpá-los. Pareço a garota problemática de quem os pais querem que seus filhos mantenham distância, enquanto Ethan é como se fosse o rei do baile. Não deveríamos nem notar a existência um do outro.

No entanto, nós dois chegamos tarde, praticamente juntos e agora ele está cheio de piscadelas e gracejos para cima de mim, dando a impressão de que nos conhecemos.

Credo.

Meu olhar cruza com o de Carrie Sinders, uma das minhas melhores amigas na faculdade. Ela arregala os olhos dramaticamente, como quem pergunta o que está acontecendo.

Boa pergunta, Carrie. Ótima pergunta.

A única coisa boa dessa situação toda é que Martin Holbrook não é tão arrogante quanto eu pensava, e não parece nem um pouco incomodado com a interrupção. Provavelmente porque jogou golfe com o pai do Bonitão da Prada ou coisa do tipo.

Pego meu caderno e uma caneta e tento focar no que Holbrook está dizendo quando sinto alguém cutucar minhas costas.

"Ei, Mortícia, me empresta uma caneta?"

Quero dizer a Ethan que não tenho outra, me ele sabe muito bem o que eu trouxe na mochila. Pego uma esferográfica azul e deixo na carteira dele sem nem olhar em seu rosto. Não gosto de gente que não entendo, e a presença dele aqui, onde não parece se encaixar, é desconcertante.

Isso e o fato de que Ethan cheira bem. Muito bem. Normalmente detesto que os caras usem perfume. Mas esse é simples, sexy e lembra o verão nos Hamptons, e me deixa bem distraída.

Tento esquecer isso, pois estou evitando a população masculina desde o David, cuja ideia de usar perfume era, aliás, passar desodorante.

"Entenderam?", pergunta Holbrook. Entro em pânico, porque não estava prestando atenção e ele não escreveu nada na lousa que eu pudesse copiar, além do endereço de um site, que anoto rapidamente.

Por sorte, tem um cara mais perdido que eu sentado no fundo da sala. Ele levanta a mão, confuso. "Espera, então... é só entrar no site, pegar um dos argumentos desses filmes e escrever um roteiro com base nele?"

Holbrook assente. "Isso. Vou estar aqui às terças e quintas, no horário da aula, se tiverem dúvidas ou precisarem falar comigo."

Franzo a testa. *Então a gente não vai precisar vir pra cá?*

Normalmente eu adoraria essa liberdade, mas eu meio que estava contando com o curso para me manter ocupada no verão. Sempre pude ficar no campus desde que cumprisse determinado número de créditos, mas neste ano estão pintando os dormitórios, então todo mundo tem que sair. Eu subloquei o apartamento minúsculo da minha prima no Queens, mas nem sei se ela tem internet, e certamente não tem ar-condicionado. O que vou fazer o verão inteiro?

Ainda assim... qualquer coisa é melhor do que ir para casa.

"Se não tiverem mais perguntas, vou formar duplas e dispensar vocês."

Meu cérebro precisa de um segundo para absorver a informação.

Duplas?

Não sou do tipo que faz trabalho em grupo.

"Minha filha de quatro anos ficou tirando o nome de vocês de um pote ontem à noite, então não poderia ser mais aleatório", Martin diz, pegando uma caderneta da mochila. "Aaron Billings e Kaitlin Shirr. Michael Pelinski e Taylor McCaid..."

A lista continua. Carrie olha para mim com os dedos cruzados.

Por favor, que eu caia com ela. Posso tolerar isso. Acho.

"Stephanie Kendrick..."

Por favor, por favor...

"... e Ethan Price."

Ah, não.

O Bonitão deve ter juntado as peças também, porque sinto outra cutucada firme nas costas.

"Ouviu só, Gótica? Somos uma dupla!"

Fecho os olhos. Isso não pode estar acontecendo.

Em vez de um verão tranquilo para me reencontrar, como eu tinha imaginado, vou passar os próximos três meses com uma versão em tamanho real do Ken.

E isso nem é o pior de tudo.

2

ETHAN

Minha dupla de trabalho tem uma beleza que assusta.

Ou talvez só seja assustadora de um jeito lindo.

Seja como for, não sei por que não consigo parar de olhar para ela. A garota nem é o meu tipo.

Ela tem cabelo escuro — quase preto, mas não exatamente —, e não deve ter mais de um metro e sessenta. E, em vez dos vestidinhos floridos e das sandálias que as garotas preferem no verão, usa uma calça cargo preta e botas que parecem saídas do campo de batalha de uma guerra.

E tem aquela regata roxa muito reveladora. É a única parte da roupa de que eu gostei.

Ela tem peitos incríveis.

A maquiagem de guaxinim é menos atraente. É como se o contorno bem preto dos olhos fosse uma forma de dizer "foda-se" para o verão e a felicidade. Fora que ela é bem mal-humorada.

Definitivamente não é o meu tipo.

E agora estou preso com ela pelo resto do verão.

Acho que é bem feito por ter sido um babaca no corredor, quando ela claramente preferia ficar sozinha. O normal seria eu ter ajudado a recolher as tralhas dela e cair fora, mas o jeito como me rotulou antes mesmo que eu abrisse a boca me deixou puto.

É claro que ela está certa. Não me encaixo aqui. Se eu também fosse julgar pelas aparências, acharia que as garotas dessa parte do campus gostam de passar o tempo tomando suco de couve orgânica e discutindo literatura feminista. E a maior parte dos caras parece tão envolvida com essa literatura feminista quanto elas.

Por mim, tudo bem. Cada um na sua, e pronto.

Sou mais o tipo de cara que, na faculdade, bebe cerveja e acompanha futebol americano. Em casa, jogo xadrez e tomo uísque, mas tanto faz. A questão é que vi pelo menos cinco caras na sala de esmalte. *Esmalte*.

Eu não pintaria as unhas nem morto.

Então, essa menina estranha tem razão. Fico deslocado neste lugar, da mesma forma que ela ficaria em Wall Street, onde fiz um estágio no semestre passado. Mas não estou acostumado com as pessoas dizendo essas coisas em voz alta.

Eu me conformo em pedir desculpas a essa gótica em miniatura. Talvez uma oferta de paz possibilite à gente sobreviver ao verão trabalhando juntos. Mas ela já foi embora da sala.

Eu a alcanço em poucos passos e seguro a alça da mochila dela. Fico tentado a levantá-la do chão, só porque posso, mas em vez disso só a puxo com força o bastante para mostrar que estou aqui.

Ela me encara e, por um segundo, fico sobressaltado ao examinar seus olhos de perto. São grandes e bem azuis, totalmente diferentes da sua personalidade. Sinceramente, fico surpreso que não use lentes de contato pretas só para tirar *toda* a cor da sua vida.

"Como foi seu primeiro dia de aula na escola?", pergunto, andando ao lado dela. "Sério, quem é que ainda usa mochila?"

"Nem todo mundo pode usar Prada", ela comenta, me lançando outro de seus olhares mortais.

"Uau, você está me esnobando por ser esnobe. Por essa eu não esperava!"

Ela pisca, surpresa com a bronca. A maior parte das pessoas acha socialmente aceitável zombar de gente rica. Talvez elas confundam as notas de dólares com um escudo, não sei.

Ela não responde. Me dou conta de que vou ter que passar bastante tempo com esse ser humano intratável, e não estou nem um pouco a fim disso.

"Olha... Stephanie, né?", pergunto, segurando sua mochila de novo quando ela tenta fugir, como se fosse uma criança. "Quer falar sobre o trabalho agora ou tem outros planos? Como matar um gato ou fazer outro piercing?"

15

Seus olhos giram de um lado para o outro, como se estivesse procurando por uma arma, mas então suspira e se solta da minha pegada. "Talvez cada um possa fazer sua parte do trabalho se preferir", Stephanie diz. "Não sou muito sociável."

Levo a mão ao peito. "*Não?* Nem acredito."

Ela revira os olhos de maneira dramática.

"Vai, me dá uma chance", digo. "Que tal se a gente se conhecer um pouco? Vou começar. Verdadeiro ou falso: você tem uma faca na bota."

Por um segundo, acho que vai sorrir, mas ela só estreita os olhos e me encara de cima a baixo com condescendência. "Verdadeiro ou falso", retruca. "Em geral você usa uma malha em tom pastel amarrada sobre os ombros."

Não respondo. Eu tenho mesmo uma malha em tom pastel, mas só porque minha mãe comprou pra mim. E nunca a usaria no ombro.

"Esquece", Stephanie diz. "Vou perguntar ao Holbrook se podemos trabalhar separados."

Forço um sorriso compreensivo. "Confia em mim. Martin é um cara legal, mas não vai abrir uma exceção só porque você tem fobia social."

Ela levanta uma sobrancelha quando o chamo pelo primeiro nome, e me lembro de chamá-lo de professor Holbrook no campus. Já me sinto culpado o bastante por ele ter me deixado fazer um curso com uma fila de espera tão longa.

Stephanie morde os lábios, sem se deixar convencer.

"Olha, não precisa ser sofrido", insisto, perdendo a paciência. "E se a gente tomasse um café e bolasse um plano de trabalho?"

"Tá", ela diz, finalmente.

"Pode ser no Starbucks?", pergunto. "Ou o fornecedor de copos dele mata golfinhos demais?"

Stephanie arregala os olhos em minha direção. "Só pra saber, quantos clichês você guarda no bolso?"

"Foi você quem começou", digo, diminuindo o ritmo quando noto que ela tem dificuldade em me acompanhar. "Acha que não notei que você e todo mundo naquela sala simplesmente concluiu que cheguei de iate?"

"E não chegou? Manhattan é uma ilha, afinal."

Eu a avalio por um segundo, tentando descobrir se está falando sério. Não sei dizer, então recorro ao sarcasmo de sempre. "Não, só uso o iate de fim de semana."

Agora é ela que me olha sem saber se estou brincando. É até engraçado, de um jeito um tanto esquisito.

"Stephanie, né?", digo, quando ela não responde. "Posso te chamar de Steph?"

"Não. Nem vem", ela diz, enquanto atravessamos a rua na direção do logo verde e branco familiar da Starbucks. "Meu ex-namorado me chamava assim. Cansei."

Cara, alguém *namorava* essa baixinha mal-humorada? Meus olhos passam pelo belo decote da regata. Tá. Tem isso.

"Foi um término ruim?", pergunto, segurando a porta para ela.

"Acho que sim. Quer dizer, eu o peguei explorando a *vagina* de outra pessoa. Não posso dizer que fui muito compreensiva."

Engasgo com uma risada. Acho que nunca ouvi uma garota usar essa palavra de forma tão casual. É meio... chocante. "Tá. Então nada de Steph."

Por um segundo, sinto uma pontada de inveja pela maneira como supera um relacionamento ruim. Queria que meu nome tivesse um apelido com o qual eu pudesse apagar... tudo.

"Deixa eu adivinhar: você vai pedir alguma coisa com leite de soja", digo, ao entrar na fila.

Ela levanta um ombro, aparentemente resignada a esse estereótipo em particular. "Mocaccino com leite de soja grande e sem chantili. E você vai querer algo bem viril, como café simples. Talvez um expresso."

Mesmo sabendo que fui eu quem insistiu com essa troca de clichês, começo a odiar o fato de que nossos palpites sobre o outro são quase sempre certos. Então, em vez de pedir um café médio, como sempre, quando chega minha vez, enumero todas as palavras fofinhas em que consigo pensar: chocolate branco, chantili, caramelo, amêndoas. "Ah, e não esquece o granulado", acrescento.

O barista assente, claramente pensando em como fazer para escrever tudo isso no pouco espaço em branco no copo. É meio castrador, mas assumo o pedido. Não tenho problema em ser metrossexual ou como quer que estejam chamando caras que escovam os dentes e cortam as unhas.

"Você só pediu isso pra me contrariar", ela diz, enquanto pegamos nossas bebidas e vamos para a mesa.

"E você só me deixou pagar o seu porque eu imaginei que insistiria em pagar pela sua bebida."

"É, mas também foi difícil ignorar o maço de notas de vinte na sua carteira."

"É dinheiro pra droga", digo, dando um gole na bebida. Faço uma careta de tão doce que é, e Stephanie ri, revelando uma covinha que eu ainda não tinha notado. Provavelmente porque ela não é do tipo que distribui sorrisos a troco de nada.

"Espero que tenha entendido alguma coisa daquele blá-blá-blá da aula", digo, deixando a bebida de lado. "O que ele quis dizer com 'argumento básico de um filme'?"

Faço as aspas com as mãos, e vejo que ela aperta um pouco os dentes.

"Eu sabia", Stephanie diz, se inclinando para mim. "Você não é aluno de cinema."

"Hã, não. O que foi que me entregou?".

Ela acena com a cabeça na direção dos meus antebraços. "O bíceps. Nenhum aluno de cinema que se preze teria dois pãezinhos assim."

Dou risada. "Acho que ninguém mais fala 'pãozinho', Gótica."

Por um segundo, acho que ela está corando, mas então a expressão vazia retorna ao seu rosto. "Então, por que está fazendo esse curso? Achei que fosse só para alunos do departamento, e sei que tinha fila de espera. Eu estava nela."

Fico me sentindo culpado, mas tento me lembrar de que, se não tivesse dado um jeito de fazer esse curso, estaria metido num terno fazendo outro estágio na Price Holdings. O que, normalmente, eu gostaria. Mas não neste verão.

Como Stephanie parece muito entusiasmada com as aulas, não vou dizer que só entrei porque não havia cursos na área de negócios às terças e quintas. Nem vou abrir o coração e explicar que "ter aula" é a única desculpa que meu pai aceitaria para eu não estagiar no escritório dele.

E certamente não vou dizer *por que* não quero passar muito tempo com meu pai este verão.

Forço um sorriso. "Acho que abriu uma vaga."

Ela revira seus grandes olhos azuis. "Claro. Bom, vou dar uma olhada no site hoje à noite. Vou descobrir o tema mais fácil e te mandar o planejamento por e-mail."

"Opa, opa, opa." Levanto a mão. "Não posso dar minha opinião? Até onde sei é um trabalho em dupla."

Ela se inclina, toda corajosa, assustadora e esquisita. "Você sabe o que fica guardado dentro daquelas sacolas que os operadores de câmera carregam por aí?"

Reprimo a risada, e meus olhos vão inconscientemente para seu peito. "Não entendi o que você quer dizer."

Ela nem esboça um sorriso. "Essa sacola guarda equipamentos essenciais para a câmera ser montada no set. Você sabe o nome de pelo menos um filme do Hitchcock? Ou o que é um maquinista-chefe?"

Merda. Entre todos os parceiros possíveis, fui cair justamente com um filhote de pit bull.

"Tá, olha, você me pegou", digo, levantando as mãos. "Essa não é a minha praia. Mas tenho notas altas, e gostaria de continuar assim. Como vou saber que você não vai dar uma de louca e entregar nosso roteiro com um pássaro morto em cima?"

Já não espero mais reação dessa garota, mas ela me surpreende, soltando uma risadinha que me faz pensar em um arco-íris saindo de uma poça de lama.

A risada some tão rápido quanto apareceu, e ela se reclina na cadeira, parecendo um pouco mais relaxada. "Olha, prometo que não vou estragar tudo, tá? Não quero trabalhar com roteiro, mas sei como funciona e tiro notas bem boas também. Fora que eu nunca entregaria um trabalho com um pássaro morto em cima."

"Bom saber", murmuro.

"Nunca tiro minha coleção de pássaros mortos de debaixo da cama."

Dessa vez sou eu quem sou pego desprevenido. Dou risada, mas ela já começou a discursar sobre como vai ser o trabalho final, com base na descrição do curso no folheto da faculdade.

É. Porque *todo mundo* lê isso.

Tento prestar atenção enquanto Stephanie fala sobre como, depois que ela descobrir o foco da nossa história, vamos ter que pensar em exemplos cinematográficos modernos.

Ela continua tagarelando, e eu tento não encarar seus peitos enquanto considero, distraído, o que todos esses cinéfilos ficam fazendo em Nova York em vez de invadir Hollywood. Não que eu consiga visualizar essa pequena gremlin no sul da Califórnia, mas ela claramente entende do assunto.

"Sua mochila está vibrando", digo, chutando de leve as coisas dela e interrompendo seu discurso sobre *Casablanca* ser supervalorizado.

"Desculpa", ela murmura, pegando a mochila e procurando o celular. Não entendo por que ela simplesmente não guarda o aparelho no bolso da frente.

Nunca entendi por que as garotas da minha vida complicam coisas simples. Com Olivia, a praticidade estava em algum lugar entre a pescaria e as competições de *monster trucks* na sua lista de prioridades. As chaves do carro dela estavam sempre no fundo da bolsa, nunca no bolso lateral. Ela nunca prendia o cabelo quando ventava, e um guarda-chuva em dias chuvosos era algo impensável. Aparentemente, esse é um traço compartilhado entre as princesas da Park Avenue e do cemitério de onde Stephanie saiu, porque ela continua a procurar pelo telefone.

Quer dizer, não é como se eu esperasse que elas carregassem sinalizadores e um canivete suíço, mas às vezes parece que as garotas fazem de tudo para estar despreparadas.

"Alô?". Stephanie finalmente encontra o celular e coloca uma mecha de cabelo atrás da orelha para ouvir. Noto que ela tem cinco piercings, e por algum motivo acho isso sexy. Olivia só usava as pérolas que dei para ela na formatura da escola.

Percebo que Stephanie está escutando muito mais do que falando e, quando paro de olhar sua orelha, noto que está perturbada.

"Não tem problema", ela finalmente diz para a pessoa do outro lado da linha. "Tenho até o fim da semana para sair do alojamento. Vou pensar em alguma coisa."

"Está tudo bem?", pergunto quando ela volta a jogar o celular na mochila. No *fundo* da mochila.

Stephanie dá de ombros. "Era a minha prima. Eu ia ficar no apartamento dela sem pagar quase nada enquanto ela estivesse no Arizona, mas no fim os planos mudaram e ela resolveu ficar."

Preciso de um segundo para entender o que disse, porque o decote dela desceu um pouquinho, e posso não ser um pervertido, mas, cara...

"O que você vai fazer?", pergunto.

Ela olha pela janela por um segundo. Espero que fique irritada ou preocupada, mas só parece totalmente resignada com a situação péssima em que se encontra. Como se não merecesse coisa melhor.

"Vou ver se posso ficar no David, acho. Pelo menos ele mora perto do campus."

"Quem é David?"

"Meu ex."

Olho para seu perfil enquanto junto as peças. "Espera, o cara que você flagrou explorando a vagina alheia?"

"O próprio."

Ela diz isso sem emoção, como se não fizesse diferença. Fico incomodado, e quase abro a boca para fazer uma oferta idiota, mas a expressão atormentada em seu rosto me impede. Não tenho o que fazer com uma garota na minha vida no momento, especialmente uma meio esquisita. Nunca fui muito sensível, e não vou começar a ser agora. Tenho meus próprios problemas.

"Que merda", digo, empurrando minha bebida nojenta na direção dela, como se fosse um consolo para uma garota que deve ser vegana ou algo do tipo.

Stephanie dá de ombros, apática. "Nenhuma novidade."

Hum.

Talvez a vida dela seja ainda pior que a minha.

3

STEPHANIE

Não sou do tipo que chamariam de uma garota feminina. Nem perto disso.

Mas antes eu era.

Costumava ter debates *extremamente* importantes com minhas amigas sobre se deveríamos pintar as unhas de azul para combinar com o uniforme de animadora de torcida ou de amarelo, porque alguma revista disse que era a cor da estação.

Eu prestava atenção em marcas de gloss, só usava calcinha e sutiã combinando e fazia o pé. Quando minha mãe me disse que verde-limão era uma cor que não caía bem em mim, eu ouvi. Quando descobri que minha melhor amiga tinha uma quedinha pelo garoto de quem eu secretamente gostava, desisti dele, porque essa é a regra entre as garotas. Em geral, eu sabia quem estaria em cada festa e planejava a roupa mais adequada à ocasião... um mês antes.

Em outras palavras, eu era um pesadelo adolescente.

Isso foi antes de toda minha vida virar de cabeça para baixo.

E agora?

Hoje as garotas me sufocam. Fazem perguntas demais e exigem respostas demais, estão sempre se metendo.

E as festas? São minha versão do inferno.

Mas faço algumas exceções. Tanto para amizades quanto para festas.

Jordan Crawford nunca admitiria isso, mas o sonho de ir para a Universidade de Nova York era meu. Quer dizer, é claro que essa era uma das universidades da lista dela. Sabia disso porque a gente falava de como seria a vida depois da escola enquanto tomava sorvete. Mas não sei se ela estaria interessada nessa universidade se eu não estivesse tão determinada a estudar em Nova York. Naquela época, não era o cinema que me atraía. Eram as luzes brilhantes, os saltos altos e o fato de que as pessoas *faziam coisas* na cidade.

E Nova York era grande. Quando se cresce no menor estado do país, *grande* pode ser muito importante.

Bom, Jordan e eu nunca falamos de verdade sobre os motivos pelos quais ela escolheu a Universidade de Nova York. Mas, no último ano da escola, depois que minha mãe se foi e Caleb virou coisa do passado... de repente, Jordan ia estudar no mesmo lugar que eu. Simples assim.

O que não quer dizer que vivemos grudadas uma na outra. Quando miraculosamente consegui entrar no departamento de artes, Jordan apenas disse "Ui" e me mostrou o folheto do departamento de jornalismo. Ela quer ser comentarista esportiva um dia. Me parece péssimo, mas Jordan ia se dar muito bem nessa carreira. Ela tem aquele jeito de quem é "só mais um dos caras", mas sem *parecer* um dos caras. É a garota dos sonhos de qualquer um.

"Tem certeza de que não quer que eu veja se tem um lugar sobrando na irmandade no verão?", ela pergunta, enlaçando meu braço.

Lanço um olhar para Jordan que significa: *pareço alguém que faz parte de uma irmandade?*

Ela reconhece a validade do meu comentário silencioso com um longo suspiro. "Não acredito que não conseguimos encontrar um lugar para você ficar durante as férias."

"*Eu* acredito. Meu círculo social é mais um *ponto* social."

Ela aperta os lábios com gloss por alguns segundos. Consigo traduzir perfeitamente esse gesto, já que ficamos amigas no oitavo ano: *você costumava ter um círculo social.*

"Bom, vou perguntar na festa hoje à noite", ela diz. "Temos três dias antes que você precise sair do dormitório. Vamos encontrar alguma coisa."

"Então, sobre essa festa", digo, sentindo o pânico que me é muito familiar. "Tem *certeza* de que é só uma reuniãozinha?"

Ela fica em silêncio, e eu suspiro. "Jordan. É uma festa de fraternidade, né?"

Minha amiga abre um sorriso culpado. "*Por favor*, Steffie! É a última festa do semestre. As provas terminaram, o verão chegou... Não quer aproveitar?"

De repente, meu estômago tem mais nós que um capítulo de *Moby Dick*. "Você sabe por que não vou a festas."

"Mas vou estar do seu lado o tempo todo", ela diz, pegando minhas mãos e apertando meus dedos para que eu acredite nela. "Só não beba nada que não venha das minhas mãos. Vai ser divertido. Faz um século que a gente não passa uma noite de sexta-feira juntas."

Isso não é inteiramente verdade. Passamos bastante tempo juntas. Só que sempre no meu quarto. Em geral, assistindo a um filme em preto e branco e tomando vinho. Não vamos a festas de fraternidade com barris de cerveja e garotas vomitando.

Estou levando Jordan para baixo comigo, e sei disso. Ela sempre vai na minha, joga de acordo com as minhas regras. Devo pelo menos isso à minha amiga.

Além disso, Jordan provavelmente está certa. Eu *deveria* tentar sair mais. Essa crise toda de moradia me abriu os olhos para o fato de que tenho poucos amigos. Cara, na verdade, que tenho poucos *conhecidos*. Talvez essa festa idiota seja o primeiro passo para evitar um futuro vivendo à base de feijões enlatados e cercada por gatos.

Tem um símbolo grego na porta da casa, mas não tenho ideia do que significa... garotos, garotas, sei lá.

O cheiro é dolorosamente familiar. Bebida, suor e perfume demais.

Respiro fundo pela boca e tento bloquear as lembranças. *Você consegue.*

Jordan é imediatamente cercada por um grupo de meninas dando gritinhos. Elas me ignoram completamente, ainda que minha amiga esteja segurando minha mão. Tudo bem. Não me encaixo aqui. Já entendi.

Ela me lança um olhar intrigado quando solto a mão delicadamente. Respondo com um sorriso rápido: *Estou bem.*

E é verdade. Porque entendo direitinho como essas festas funcionam. É só evitar a bebida e não tem problema. Se escolher o copo *errado*, sua vida pode virar de cabeça para baixo.

Passo por uma série de casais se beijando e ignoro quando um grupo de garotos no canto seca meus peitos. Quando chego à cozinha, é ainda pior. Uma bagunça de garrafas, barris e jarras com um líquido neon.

Sigo em frente, sem saber o que exatamente estou procurando. Imagino que seja um cantinho tranquilo para ficar. Uma ruiva alta que parece familiar me vê e abre um sorriso largo. "Ei, Steffie! Quer uma bebida?"

Steffie. Odeio que me chamem assim. Só deixo Jordan fazer isso em nome dos velhos tempos, mas aparentemente algumas amigas dela pegaram o costume, e não sei como corrigir a garota sem parecer mal-educada. E pelo menos essa daí olha para mim.

"Estou bem", digo, oferecendo o que espero ser um sorriso amistoso, então continuo andando.

Me repreendo mentalmente assim que vou embora. Poderia ser a abertura de que eu precisava pra começar uma conversa e descobrir se ela conhece alguém que conhece alguém que está procurando uma colega de quarto para o verão. Mas minha capacidade de jogar papo fora evaporou há um bom tempo, e agora ninguém olha para mim ou fala comigo.

Tenho que virar de lado para conseguir passar por um corredor lotado que espero que leve para a sala de estar ou para uma porta lateral ou um enorme buraco no chão pelo qual eu possa sair daqui.

Estou quase no fim do corredor quando um cretino à minha frente levanta a mão para o amigo bater. Sem querer, ele acerta meu queixo com o cotovelo enquanto faz o gesto.

"*Merda!*", ele diz, olhando para mim. "Merda, foi mal..."

Ele se interrompe, e eu esqueço o impacto nos dentes.

É *ele*.

"Ethan Price", digo, cautelosa, massageando o maxilar. "Como foi que passei três anos sem ver você e agora são duas vezes na mesma semana?"

Fico esperando ansiosamente por uma daquelas réplicas loquazes que não param de sair da sua boca, mas tudo o que recebo em troca é um silêncio constrangido.

Olho para ele mais de perto, e preciso de cinco segundos para me dar conta de que este não é o cara charmoso com quem trombei na aula e que pagou o meu café.

Ainda é Ethan Price, mas... de um jeito diferente. Essa versão é mais fechada. O maxilar está apertado e os olhos castanhos, cautelosos. Por algum motivo, suas defesas estão erguidas.

Ele continua lindo, mesmo que só esteja olhando para mim. Bom, talvez ele esteja lindo *porque* está olhando para mim. O Ethan que conheci durante a semana me provocava com suas respostas engraçadinhas e seu sorriso fácil. *Esta* versão parece mais comigo. Guardada. Talvez um pouco raivosa.

É estranho, mas quero descobrir o motivo dessa transformação.

Ele olha nervoso para o corredor lotado, e então eu entendo. *Este* Ethan está dolorosamente consciente de sua própria imagem, e uma garota como eu não vai ajudar sua reputação. Tudo bem falar com a esquisitona quando se está no meio de outros esquisitões. Mas estes atletas corpulentos e essas magrelas de irmandade são o pessoal dele. No mundo de Ethan, caras como ele não falam com garotas como eu. Ambos sabemos disso.

Então tá.

Não é como se eu me importasse. Não mesmo.

Mas, ainda assim, quero esnobá-lo antes que me esnobe, então faço menção de ir embora.

Seus dedos encontram meu braço antes que eu consiga me mexer; é um gesto mais bruto do que eu esperaria de alguém que provavelmente faz a unha.

"Você está bem, Gótica?", ele pergunta, asperamente, com seus olhos escuros procurando os meus.

Por um segundo, meu estômago revira com a pergunta. Quando foi a última vez que alguém me perguntou se eu estava bem?

Então a realidade bate, e eu me dou conta de que Ethan não está me perguntando se eu, Stephanie Kendrick, estou bem. Está só se certificando de que não perdi um dente quando me deu uma cotovelada no rosto. Provavelmente ficou preocupado de eu tramar alguma vingança contra ele.

Fico surpresa por estar decepcionada com isso.

"Claro, tudo bem", digo. E é verdade. Meus dentes nem estão mais doendo.

Então, acontece.

Alguém me empurra por trás, me derrubando sobre seu corpo atlético. Meus peitos ficam pressionados contra seu peitoral e minhas mãos encontram seus ombros.

Merda. É constrangedor.
Anda, Stephanie.
Mas eu fico ali.
De alguma maneira, me sinto segura assim, o que não faz sentido.

Meu nariz quase toca seu peito, e eu tento mandar minhas mãos fazerem força contra ele para recuperar o equilíbrio. Digo a mim mesma que não percebo como seu peito é firme ao tocar nele. Mas estou mentindo, porque é impossível não notar.

Minha blusa sobe um pouco e, quando ele põe os braços à minha volta para ajudar a me estabilizar, sua mão encosta na pele da parte inferior das minhas costas. Ambos seguramos o ar com o contato.

De repente, sinto calor, e não tem nada a ver com o corredor abafado. É *ele*.

O que está acontecendo aqui? Três dias atrás eu estava amaldiçoando a existência desse cara, considerando se havia um jeito discreto de envenenar seu café. Nem sequer *gosto* dele. Não gostava da versão espertinha e sarcástica, e definitivamente não gosto da versão macho carrancudo.

Mas não me mexo.
Nem ele.

Ethan dá uma olhada rápida por cima do ombro antes que sua mão livre se mova. Ele põe um dedo sob meu queixo e levanta meu rosto em sua direção.

Sua mão é quente, seus dedos são gentis, e por alguma razão minha respiração acelera. Ele examina meu rosto e assente de leve — acho que para se certificar de que não estou sujando todo o chão de sangue.

Então tá. Hora de me afastar.

Ele move a mão de novo. Quase nada. Só o bastante para passar um dedo pelo meu maxilar. Tenho quase certeza de que ele só está verificando se não causou nenhum dano sério, mas é estranhamente parecido com uma carícia.

"O que você está fazendo aqui, Gótica?". Ele fala com voz baixa. Parece irritado.

Nossos olhos se encontram, e fico desesperada para encontrar o mesmo tipo de atração confusa no rosto dele, mas não consigo perceber nada. Esse é um cara *completamente* diferente daquele que me provocou, me pagou um café e entrou na minha aula. Embora eu tenha certeza de que aquele tampouco era o verdadeiro Ethan Price.

Quero saber qual versão é a verdadeira, embora suspeite que não seja nenhuma das duas.

Um cara enorme de cabelo escuro aparece ao nosso lado. "Price, cara. Que porra é essa?"

Ethan tira o braço tão rápido que quase dá uma cotovelada em *outra* garota. Penso em perguntar se ele vai fazer carinho no rosto dela também, só que, na verdade, não quero saber a resposta.

Desvio os olhos dos dele e vou embora, enquanto ouço o amigo dele fazer alguma piada sem graça sobre como pareço ser uma figurante de *As bruxas de Salém*. Aposto que esse cretino ignorante nunca nem viu esse filme.

Levo uma mão ao meu maxilar, não porque doa... mas porque sinto um formigamento, como se algo tivesse acordado.

Fazia *tempo* que não sentia isso.

Sem conseguir evitar, dou uma olhada rápida para trás, só para encontrar um par de olhos escuros amuados voltados para mim.

Ele vira o rosto no instante em que nossos olhares se cruzam, e fico estranhamente grata que estivesse me olhando contra sua própria vontade. Ou pelo menos *estaria* grata, se ao menos soubesse *que merda acabou de acontecer*.

4

ETHAN

O que ela está fazendo aqui?

A pequena munchkin de *O mágico de Oz* daquela maldita aula de cinema está vagando pela festa de fim do ano letivo da minha fraternidade, e isso está me deixando louco.

Ela não pertence a este lugar.

Depois da apalpada no corredor, eu a vejo procurar por Jordan Crawford, o que é bem esquisito. Jordan é uma dessas loiras bonitas e sorridentes de quem todo mundo gosta. Meio que o oposto da morena irritável que fica espreitando pelos cantos bebendo refrigerante.

Não é sua presença que me incomoda. Todo mundo está bêbado demais para perceber que ela não é de nenhuma irmandade, e sempre deixamos que amigos de amigos venham a essas festas.

O que me incomoda é que meus olhos não param de procurar por ela. Toda vez que vou para outro cômodo ou pegar uma bebida, ela está lá. Quase sempre, de pé no canto. Sua postura é indiferente, como se não notasse os olhares desconfiados que recebe de vez em quando. Como se não se importasse por se destacar.

Mas eu vi esses olhos grandes e azuis de perto. Vi a cautela neles. Ela se importa mais do que deixa transparecer.

Também vi esses olhos azuis ficarem quentes e nebulosos.

Cacete.

Em que eu estava pensando quando toquei nela daquele jeito? Bebi umas cervejas, mas não estou nem um pouco bêbado a ponto de me sentir atraído por uma morena baixinha e raivosa.

Mas, por um segundo, senti alguma coisa. Fiquei um pouco alerta quando seu corpo foi jogado contra o meu. Senti isso também quando trombei com ela no corredor outro dia.

Não faz sentido. Entre os piercings e a maquiagem de motoqueira, ela é o exato oposto da Olivia.

Talvez eu goste dela por causa disso.

Só que eu *não* gosto dela. Não mesmo. É irritadinha, nervosinha e um pouco esquisita.

Mas ela é gata. Não tem como negar.

Ouço um arroto alto à minha esquerda e nem preciso virar para saber que é Cody Wagner, mais conhecido como Wag. Ele é um cara corpulento que de alguma maneira colocou na cabeça que as garotas acham esses arrotos atraentes, e não nojentos.

Wag está sempre solteiro.

"Cadê a Liv?", ele pergunta, tomando um longo gole de cerveja.

Tiro os olhos do decote de Stephanie Kendrick e tomo um pouco da minha própria cerveja, muito embora esteja morna e com um gosto horrível.

Wag balança um pouco, olhando para mim como se esperasse uma resposta. Fica claro que ainda não recebeu o comunicado de que Olivia e eu não estamos mais juntos.

O que não é nenhuma surpresa. *Eu* certamente não fico anunciando o que aconteceu por aí.

"Não está aqui", digo, mantendo a voz neutra.

Ele assente, como se fosse absolutamente normal eu ir a uma festa sem minha namorada. O que não é. Olivia e eu não vivíamos grudados ou coisa do tipo, mas as garotas da irmandade dela e os rapazes da minha fraternidade eram muito próximos, então quase sempre íamos juntos a esse tipo de evento. Cara, na verdade, muitas vezes a gente acabava planejando tudo, como o rei e a rainha das fraternidades.

Pela primeira vez, eu me dou conta de que, se não sou mais o namorado da Olivia, talvez não precise desempenhar esse papel. A ideia é estranhamente libertadora.

"E o Mike?", Wag pergunta, olhando para trás de mim como se eu estivesse escondendo meu melhor amigo.

Meu *ex*-melhor amigo.

Desta vez, nem me dou ao trabalho de responder. Wag está terminando a cerveja e não percebe.

Ele arrota de novo enquanto passa os olhos pela sala. "Peitos no canto", diz, olhando devagar de cima a baixo uma pobre garota que provavelmente vai ser a vítima da vez das sofríveis técnicas de paquera do Wag. Espero que ela goste de bafo de cerveja.

"Tem peitos por todo lugar", murmuro, entediado com a cena.

"Não como aqueles", ele diz, quase salivando.

Como sou humano — não, como sou *homem* — é claro que me viro para olhar.

Ah, *merda*.

Não sei por que fico surpreso em ver que Wag fica excitado com os peitos da Stephanie. Eu mesmo estava secando eles uns minutos antes, não é? Sério, essas regatinhas caem muito bem nela. Revelam sem se esforçar demais. Diferentes de todos os decotes profundos em V e blusas de marca que as outras garotas estão usando. A regata preta simples dela parece gritar: *Ei, coloquei a primeira coisa que encontrei no armário, sem ter ideia de que ia me cair tão bem.*

Não posso culpar Wag por notá-la, e, ao mesmo tempo, meio que odeio isso. Tem algo de frágil no jeito como ela tenta ser durona. E, considerando seus olhares maldosos, eu esperaria que tivesse escamas, espinhos ou coisa do tipo, mas sua pele é ridiculamente macia.

Eu não deveria saber disso. Quer dizer, dar uma cotovelada acidental no rosto de uma garota não é motivo para apalpá-la em uma festa lotada. Ainda não sei por que fiz isso. Gostaria de pensar que foi só para irritá-la, porque ela claramente me despreza. Mas, por alguns minutos naquele corredor, não pareceu que me odiava. Não quando sua respiração acelerou no momento em que a toquei.

Não quando *minha* respiração acelerou ao sentir seu corpo em cima do meu, todo cheio de curvas suaves e cheirando a sabonete.

"Deixe ela em paz", eu me ouço murmurar para Wag.

Ele me lança um olhar surpreso. "Você conhece aquela garota?"

"Estamos fazendo um curso de verão juntos", digo, finalmente desistindo da cerveja, deixando-a em uma mesa lateral já cheia de copos e garrafas abandonados.

Wag não está tão bêbado a ponto de deixar esse comentário passar sem pedir uma explicação. "Por que o todo-poderoso Price está fazendo curso de férias? Repetiu em macro ou coisa do tipo?"

Nunca repeti uma matéria nem tirei notas abaixo de B. Não vou me dar ao trabalho de me explicar pra um cara que acha que arrotar é um passatempo. Fora que nem saberia o que dizer. *Não, só estou fazendo um curso idiota sobre filmes para não ter que passar o verão no escritório com meu pai.*

De jeito nenhum.

"Só deixe a garota em paz, tá?" Dou uma olhada rápida para Stephanie, mas ela desapareceu. Eu deveria ficar aliviado por ela, já que significa que não vai ter que se sujeitar aos beliscões na bunda que são o estilo de sedução de Wag.

Em vez disso, só fico mal-humorado.

"O que você tem hoje, cara?", Wag pergunta, exasperado.

"Como assim?"

"Normalmente você é a vida dessas festas. O primeiro a tomar cerveja de um novo barril, mas também o primeiro a mandar embora quem estiver bêbado demais. Hoje você tomou tipo meio copo e ficou puto com todo mundo que tentou falar com você."

É verdade. Não estou sendo eu mesmo.

Em geral, Michael e Olivia estariam comigo. Sem eles, me sinto... estranho.

E essa sensação me deixa muito irritado. Nunca pensei em mim mesmo como o tipo de cara que não consegue ficar sem o melhor amigo e a namorada, pelo fato de achar que sempre estariam ao meu lado. Até perder os dois, nunca notei que, quando eu estava cansado ou quieto demais, um deles estava lá para melhorar meu humor.

Assim como nunca notei que, quando eu estava no que Michael chamava de "modo príncipe encantado" — que era na maior parte do tempo —, ele sempre recuava e me deixava brilhar.

Não me sinto nem um pouco encantador esta noite.

Alguém me chama, e eu vejo o meu grupo de amigos apontando para o barril. Todos estão bêbados demais para perceber que não estou nem um pouco interessado.

Faço um gesto para eles indicando que já vou, então dou um tchau para Wag e sigo na direção do banheiro. Não porque tenho que ir, mas porque preciso de um minuto sozinho. O problema é a fila quilométrica, formada principalmente por garotas com pouca roupa. Uma loira alta e magra pega minhas mãos quando passo. Não tenho como não notar o jeito como seus dedos roçam minhas palmas de maneira totalmente desnecessária.

"Oi, Sarah", digo, fazendo um leve aceno com o queixo, já indo embora.

"Ouvi dizer que veio sozinho", ela diz, sem soltar minha mão.

Não fico surpreso por ela saber disso. Sarah é uma das melhores amigas de Olivia. Mas me surpreende o tom sugestivo em sua voz, *porque* ela é uma das melhores amigas de Olivia.

"É, e pretendo continuar assim", digo, me recusando a secar seu corpo de modelo. Sarah é bonita, mas de jeito nenhum eu ficaria com uma amiga da minha ex. Posso estar puto com Liv, mas não sou um completo babaca.

"Ah, Ethan, para com isso", ela diz, tentando me puxar para perto e se inclinando um pouco para a frente. "Vou fazer você se sentir melhor."

Essa abordagem direta voltada para o ex-namorado da melhor amiga é brochante, então dou um sorrisinho rápido e me afasto. Consigo dar uns cinco passos na direção da porta dos fundos antes que outra garota cujo nome nem lembro enlaça meu pescoço, se jogando como se fosse uma gatinha que bebeu muita vodca sem perceber. Ela fala comigo, mas só distingo as palavras "chupar", "pau" e "bêbada". Está grogue demais para formar uma frase completa. Não fico excitado, só cansado.

Quando essa festa virou uma merda?

Empurro a garota para um dos meus colegas de fraternidade e saio pela porta dos fundos. O lado de fora não está mais fresco do que lá dentro, mas, a não ser por alguns casais se pegando, está relativamente tranquilo.

Sento em uma mureta de tijolos, me perguntando o que ainda estou fazendo ali. Normalmente a noite estaria apenas começando, mas só consigo pensar em voltar para meu apartamento com ar-condicionado, onde não preciso falar com ninguém.

Por outro lado, ficar sozinho implica mais tempo para pensar, e não tenho certeza de que quero isso.

Passo a mão na nuca e mexo a cabeça para relaxar quando a vejo. Está a poucos passos de distância, mas, com regata, calça e botas pretas, fica camuflada na escuridão da noite.

"Kendrick", digo.

"Price", ela responde, no mesmo tom entediado.

Ninguém fala nada por alguns minutos, e é meio legal estar com alguém que não espera que eu seja de um determinado jeito.

"Só para registrar, gosto mais dessa versão", ela diz então.

"Oi?"

De canto de olho, vejo-a levantar um ombro. "Suas personas. Tem aquela irritantemente charmosa do primeiro dia. O carrancudo do corredor de agora há pouco. E essa aí. Quieta e meio triste. Gosto mais dela."

Viro a cabeça para olhar para ela. "Você me prefere *triste*? É mesmo um monstrinho."

Ela mexe em um dos piercings na orelha e não parece nem um pouco perturbada pelo meu comentário. "Bom, não quero uma versão suicida ou nada assim. Só prefiro quando não está se esforçando tanto."

Nem sei de que porra Stephanie está falando. Me esforçando? Ela acha que sou um palhaço que escolhe mudar de humor de acordo com o ambiente?

Ser charmoso é fácil — ninguém exige demais de pessoas assim. É só ser um pouco sedutor e divertido. Mas é claro que essa criaturinha azeda detesta isso.

"E o seu rosto?", pergunto, mudando de assunto.

"Tudo bem."

Estreito os olhos e a avalio. Seu tom é indiferente. Embora Stephanie de fato pareça bem — seu rosto não ficou vermelho nem formou uma mancha roxa —, tenho a sensação de que ela diria isso mesmo se não estivesse bem. Como se pensasse que ninguém se importaria com a resposta.

"Desculpa por... lá dentro", digo, quebrando mais uma vez o silêncio desconfortável.

"Pela sua mão boba, você quer dizer?", ela pergunta, com a voz imperturbável de sempre.

"Não foi nada disso", retruco. "Eu só estava me certificando de que você não tinha quebrado nenhum dente."

Stephanie abre um enorme sorriso falso, como quem diz: *Viu? Estão todos aqui ainda.* Reviro os olhos.

Mas, ao mesmo tempo, sorrio de leve. Ela é tão diferente de todo mundo que já conheci. Noto que meu humor está melhorando.

"Como te arrastaram pra essa porcaria?", pergunto, apontando para a casa barulhenta. Dá para ver pela janela que tem alguém de cabeça para baixo sobre o barril de cerveja.

"Como assim? Esse não parece ser meu hábitat?", ela pergunta, com os olhos arregalados em uma surpresa fingida.

Dou um tapinha no muro ao meu lado e abro um sorriso convidativo para ela. "Chega mais perto. Mal consigo te ouvir."

"Não vem com bobagem de novo", Stephanie diz, me lançando um olhar fulminante. "Eu estava falando sério quando disse que não gosto da sua versão charmosa."

Mas ela vem sentar ao meu lado mesmo assim, e mais uma vez me sinto alerta.

Encontro seus olhos. "E se esse for quem eu sou? A versão charmosa, quero dizer."

"Bom, então Deus ajude a dona de casa perfeita que casar com você, porque vocês dois vão se matar de tédio em menos de um ano. Mas isso não é problema meu. Não é como se estivesse fazendo um teste para o papel de sua melhor amiga. Só mantenha o papinho-furado o mínimo possível quando tivermos que nos encontrar para fazer o trabalho. Com sorte, não vou precisar te assustar com minha coleção de pássaros mortos."

Estamos de volta ao ponto de partida, àquele primeiro dia em que trocamos insultos cheios de clichês, e meio que gosto disso. Não tanto quanto gostei de ter seu corpo pressionado contra o meu, mas é a companhia mais agradável que tive em semanas.

"Você não disse como veio parar aqui", insisto, olhando para seu perfil pálido.

Ela olha para a frente, de novo mexendo nos piercings. "Vim com uma amiga. Jordan Crawford. Ela é uma de vocês."

"Uma de nós?"

35

"Você sabe. Bonita. Popular. Perfeita."

"Você é bonita", eu me ouço dizer.

Ela vira a cabeça, e seus olhos azuis parecem tão irritados que poderiam congelar meus testículos. "O que eu disse sobre essa coisa de ser charmoso? Pode parar."

"Por que você faz isso?", pergunto, com uma curiosidade genuína.

"O quê? Acha estranho que eu não desmaie?", ela pergunta, sentando em cima de uma perna e virando para me encarar. "Você não é meu tipo."

"É a falta de tatuagem?", digo, impassível. "Tenho um piercing no pênis, quer ver?"

"É a falta de conteúdo", ela solta.

Eu recuo um pouco diante da acusação. Não sei nem por que sua opinião importa. É uma excluída sem amigos, enquanto eu poderia ter toda essa festa comendo na palma da minha mão se eu quisesse. Não ligo para o que pensa de mim. Ou pelo menos não deveria ligar.

Mas esse comentário toca na ferida. Ela acha que não percebo que sou volúvel demais às vezes? Essa garota nem me conhece. Não consegue entender que o charme vem de forma involuntária, mesmo quando por dentro não me sinto nem um *pouco* charmoso.

Será que acha mesmo que não olho para minha vida — para o apartamento confortável pelo qual não pago, para as aulas que vêm mais fáceis do que deveriam, para o cargo de CEO que me aguarda — e sinto exatamente isso que ela falou?

Falta de conteúdo.

Dói um pouco, porque ela está *certa*.

Às vezes acho que não sou nada além de um embrulho de presente com uma aparência razoável que as outras pessoas preenchem só com lixo. Os meus pais, que compraram meu futuro em troca de uma boa mesada. Os meus amigos, que querem um líder para o grupo.

E então veio Olivia, que nunca me pressionou, nem exigiu que eu fosse qualquer outra coisa além da imagem que eu projetava. Nós dois sabíamos que eu deveria passar uma ideia que estivesse à altura das nossas famílias. Isso significava aprender a agradar aos clientes do meu pai antes mesmo de aprender a andar de bicicleta. Passar o sábado no campo de golfe com amigos da família quando tudo o que eu queria era jogar video game. Acompanhar a namorada perfeita no baile de debutante dela. E dar um jeito de tirar boas notas, aprendendo alguma coisa ou não.

Cara, mesmo quando me rebelei foi do jeito esperado. Até quando bati o pé e me recusei a cumprir o estágio anual na empresa, não fiz isso colocando um macacão e trabalhando em uma oficina mecânica no Queens.

Não, minha forma de me rebelar foi fazer uma aula de merda com um roteirista ganhador do Oscar que foi colega de faculdade do meu pai.

Stephanie Kendrick está certa.

Não tenho conteúdo.

E, ainda pior, não faço ideia de como começar a ter.

Sinto algo macio na minha pele e percebo que é a Gótica. Seus dedos magros tocam meu antebraço, e a sensação do esmalte preto contra minha pele bronzeada é quente. Apesar de estar irritado com ela, quero saber como é ter esses dedos tocando no resto do meu corpo.

Mexo meu braço para tirar a mão dela de cima de mim, e Stephanie deixa, mas seus olhos azuis continuam focados no meu rosto.

"Desculpa", ela diz apenas.

"Pelo quê?"

"Por dizer que você não tem conteúdo."

"É, dá pra ver pelo seu tom de voz que ficou muito chateada. Até os zumbis são mais expressivos."

Ela inclina a cabeça um pouco, como se eu fosse um quebra-cabeça. "Seria melhor se eu não parasse de piscar com os meus cílios longos? Talvez se acrescentasse alguns advérbios? Estou *tããããão* arrependida, Ethan, você simplesmente tem que me perdoar."

Apesar de tudo, eu rio, porque ela soa mesmo como as garotas que eu conheço, só que a voz não bate com o cenho franzido e o lápis preto contornando os olhos.

"Não sei se gosto de você", digo, surpreso que minhas mãos tenham se erguido para puxar uma mecha de cabelo dela.

Stephanie parece um pouco assustada com o gesto, mas seus olhos aparentam se abrandar um pouco e ela se esforça para sorrir. "Estou chocada. Tinha *certeza* de que você ia me pedir para ser sua parceira no tênis."

"É você, Price?"

Viramos a cabeça quando alguém chama meu nome, e eu reconheço Joe e Gary andando em nossa direção. Joe tem um sorriso idiota no rosto que indica que faz tempo que não está sóbrio, mas Gary só parece intrigado, o que é pior.

"Onde você estava?", ele quer saber. "Essa festa não é sua?"

Só é minha porque paguei pela cerveja — como sempre —, mas nem discuto. E não culpo Gary por estar confuso. Não é normal eu ficar no jardim enquanto lá dentro tem uma festa. Muito menos acompanhado de alguém que parece parte da *Família Addams*.

Ele lança um olhar curioso para Stephanie, mas pelo menos não a seca nem a ignora; em vez disso, estica a mão. "Sou Gary."

"Legal", ela diz, antipática, como se o desafiasse a perguntar por que está ali. Não sei se Stephanie fuma, mas não ficaria nem um pouco surpreso se puxasse um cigarro e soltasse a fumaça no rosto dele. É esse tipo de impressão que ela passa. "Desculpa por roubar o menino de ouro", ela continua, prendendo o cabelo em um rabo de cavalo, o que atrai uma atenção indesejada para o decote dela. Joe quase baba, mas Gary e eu temos mais noção e só damos uma olhadinha.

Tá, uma olhadona.

"Então vocês... são amigos?", Gary pergunta.

Sinto um leve pânico. Como explico isso? Não posso dizer que ela é só uma penetra com peitos incríveis, porque isso indicaria que é perfeita para ser um caso de uma noite só — e os dois não iam se segurar. E, se eu negar que a conheço, vou parecer um babaca.

Stephanie resolve o problema pra mim.

"Não", ela diz, sucinta. "Só vim tentar ganhar uma bebida de graça, mas ele me mandou cair fora." Ela já está olhando para a lateral da casa, pronta para fugir, quando diz: "Não se preocupem. Seu adorado Ethan nunca ia se rebaixar a andar com alguém como eu."

Agora espera só um minuto. Quem falou em se rebaixar? É claro que a presença dela é um pouco desconfortável. E eu não quero mesmo que todo mundo saiba que vou passar o verão com os nerds do cinema. Mas meus amigos não são tão esnobes assim.

Ou, pensando bem, talvez sejam.

Mas *eu* não sou.

Seguro o braço dela. É tão magro que meus dedos dão a volta completa em seu bíceps. "Esta é Stephanie Kendrick", digo, ignorando o fato de que ela tenta se soltar. "Somos amigos."

Ela solta um ruidinho estrangulado. "Ai, meu Deus, não..."

"Bons amigos", enfatizo, só para irritá-la.

"Hum... tá", Gary diz, dando de ombros. "Bom, que tal você e sua *amiga* entrarem pra que a gente possa encerrar o semestre direito? A cerveja está esperando."

"Nossa, seria *ótimo*", Stephanie diz com doçura, batendo os cílios da maneira que ameaçou fazer antes. "Mas preciso ir. Tenho uma porção de gatos para matar esta noite."

Ela olha de maneira incisiva para meus dedos em seu braço, e eu percebo como é ridículo segurá-la aqui. Grosseiro até. Mesmo assim, demoro para soltá-la, deixando meus dedos acariciarem a pele macia da parte interna do seu braço.

Acho que a ouço inspirar profundamente, mas deve ser coisa da minha cabeça, porque seus olhos continuam parecendo dizer "vou te matar" até que ela se solta e recua alguns passos.

"Te vejo por aí, *amigo*", Stephanie diz, levantando a mão discretamente e me mostrando o dedo do meio.

Não posso evitar. Sorrio.

E, de repente, os próximos meses não parecem tão ruins, porque sei exatamente como me manter ocupado durante o verão inteiro.

Vou descobrir o que mexe com Stephanie Kendrick.

5

STEPHANIE

"Oi, linda."

Não me chama de "linda". Não me chama de Steph. Não me chama de nada, seu traíra de merda.

"Oi, David." Passo por ele para entrar no apartamento que me é muito familiar. Morei no campus nos três anos de faculdade, mas David se mudou depois do primeiro ano para esse apartamento de um quarto no East Village. Quem paga é o pai dele, um músico quase famoso. Embora pequeno, o lugar tem uma atmosfera descolada clássica que sempre amei.

"Só trouxe isso?" Ele parece surpreso ao ver minha mochila e uma mala.

"Só. Camille ia deixar a maior parte das coisas dela no apartamento quando fosse para Phoenix, então deixei o resto das minhas em um depósito."

Um depósito que não queria devolver meu dinheiro, me deixando sem opções a não ser encontrar um lugar barato e mobiliado de última hora (impossível) ou simplesmente perder aquela grana e alugar um lugar sem mobília (também impossível).

David pega uma cerveja da geladeira e me olha como quem pergunta se eu estou bem. "Fiquei surpreso com sua ligação. Imaginava que este seria o último lugar para o qual você mudaria."

Eu também. Jogo a mochila no sofá e deixo a mala no canto, balançando a cabeça para recusar a cerveja. "Só vou ficar até dar outro jeito. Não mudei pra cá, só vou dormir no sofá por alguns dias."

Por favor, que seja só por alguns dias. Mas é legal da parte de David me deixar ficar aqui. Principalmente considerando que a última vez que nos falamos eu disse que fritaria as bolas dele se chegasse perto de mim de novo.

E quão patético é o fato de que o ex que me traiu é minha única opção em meio à crise de moradia de última hora? Pela milionésima vez, me pego desejando que Jordan não tivesse decidido passar justamente este verão em casa, em Rhode Island. Ela fez seu melhor, esgotando todas as possibilidades de sua vasta rede para tentar me encontrar um lugar onde ficar, mas poucos universitários são loucos o bastante para passar o verão em Nova York, mesmo os que podem arcar com os custos. Os que ficam aqui já dividem a casa com uma dúzia de pessoas a mais do que seria confortável. De modo que só resta David. O cara que me traiu. Até agora não tenho certeza se me importo muito com isso.

"O que quer fazer pro jantar?", ele pergunta.

Fico embasbacada com seu tom casual, como se fôssemos voltar à rotina de quando éramos um casal. "Olha, David, agradeço muito por me deixar ficar aqui, mas não estamos nem perto de voltar."

Ele passa a mão pelo cabelo castanho-claro comprido e dirige seu olhar característico para mim, com os olhos semicerrados. Tenho certeza de que sabe que é sexy pra caramba. David é lindo, de um jeito indolente e carrancudo. É esguio, tem olhos cor de avelã nebulosos e uma pele inacreditavelmente boa. Estuda engenharia, embora pudesse facilmente se passar por aluno de artes, um daqueles caras vidrados em filosofia ou qualquer outra coisa que você quisesse.

Inclusive ser um cafajeste de primeira linha, aparentemente. Mas eu nem desconfiei, o que foi péssimo.

É estranho, pois já não o acho tão atraente. Não que eu fosse louca por ele também. Na verdade, isso não acontece comigo desde... antes. Mas, depois de algumas semanas sem vê-lo, nem o acho mais bonito de um ponto de vista objetivo. Ele é magro demais, seboso demais. Seus ombros são estreitos demais, seus olhos escuros demais e...

Ah, *merda*.

Me dou conta de que estou comparando David com Ethan Price sem perceber.

David definitivamente fica em segundo lugar. De longe.

"Sei que não estamos mais juntos, Steph, mas não vejo motivo para não sermos amigos", ele choraminga.

Levanto uma sobrancelha. "Peguei você e Leah transando como dois cachorros no cio. Não tenho certeza de que quero ser sua amiga."

Para ser justa, ele nem menciona o fato de que não *precisa* me deixar ficar aqui, mas seus lábios estão contraídos de um jeito que costuma significar que está *decepcionado* com minha falta de compreensão.

Meu celular vibra no bolso de trás da calça, mas eu hesito antes de pegar. Sinceramente, ele não me trouxe nada além de más notícias na última semana. E há muito mais tempo que isso, pensando bem.

O nome na tela não me anima, mas tampouco me surpreende. É a décima vez em uns dois dias.

"Me dá um minuto?", peço a David, me sentindo desconfortável em fazer exigências na casa dele, mas precisando de privacidade.

Ele dá de ombros e pega outra cerveja.

"Claro. Pode falar no quarto, se quiser."

Vou para o quarto que conheço bem para atender o telefone. "Oi, pai."

"Achei que fosse cair na caixa postal. De novo."

Tento dizer a mim mesma que é só um pai como outro qualquer tentando fazer a filha se sentir culpada, mas ele soa magoado, o que me embrulha o estômago.

"Desculpa", digo com voz baixa. "Está uma loucura, com essa coisa de sair do dormitório e o início dos cursos de verão."

Deixei que meu pai pensasse que eu estava fazendo *cursos*, no plural, não apenas uma optativa de dois créditos em que nem preciso assistir às aulas. Era o único jeito de convencê-lo a me deixar ficar em Nova York no verão.

Não que ele esteja contribuindo com qualquer assistência financeira. Já ouvi o discurso "não vou pagar para você passar o verão em Nova York quando poderia ficar de graça na Carolina do Norte". Não me entenda mal — ele já paga a faculdade, e serei eternamente grata por isso. Mas não está exatamente animado com a possibilidade de arcar com os custos extras de eu ficar em Nova York nas férias. Não quero abusar e arriscar perder minha pequena mesada, que só deve ser usada para emergências.

"Como andam as aulas?", meu pai pergunta.

"Ótimas", minto. "O professor do curso de roteiro é um figurão de Hollywood. É tão legal conhecer alguém que de fato esteve lá e conhece tudo."

"Mas você odeia Hollywood."

Sento na beirada da cama de David, tentando não pensar que da última vez que estive no quarto tinha uma ruiva rolando ali com meu namorado.

"Não odeio Hollywood. Só gosto mais da cena independente do que de *blockbusters*."

"Graças a Deus por isso", ele resmunga. "Já foi difícil o bastante ver você ir embora para a Universidade de Nova York, imagina se fosse para a Universidade da Califórnia em Los Angeles."

"E como andam as coisas por aí?", interrompo antes que ele possa começar com a velha história de como o deixei para trás e fui para o outro lado do país. Não interessa que ele não tenha hesitado em *me* deixar para trás de todas as formas que importavam.

"Está tudo bem aqui em casa, muito bem", meu pai diz.

Mesmo depois de todo esse tempo, odeio que ele chame a Carolina do Norte de "casa". Mas tento ignorar, porque não tenho como ganhar essa briga.

"As coisas estão um pouco mais devagar na firma", ele continua, "então posso passar mais tempo com Amy e Chris."

Me jogo na cama e encaro o teto. Sei que ele espera que eu pergunte sobre minha madrasta e meu meio-irmão, mas não consigo.

O silêncio cresce, até que meu pai finalmente o quebra. "Você está velha demais para isso, sabia?", diz, com delicadeza. "Já faz três anos e meio que somos uma família. A única que resiste é você."

"Nossa, já faz três anos e meio? Mas acho que faz sentido, já que acabou de fazer quatro anos que a mamãe *morreu*."

Meu pai fica em silêncio do outro lado. Não sei se está bravo, ferido ou só de saco cheio da filha "complicada". Por fim, ele diz: "Tudo bem ter raiva quando se está com dezoito, Steffie, mas que uma mulher adulta continue fazendo birra é ridículo".

"Brigar com meu pai no telefone não é fazer birra, é só parte da vida."

"Não estou falando desta conversa em particular. Estou falando da sua pequena rebelião..."

E lá vamos nós.

"Você sabe, com o cabelo, as roupas escuras, o *piercing*."

"Não precisa ter medo de falar, pai."

"Sinto falta da minha garotinha."

"Bom, ela não existe mais", solto. "Devia saber disso quando se casou seis meses depois que enterramos minha mãe, e quando se mudou dois meses antes da minha formatura para a terra do frango frito e dos grupos de discussão da Bíblia. A sua garotinha sumiu quando a vida inteira dela ruiu."

Nem me dou ao trabalho de mencionar o nome de Caleb. Ele não sabe dessa parte, e nunca vai saber. Não é uma conversa para se ter com o próprio pai.

"Steffie..."

"Tenho que ir."

Desligo o celular e deixo minha mão cair ao lado do corpo. E ele se pergunta por que suas ligações caem na caixa postal com tanta frequência.

Levanto para pegar o laptop e começar o trabalho idiota com o Bonitão, mesmo que tudo o que quero fazer seja me encolher na cama e chorar.

Saio do quarto e estou quase agradecendo a David por ter me dado privacidade quando a vejo.

A mesma ruiva que virou minha vida pessoal de cabeça para baixo está tentando engolir a língua de David. As mãos dele estão na bunda dela.

Eu os olho embasbacada por um segundo. Nenhum dos dois nota minha presença.

"Sério?", finalmente consigo perguntar.

"Oi, Steph", diz Leah, com um sorriso simpático. Eu poderia cuspir nela por ter transado com meu namorado.

"Sério?", repito apenas.

David passa o dedão no canto da boca, limpando a marca de batom ameixa que a vaca deixou ali.

"Steph, você se lembra da Leah?"

"Me lembro da bunda pelada da Leah", digo, levando os braços ao estômago e torcendo para não vomitar.

"Bom, Leah também está sem casa, então eu disse que poderia ficar aqui. Mas não se preocupe: ela vai dormir no meu quarto, então a sala é toda sua."

Ah, não.

Giro o dedo no ar, apontando para nosso grupinho bizarro. "Vocês querem morar juntos? Nós três?"

David dá de ombros. Tento lembrar que fui eu quem implorei para que me deixasse ficar aqui, mas só quero dar um soco nos ovários da Leah.

"Vai ser divertido! Muito moderno."

Ah, vai ser divertido. Divertido como um teste de papanicolau. Divertido como cortar o dedo com papel. Divertido como TPM. Divertido como...

Não posso acreditar que penso nisso, mas de repente encontrar Ethan Price o verão inteiro não parece tão ruim em comparação com ver David apalpando seu novo brinquedinho.

Então eu lembro que, lindo ou não, Ethan Price provavelmente é o tipo de cara que depila o peito e passa suas cuecas Gucci a ferro.

Acho que meu ex ainda é melhor.

6

ETHAN

"Ethan, você está ouvindo?"

Finjo despertar do sono profundo enquanto olho para minha dupla de trabalho, que parece puta. "Não mesmo", digo, esfregando os olhos. "Faz quase uma hora que você está tagarelando sobre filmes velhos. Sinceramente, acho que ninguém estaria ouvindo."

Stephanie solta o ar lentamente, daquele jeito que só as garotas sabem fazer, então coloca a tampa na caneta para quadro branco antes de levar a mão à cintura, como uma professora irritada.

Embora eu não consiga lembrar de nenhuma professora que use regatas como as dela.

"E o que você estava fazendo, então?", ela pergunta.

Dou de ombros. "Contando seus piercings. Somei oito na orelha direita, mas não parece possível, já que suas orelhas são bizarramente pequenas."

Ela me encara. "Você acha que minhas orelhas são pequenas."

Lanço um olhar de pena para ela. "Sim. Por outro lado, isso aqui", digo, apontando para seus peitos do jeito menos tarado que consigo, "merece uma medalha."

"Espera aí." Ela levanta a mão. "Estou tentando te dar um curso rápido de história do cinema e você está secando minhas orelhas e meus peitos?"

"Principalmente as orelhas", minto.

Espero que ela perca a paciência agora. É o terceiro dia seguido que reservamos uma das salinhas de estudo da biblioteca, e na maior parte do tempo ela fica listando filmes, diretores e roteiros e apontando para seus rabiscos no quadro branco. Meu interesse se esgotou no primeiro dia, depois de cinco minutos.

Para ser justo, não é *só* porque Stephanie é uma péssima professora. É principalmente porque, apesar de fazer todo esforço possível para passar o verão longe dos meus pais e da minha vida social, parece que minha mente não quer cooperar. Em vez de me concentrar nos filmes de Stephanie, estou focando no meu próprio filme.

Mesmo deixando Olivia de fora, saber do caso extraconjugal da minha mãe já seria o suficiente para transformar essas férias numa merda completa.

Meu coração dá um pulo raivoso com a lembrança. Não basta ter visto minha própria mãe em uma situação em que um filho nunca deveria ver. Mas é muito pior que eu a tenha pego com um homem que não é meu pai. (Não que se fosse meu pai teria sido melhor — qualquer uma dessas imagens provavelmente só seria apagada com alvejante industrial.) Acrescentem-se alguns flashes do rosto feliz e ignorante do meu pai e você tem um filme de terror passando sem parar na minha cabeça. As aulas de Stephanie simplesmente não me distraem o bastante.

Desesperado por *qualquer* coisa que me desvie desses pensamentos, decido concentrar minha atenção nos problemas de outra pessoa.

"E como está sendo morar com seu ex?", pergunto.

"Ah, você sabe", ela diz, devagar, se jogando na cadeira à minha frente. "Tem sido incrível."

"Sério?", pergunto, meio surpreso.

"*Claro*. Nem sei dizer qual é a melhor parte do arranjo. Dormir no sofá cheirando a maconha e cerveja enquanto ouço a nova namorada dele gritar que vai montar em seu cowboy hipster? Ou quando ela me pergunta se eu tenho camisinha sobrando pra emprestar?"

"Parece ótimo", digo, estranhamente encantado com o elevado nível de sarcasmo.

"Bom, se quiser trocar de casa comigo, é só dizer."

"E deixar que você durma no meu berço de ouro? Acho que não."

Nossos olhares se encontram. Ela inclina um pouco a cabeça e me olha. Por um segundo, é como se Stephanie me entendesse. Como se soubesse que só faço pose e que minha vida é uma grande bagunça por baixo das marcas de luxo e da herança.

Nenhum de nós mencionou a festa. É como se não tivesse existido, o que é ridículo, porque nada demais aconteceu. Mas eu estaria mentindo se dissesse que não pensava com bastante frequência na sensação do corpo dela contra o meu. Na maneira como me olhou e me *viu*.

Meu Deus, Ethan, penso, passando a mão na nuca. *Você está sentimental demais.*

Quebro o contato visual primeiro, antes de fazer alguma idiotice. Como contar tudo para uma completa desconhecida.

Em vez disso, aponto com o queixo para o caderno dela. "Então... toda essa coisa de cinema de que você estava falando... Você está só lendo, né? A apresentação foi só pra levantar seu ego?"

Ela brinca com um dos piercings da orelha. "Você me pegou. Não tem nada de que eu goste mais do que explicar a estrutura básica de narrativa fílmica para um fedelho mimado enquanto ele fica secando meus peitos."

"E suas orelhas", acrescento. "Você deveria cobrir isso aí", comento, apontando para sua regata.

Stephanie dá de ombros. "É verão. E tenho coisas mais importantes com que me preocupar do que com meninos de fraternidade excitados."

"É verdade. Tipo o cowboy hipster cheio de tesão cujas partes íntimas estão encontrando com as de uma garota que agora quer dividir camisinhas com você."

Sem mudar a expressão, ela fecha o caderno e o guarda na mochila. "Bom, isso foi ótimo. Muito útil *e* divertido."

"Ei, espera aí", digo, pegando o pulso dela. "Desculpa por não ter prestado atenção, é que não consigo me concentrar aqui. O verão não combina com uma biblioteca."

"Tem que combinar quando você se inscreve numa optativa de férias. O que mais poderíamos estar fazendo agora?"

Eu a encaro, tentando entender se está falando sério. Sim, ela está.

Balanço a cabeça em negativa. "Sabe, para uma aluna de artes, você não tem nenhuma imaginação. Está com fome? Posso te alimentar em troca de um monólogo fascinante sobre os filmes da década de 1980."

"Eu comeria", ela diz. "Mas nem pense em me levar para um daqueles lugares que servem uma série de pratinhos minúsculos."

Reviro os olhos. "Tudo bem. Vou cancelar as dezenas de reservas que fiz esperando que minha dupla quisesse ir comigo a um jantar com dez pratos às quatro da tarde."

"Você é muito sarcástico."

"Eu?", pergunto. "Seu senso de humor é mais seco que comida de astronauta."

Ela olha para a mesa. Só então percebo que estou segurando seu pulso por tempo *demais*. De repente, estou muito consciente do fato de que a pele dela é supermacia e cheirosa. Preciso de mais dez segundos para soltá-la.

Fico irritado ao me dar conta de que meus dedos estão quentes. O modo como Stephanie segura o próprio braço me faz pensar que não sou o único ridiculamente excitado com esse tipo de contato físico a princípio inofensivo.

Dez minutos depois, estamos ambos atravessando o campus na direção de um dos meus restaurantes favoritos da região. O lugar tem uma vibe meio kitsch, meio zumbi, então minha pequena Mortícia vai se sentir em casa.

"Argh, odeio Nova York no verão", Stephanie murmura, puxando a regata justa. Penso em sugerir que puxe um pouquinho mais, para ver se as alças dão conta de fazer o que deveriam, então me lembro de que quase fiquei duro só de tocar no braço dela. A última coisa de que preciso é ver esses peitos.

Mesmo que esteja ficando obcecado por eles.

Afasto o pensamento.

"Então por que ficou aqui?", pergunto, abrindo a porta para que ela entre no pub.

"Oi?"

"Por que não voltou para casa no verão? Ou o curso é tão legal assim?"

"Estou animada com ele."

Ela diz isso com todo o entusiasmo de uma funcionária pública, e eu a encaro. "Uhum. Animada o bastante para aguentar esse calor todo? Animada o bastante para dormir no sofá do ex que te traiu?"

Stephanie dá de ombros e aperta os lábios na linguagem universal feminina para "não quero falar sobre isso".

O pub está quase vazio, por causa do horário. Vamos até uma mesa no canto onde ela vai poder espalhar suas anotações entediantes, se precisar.

Só que me dou conta de que estou pouco ligando para o trabalho no momento. Como tristeza pouca é bobagem, insisto no assunto.

"De onde você é?", pergunto.

Ela enfia a cara no cardápio, e por um segundo acho que não vai me responder. "Rhode Island", Stephanie diz afinal.

Progresso. Ainda que eu não saiba por que me importo. "E como é lá no verão? Melhor que aqui?"

Mais um pouco de silêncio. "Já faz alguns anos que não vou para lá."

Tiro o cardápio das mãos dela para poder ver seu rosto. Talvez seja uma atitude meio bruta, mas não é como se ela tivesse muitas opções. É nachos ou asinhas de frango. "Faz *anos* que você não vai para casa?"

"Não é minha casa, tecnicamente. Não mais."

Já tive conversas mais gratificantes com maçanetas de porta, mas insisto. "E sua casa seria...?"

Ela bufa. "Meu pai mora na Carolina do Norte agora."

"Então... a Carolina do Norte é a sua casa."

"Não."

Solto um "*Ah*" cheio de significado. Como se eu soubesse o que ela quer dizer com isso. E, estranhamente, acho que sei mesmo. Talvez a coisa toda de "minha casa não é minha casa" seja parte do motivo do mau humor dela.

"Virou aluno de psicologia de repente?", ela solta.

"Não. Mas vi todos os filmes clássicos de adolescentes. A raiva dos pais é uma constante", digo, levantando para ir buscar duas cervejas e algo para comer.

"Aparentemente esses são os únicos filmes que você viu", ela grita.

Como estou de costas, nem me dou ao trabalho de esconder o sorriso. Tudo em Stephanie Kendrick deveria matar o clima, mas meio que gosto dela.

Talvez porque é sempre importante lembrar que a vida de outra pessoa pode ser pior que a sua, para que você pare de sentir pena de si mesmo.

"E aí, Price?", diz Steven, que trabalha no bar, enquanto fazemos um daqueles apertos de mão elaborados para os quais eu realmente espero que logo estejamos velhos demais. "Namorada nova?"

"Não", digo, pegando algumas notas na carteira. "Colega de classe."

Os olhos dele se voltam para Stephanie e se demoram nela. "Não é o seu tipo, mas eu não jogaria fora."

Meus dedos ficam tensos e eu abro um sorriso duro. Odeio caras assim. "Duas cervejas e nachos."

"Com frango?", ele pergunta.

"Nem", digo. Ainda não sei se Stephanie é vegetariana e não quero me arriscar a ouvir uma palestra sobre a crueldade com os animais além da que já vou ouvir sobre Clark Gable e as duas Hepburn.

"Eu levo os nachos", Steven diz, empurrando as duas cervejas pelo balcão. Seus olhos continuam fixos em Stephanie.

"É, aposto que sim", murmuro, olhando para Stephanie, que voltou a abrir o maldito caderno.

Me esforço para ouvir enquanto ela explica alguma coisa sobre a estrutura em três atos do roteiro. Me esforço mesmo. Mas, enquanto eu estava de costas, ela aparentemente passou um troço brilhante nos lábios que faz com que pareçam estranhamente... tentadores.

Para com isso, Price. Ela provavelmente tem uma tatuagem escrito "mate todo mundo" na bunda ou algo do tipo.

Fico quase aliviado quando Steven chega com os nachos, mas essa sensação dura pouco, porque o atendente de bar metido a estrela de rock fica com a bunda na minha cara enquanto se joga pra cima de Stephanie.

"Oi, linda. Faz tempo que não te vejo aqui", ele diz.

"É mesmo?", ela pergunta, com os olhos arregalados. "Que estranho. Não me viu aqui com as outras meninas? *Adoro* ficar no circuito das fraternidades."

"Você é de uma irmandade?", Steven pergunta. O senso de humor de Stephanie está muito além da capacidade da cabeça cheia de gel dele. "Sabe, tem um lugar bem na esquina... muito mais reservado. Tenho folga na quinta à noite, se você e suas amigas quiserem..."

Ela solta um gemido triste. "Ai, isso é superchato, mas meio que estou com alguém."

"Ah, é?"

Steven e eu fazemos a pergunta ao mesmo tempo. Não era minha intenção, então enfio um monte de nachos na boca esperando passar despercebido.

"É", ela diz. "É meio que recente, mas estou com um pressentimento bom, então..."

Steven flexiona os músculos de seus braços tatuados de maneira nada sutil. "Ele não precisa saber."

Ela toma um gole de cerveja e lambe a espuma da boca. Seus lábios ficam brilhantes, e eu me pego excitado pra caralho ao pensar que devem estar com o gosto da bebida.

"Na verdade, precisaria", Stephanie diz, baixando a voz para um suspiro dramático. "Considerando que ele está bem aqui."

Eu provavelmente poderia ter entrado no jogo se não tivesse enfiado cinco tortilhas na boca de uma vez em uma tentativa de disfarçar meu interesse em sua vida amorosa.

Mas o fato é que estou com a boca cheia e seu comentário casual me pega de surpresa. Engasgo com um pedacinho de tortilha, que se aloja em algum lugar no fundo da minha garganta. Tomo metade da cerveja antes que a sensação incômoda passe.

Os dois me encaram, Steven meio irritado e Stephanie com uma inocência serena.

Estreito meus olhos ligeiramente para ela. *Vai pagar por isso.*

Stephanie dá de ombros.

Ou concordo ou Steven vai dar em cima dela. Como a segunda opção é pior, abro um sorriso sem graça. "Foi mal, cara", digo. "Ela não está disponível."

Ele aponta com o dedão para o bar. "Mas você disse que não era sua namorada."

Stephanie apoia as palmas das mãos na mesa e levanta um pouco da cadeira, me laçando um olhar mortal.

"Eu sabia", ela sibila. "Você tem vergonha de mim, Ethan Price. Porque não uso pérolas, não posso comprar na Chanel, não faço adestramento e..."

Eu me reclino na cadeira involuntariamente, tentando escapar dessa versão extrema da namorada desprezada.

E adestramento de quê?

"Tem outra garota, não tem?", Stephanie continua. "Eu sabia que a espuma de banho de lavanda não era 'só para relaxar'. Você está transando com outra!"

"Cara", Steven diz. "Espuma de lavanda?"

Olho para ele em desespero. De repente, estamos do mesmo lado. "Quer ficar com ela?"

"Claro que não. Mas é melhor acalmar a garota antes que assuste os outros clientes."

Steven volta rapidinho para trás do balcão. Stephanie volta a sentar na cadeira.

Olho para ela, maravilhado. "Não leve a mal, mas estou começando a entender por que seu ex é seu ex. Você é um pesadelo."

Ela me abre um sorriso maroto. "Né? Atuar não é a minha, mas sempre achei divertido."

Balanço a cabeça e empurro os nachos na direção dela. "Bom, só me deixe de fora das suas farsas da próxima vez. Achei que você fosse cortar minhas bolas fora."

Ela fica completamente parada, com os olhos fixos em mim, mas sem me olhar de verdade.

"Está tendo outro surto?", suspiro, me inclinando para a frente.

"Uma farsa", ela diz, com um olhar insano. "Ótima ideia."

Dou outro gole de cerveja. "Tá, tá, sua pequena performance te salvou de um encontro com um barman pegajoso. Já entendi."

"Não, para o *trabalho*", Stephanie diz, deixando o copo e o prato de lado para pegar a mochila.

Eu a observo enquanto suas mãos vasculham lá dentro por alguns segundos antes de encontrar uma caneta. Ela escreve em velocidade máxima, sem nem me olhar, então aproveito a oportunidade para comer. Porções menores desta vez, caso a garota decida dizer ao bar inteiro que está esperando um filho meu.

Stephanie finalmente me olha com um sorriso radiante, e por um segundo parece de fato bonita, e não assustadora.

Ela vira o caderno para que eu leia. Seu sorriso vacila um pouco quando não digo nada.

"Preciso de ajuda", digo, apertando os olhos para seus garranchos.

Ela bate a unha pintada de preto no topo da página, onde está escrito PIGMALIÃO em letras maiúsculas. "Entendeu?"

Termino minha cerveja e pego a dela. "Pareço ter entendido?"

E lá vem o cenho franzido. "Seus pais não ligavam para nenhuma forma de arte?", Stephanie pergunta.

"Gótica, só me diz por que está com essa cara de louca."

Ela apoia o caderno na mesa e puxa os nachos em sua direção, pegando uma boa parte do guacamole. "O mito de Pigmalião vem da Grécia antiga..."

"Meu Deus do céu", murmuro. "A versão resumida, por favor."

"Pigmalião é um escultor que, por algum motivo que não lembro, não está se dando bem com as mulheres no momento..."

"Talvez porque uma delas tenha anunciado que ele usa espuma de banho de lavanda."

Ela pega sua cerveja de volta. "Bom, embora ele não tenha nada com mulheres de carne e osso por um tempo, está aberto à ideia de criar a estátua de uma mulher. E, aparentemente, Pigmalião é muito bom no que faz, porque a estátua é linda e o cara se apaixona por ela. Aí blá-blá-blá, uma deusa ou coisa do tipo concede um desejo a ele, e a estátua ganha vida."

Stephanie dá dois grandes goles de cerveja e me abre um sorriso amplo como se dissesse: "Entendeu?".

De novo, não entendi.

"O que esse cara da antiguidade que se apaixona por uma pedra tem a ver com nosso trabalho?", pergunto.

Ela aperta os lábios em consideração. "Acho que a estátua era de marfim, não pedra..."

"Stephanie. Me ajuda aqui?"

Ela respira fundo. "Tá. Então... Pigmalião não se restringe ao mito. Sua história é usada em poemas e quadros por séculos. A versão mais notória é a da peça de George Bernard Shaw..."

"Essa é mesmo a versão resumida?"

"... que foi transformada em filme e depois inspirou uma série de outros longas baseados em homens se apaixonando pelas mulheres que criaram."

Não vou mentir. Bom aluno ou não, tenho dificuldade em acompanhar o raciocínio da garota. "Tá, então tem um monte de filmes sobre homens que criaram uma estátua feminina de pedra, digo, de marfim, e se apaixonaram por ela?"

Ela anota alguma coisa no caderno. "Não, essa é a beleza dos filmes. Estamos falando de releituras. A mais clássica é *Minha bela dama*, claro, mas tem outros exemplos, como *Uma linda mulher*, *Ela é demais*... Todos filmes em que um cara veste uma mulher como alguém que ela não é de modo a ganhar uma aposta ou por alguma obrigação social. Você sabe. Uma farsa."

As peças finalmente se encaixam. "Tá, agora entendi. Tudo o que temos que fazer é transcrever esse seu breve monólogo sobre como o mito de Pigmalião permeia Hollywood e fazer nossa própria versão da coisa?"

"Exatamente."

Olho para Steven e gesticulo para pedir mais duas cervejas. "Tá, estou dentro. E qual vai ser nossa abordagem da história?"

Stephanie enfia um monte de nachos na boca e mastiga, reflexiva. "Bom, como fiz a maior parte do trabalho até agora, é hora de colocar sua linda cabecinha com excesso de gel para pensar. A trama do nosso roteiro vai ser a *sua* contribuição."

7

STEPHANIE

"Tem certeza de que não quer ver o filme, Steph?"

Olho para a mesa apertada da cozinha em que passei a última hora me dedicando ao trabalho do curso de verão. Não que eu *queira* ou mesmo precise fazer isso agora, já que é só para daqui a alguns meses.

Mas a outra opção é ficar juntinho com David e Leah no sofá enquanto eles assistem a um drama independente sem sentido. Adoro cinema indie, mas não do tipo que usa o termo como se apontasse um grande dedo do meio para Hollywood. Orçamentos reduzidos não são uma desculpa para produzir lixo, e, a julgar pelo número de montagens angustiadas, esse não passa de pura bobagem preguiçosa.

Fora que o sofá não é dos maiores. Me juntar a eles significaria ficar colada em David enquanto ele passa a mão em Leah e me olha de modo sedutor.

Tem sido assim ultimamente. Não acho que ele me queira de volta, mas parece ficar excitado com a namorada atual e a ex dividindo o mesmo espaço. É nojento, mas estou tentando agir como adulta.

Mas, se isso é ser adulto, é um saco.

No ensino médio — antes de tudo acontecer —, eu costumava sonhar com a faculdade. Imaginava grupos de estudo que iam até tarde, fofocas com as amigas, jogos envolvendo bebida e festas. Talvez alguns garotos aqui e ali, para que, quando eu conhecesse o cara certo, soubesse o que estava fazendo.

Minha visão não chegava nem perto da realidade.

Em vez disso, meu círculo social consiste em um punhado de outros nerds do cinema, um ex-namorado que virou colega de quarto depois de me trair e agora um riquinho gostoso que provavelmente joga rúgbi e bebe uma adega inteira como passatempo.

Franzo a testa e afasto meu caderno. Tenho pensado muito mais em Ethan Price do que gostaria. Como dupla de trabalho, ele é péssimo. Mas, como companhia, não tem sido tão ruim assim. Por um segundo naquele pub, pareceu até que éramos amigos. Ou pelo menos tão amigos quanto uma aluna de artes punk e um aluno de administração conservador podem ser.

Porque, charmoso ou não, esse cara não sabe nada sobre mim.

Por que não voltou para casa no verão?, ele perguntou.

Essa é a única coisa que não posso fazer, Price.

David e Leah poderiam começar a transar no sofá em que vou dormir e eu *ainda* não iria para casa.

E, a julgar pela maneira como a mão de David está aberta sobre o peito de Leah, esse cenário não é tão fora da realidade.

Alguém bate na porta, e nós três nos olhamos em expectativa. Aparentemente, ninguém está esperando visita, porque Leah e David voltam os olhos para a televisão.

"Podem deixar", murmuro. Pelo valor que estou pagando a David para ficar aqui, o mínimo que posso fazer é bancar o mordomo.

Subo na ponta dos pés para ver pelo olho mágico, como faz toda mulher sã que mora em um prédio sem porteiro de Nova York.

Meu coração palpita e eu volto os calcanhares ao chão. Subo neles de novo e olho outra vez, só para garantir.

Sim, ainda é ele.

"Quem é?", pergunta David.

Eu o ignoro e abro a porta devagar, dando aos meus olhos tempo de se recuperar das brincadeiras plantadas pela minha mente.

Mas não é nada disso.

Ethan Price está do outro lado da porta, parecendo cem por cento deslocado em sua bermuda cáqui lisinha e em sua camisa azul listrada.

"E aí, colega?", ele diz, com um sorriso fácil. "Posso entrar?"

Não me movo.

"Steph?", David pergunta.

Dou passagem sem dizer nada, deixando que Ethan entre no apartamento minúsculo. Resisto bravamente à vontade de correr pelo ambiente recolhendo a pilha aleatória de roupas, as garrafas de cerveja vazias e os vestígios nojentos espalhados por toda parte deixados por três pessoas dividindo um espaço de sessenta e cinco metros quadrados.

"Parece um anúncio da J.Crew que ganhou vida", ouço Leah sussurrar.

"Ethan, bem-vindo à minha..."

"Casa", David completa com um sorriso simpático enquanto fica frente a frente com ele. "Sou o colega de quarto de Steph. E você é...?"

"Ethan Price."

Eles trocam um aperto de mãos. Quero dar um golpe de caratê para separá-las e impedir que conversem. Meus dois mundos estão colidindo e é tão... estranho.

Noto que Ethan não identifica claramente qual o papel que tem na minha vida. Sei que David também percebe isso, pela maneira como estreita os olhos.

Ele era um namorado meio ciumento — o que é irônico, considerando que foi ele quem acabou me traindo. Só espero que não se prove um ex ciumento também.

"David, você está perdendo o filme", Leah diz, como sempre alheia à tensão no ar.

Ethan procura meus olhos e levanta as sobrancelhas. "É ela?", ele faz com os lábios, evitando que David veja.

Eu o ignoro. "Como me encontrou?"

"Quando você estava no telefone com o banco no outro dia, passou seu endereço."

"E você *decorou*?"

Ele dá uma batidinha na têmpora. "Nada me escapa, Kendrick."

"Por outro lado, você parece muito seletivo quanto ao que entra aí", murmuro, pensando nas horas inúteis que passei ensinando coisas para ele só para descobrir que não tinha absorvido um único dado.

David ainda nos olha com cuidado. "Cara, você está *perseguindo* ela?"

"É melhor do que trair", Ethan diz, com o sorriso cheio de dentes brancos ainda no rosto.

Dou um beliscão forte no braço de Ethan antes de me colocar entre os dois. "David, não vem querer ser protetor agora. Ethan, por que não sentamos para discutir o trabalho?"

Tradução: *vamos sentar para que você possa me explicar por que está invadindo meu espaço pessoal.*

Relutante, David volta para Leah no sofá, enquanto Ethan se junta a mim na mesa da cozinha. Há quatro cadeiras, mas ele pega a mais próxima de mim, em vez daquela à minha frente, o que faria muito mais sentido.

"O que está acontecendo?", sibilo.

Seus olhos passam rapidamente pelo meu rosto. "Você pinta os olhos mesmo quando está em casa de moletom?"

Bato os cílios. "Nunca se sabe quando se vai estar na companhia de um cavalheiro."

A verdade é que me sinto nua sem maquiagem. É idiota, mas sempre imagino que a sombra cinza-escura e o lápis preto são meus escudos contra os olhos curiosos.

Uma expressão compreensiva passa pelo rosto de Ethan, e eu tenho a estranha sensação de que ele me saca.

"Bom, tive uma ideia para o roteiro", Ethan diz, esticando o braço para brincar com um dos meus piercings na orelha.

Eu me afasto diante do toque inesperado. "O que está fazendo?" *Que tipo de jogo é esse?*

"Continuando com a farsa do outro dia", Ethan sussurra. Seus dedos descem para minha clavícula, e fico arrepiada. Lanço um olhar assassino para ele, que está encarando David. Não é preciso ser gênio para concluir que os dois estão se desafiando como uns idiotas.

"Que farsa?", pergunto, boba, enquanto meu cérebro luta para processar o que está acontecendo e as pontas de seus dedos encontram a pele sensível do meu pescoço.

"Aquela em que eu finjo ser seu namorado garanhão para te proteger dos cretinos", Ethan diz de canto de boca.

"Não preciso de proteção contra o David. Cinco minutos atrás, ele estava brincando com os peitos da Leah", sussurro, grata à garota por assistir a filmes no último volume.

"Bom, ele não gostou de me ver aqui."

"Nem eu", solto. Mesmo assim, olho por cima do ombro. David parece mesmo ter perdido todo o interesse no filme e em Leah, e nos observa como um namorado ciumento. "Não irrita o cara", digo, me voltando a Ethan. "A última coisa de que preciso é ser botada pra fora porque ele acha que estou namorando."

Mas Ethan nem responde. Só fica olhando para mim com sua expressão de pombinho apaixonado que sei que é só por causa de David, mas que mesmo assim acaba mexendo comigo. Por fim, afasto sua mão que estava brincando com as pontas dos meus cabelos.

"Você tem dois minutos para me contar sua ideia, para eu te explicar em dois minutos porque ela não serve. O que significa que você deve voltar para a Park Avenue em cinco."

"Não moro na Park."

"Madison?"

"Não."

"Lex?"

Ethan fica em silêncio, e eu abro um sorriso orgulhoso. Fiz minha pesquisa na internet. A família dele tem dinheiro antigo. Antigo *mesmo*. Por isso, ele só pode morar em ruas bem específicas.

"Não moro com meus pais", ele diz, do nada.

Pego minha garrafa de água. "E *eles* moram na Park?"

Seus olhos descem para a mesa. "Moram."

Não me sinto tão orgulhosa desta vez, mesmo tendo acertado em cheio. Porque, em vez de parecer presunçoso ou se regozijar com a localização valorizada dos imóveis da família, Ethan parece... envergonhado.

"E o roteiro?", pergunto.

Estamos ambos ignorando David agora, embora dê para dizer pelo crescendo na música de fundo que o filme está chegando ao seu final dramático. Leah começa a fungar, então concluo que finalmente percebeu o que eu já tinha concluído nos créditos de abertura: esse filme não vai ter um final feliz. É sempre assim com "comédias" românticas indie: a única pessoa rindo no fim da história é o roteirista.

A mão de Ethan volta ao meu cabelo. Ele puxa uma mecha de leve para chamar minha atenção. "Tá. Peguei a lista de filmes inspirados em Pigmalião que você me passou e vi todos..."

"Sério?", eu o interrompo. Achei que ele só fosse procurar na internet pelo resumo.

"Sério."

"Em quantos deles você conseguiu ficar acordado até o fim?"

Ele passa a língua pelos dentes da frente, pensando a respeito. "Alguns eram bem ruins."

Não nego. Alguns são mesmo.

"E aquele musical... Meu Deus do céu..."

Levanto um dedo em objeção. "Não critique *Minha bela dama*."

"Então tá... Bom, tem filmes de todos os gêneros, para todas as faixas etárias, mas nenhum que se passe no campus de uma universidade."

Dou de ombros. "E? Na verdade, não tem muitos filmes ambientados em um campus universitário. Nem todo mundo faz faculdade, então não é tão fácil o público se relacionar com isso."

"E nem todo mundo vai para o espaço, mas os nerds sempre podem contar com os filmes de ficção científica."

Massageio as têmporas. De repente o cara decidiu se interessar por cinema?

O apartamento fica em silêncio, então me dou conta de que o filme terminou. David e Leah levantam do sofá — liberando minha cama — e viram para nós, parecendo curiosos.

"Boa noite, Steph", Leah diz, com seu sorriso monótono de sempre.

"Boa noite", murmuro. Mesmo tendo superado David por completo, é meio irritante que esperem que eu seja educada com a mulher com quem ele está dormindo, principalmente considerando o fato de que eu nem cheguei a fazer sexo com ele (ainda que a coisa caminhasse nessa direção).

Acho que David não estava a fim de esperar.

"Vai para a cama logo mais?", David me pergunta.

"Vou, só preciso dar um tempinho para que minha 'cama' não esteja mais cheirando à bunda de vocês", digo, com doçura.

David nem me ouve, porque voltou a encarar Ethan.

"Ei, cara, me deixa te perguntar uma coisa", Ethan diz, colocando a mão nas costas da minha cadeira enquanto se balança na dele, apoiada em duas pernas apenas. "Antes de ficar com a ruiva, Stephanie fazia um barulhinho estranho, como um lince, quando vocês dois estavam... você sabe."

"Ethan", eu aviso.

Ele me ignora. "Ela jura que não se dá conta de que faz isso, mas meio que me excita e me distrai ao mesmo tempo. Nunca sei se é porque ela está a fim ou..."

Tento chutar as pernas da cadeira dele, torcendo para derrubá-lo, mas Ethan prevê meu movimento e segura meu joelho antes que eu seja bem-sucedida.

Por sorte, David prefere não cair na dele e se recolhe para o quarto, batendo a porta de um modo que comunica muito.

"Está feliz agora?", digo, olhando para Ethan.

Ele dá de ombros. "É minha vingança por seu comentário sobre a espuma de banho. E não aguento caras assim, que tratam uma garota que nem merda, mas ainda querem marcar seu território quando outro leão aparece."

"Qual é a sua com todas essas referências ao mundo animal? Primeiro o lince, agora o leão... E você não pode ser considerado um novo leão no território, diga-se de passagem. É mais como um..."

Os dedos dele apertam levemente meu joelho, e perco a linha de raciocínio por completo.

"Como o quê?"

"Não importa", digo, me obrigando a interromper o contato visual. Mas sem conseguir.

Sua mão escorrega devagar pela minha perna, se demorando nela. Não acho que seja minha imaginação. Não que eu pense que Ethan está a fim de mim ou coisa do tipo, mas essa definitivamente não é a primeira vez que ele me toca acidentalmente de propósito e não se afasta de imediato. E, naquela festa idiota, pareceu que ele ficou perto de me beijar.

Sinto que estou no meio de algum jogo cujas regras ninguém me explicou.

Ele limpa a garganta e aponta para minha geladeira. A geladeira de David. "Tudo bem se eu pegar uma cerveja?"

"Claro", digo, dando de ombros. Qualquer coisa para que ele pare de me olhar por um segundo e eu possa recuperar o fôlego.

"Então, essa história de Pigmalião", ele diz, abrindo a garrafa e jogando a tampinha no lixo. "Acho que a gente devia fazer com universitários. É o que conhecemos, e algo inédito nesse contexto."

Faço um gesto para que siga em frente, embora tenha certeza de que vou ouvir uma repetição da trama de *Ela é demais*, que se passa no ensino médio. Quando se trata de cinema, os últimos anos da escola e a faculdade são praticamente a mesma coisa. O mesmo drama. A mesma quantidade de trabalho. As mesmas inseguranças. Os mesmos hormônios.

Percebo que estive encarando os pelos dourados dos seus braços e afasto o olhar. *Os braços, Stephanie? Sério?*

Ele continua falando sobre sua ideia, e meus ouvidos se concentram em uma frase em particular. Uma frase *crucial*.

"Espera aí. Você acabou de dizer que o Pigmalião desse pretenso filme é um ricaço engomadinho enquanto a garota é uma baixinha irritável com peitos grandes?"

Ele abre um sorriso, embora não seja o de sempre, como quem diz "estou pouco me fodendo". É um sorriso do tipo "agora você está me entendendo".

"Exatamente", Ethan diz, se apoiando contra a modesta bancada da cozinha.

Respiro fundo. "Tá, vou ignorar a ideia incrivelmente batida de basear os personagens na sua experiência de vida e pedir que você avance logo para a parte do Pigmalião."

"Eu já teria chegado lá se você não tivesse me interrompido, mas tudo bem. Nosso herói incrivelmente bonito, inteligente e gente fina precisa de uma namorada."

"Qual é a motivação dele para isso?"

Os olhos de Ethan fogem dos meus. Por um segundo, ele parece nervoso e, o que é mais preocupante, *culpado*. O que estou perdendo aqui?

Ele pigarreia. "Bom, eu estava pensando... e se o cara tiver dito aos pais que está saindo com alguém?"

"Por que ele faria isso?"

"Porque a ex-namorada dele é filha de um grande amigo da família, e os pais não desistem da ideia de fazer os dois voltarem. Seria bom para os negócios e tal..."

Eu o encaro com cuidado. Com cautela. "E ele resiste à ideia porque...?"

Seus olhos castanho-claros encontram os meus. "Não importa. Já chega."

Espero que fique indignado. Rabugento. Irritado. Em vez disso, só parece... triste. E, de repente, eu entendo tudo.

Ethan não está falando de um personagem. Está falando de si mesmo.

E, o que é pior, quero perguntar se ele quer falar a respeito. Quero ser a pessoa com quem Ethan *quer* conversar.

Mas não pergunto. Em vez disso, volto a um terreno mais seguro. "Então o cara precisa de uma namorada de mentirinha para que larguem do pé dele", digo. "Certamente um pedaço de mau caminho desses teria dezenas de amigas ansiosas para desempenhar esse papel."

"Desesperadas demais", Ethan murmura.

"Ah, coitadinho..."

"Vai me ajudar? Vai ser a namorada?"

E, simples assim, a fachada do filme cai. Estamos falando dele. E de mim. Estamos falando de nós — mesmo que esse "nós" não exista.

Fico embasbacada. "Está brincando comigo? Você estava falando sério?"

Ele se move rápido, se afastando da bancada e sentando ao meu lado. Não me toca, mas não faz diferença, com o calor que emana dele. Fico irritada comigo mesma por notar.

A última coisa de que preciso é ficar *alerta* por causa de Ethan Price. Principalmente quando ele está mergulhando fundo na história de um Pigmalião da vida real, do qual não acho que eu vá gostar. Nem um pouco.

"Você tem que admitir que é uma boa ideia", Ethan diz. "Pensa em como nosso roteiro vai melhorar se for baseado na nossa própria experiência."

"Sem contar com o que *você* vai tirar disso", digo, cruzando os braços. "Se quer ser um Pigmalião dos dias de hoje, fica à vontade, mas vai ter que encontrar outra garota que tope ser sua estátua de pedra."

"De marfim", ele corrige.

Ethan sorri quando chuto de leve sua canela. "Sério, encontra outra pessoa", digo, querendo que pare de sorrir para mim. Não quero retribuir o gesto.

Seu sorriso se desfaz aos poucos, e ele apoia os cotovelos nos joelhos e passa as mãos pelos cabelos. "Vou parecer o maior cretino por dizer isso, mas não quero dar a ideia errada a outra garota."

Abro um sorriso compreensivo para ele. "Deve ser difícil. Viver em uma cidade com mais de oito milhões de pessoas e não encontrar *uma* garota que não fique caidinha por você."

"Tem pelo menos uma", ele diz, dando de ombros. "Você."

Não tenho certeza absoluta de que não vá ficar caidinha. Principalmente quando ele toca em mim. Mas é um bom argumento. Ele não é meu tipo. Eu não sou o tipo dele. Ainda assim...

"E alguém que não se interesse por homens?"

Ele levanta os ombros. "Uma lésbica serviria. Mas não conheço nenhuma. E, se vou fazer isso, preciso de alguém que conheça, pelo menos um pouco."

"E *eu* sou sua melhor opção? Você não sabe nada sobre mim." Ele fica quieto, e eu insisto. "Fala sério, não acredito que você não tenha um monte de amigas ricas e inteligentes."

"Tenho, mas aquelas de quem sou mais próximo são amigas da minha ex. As outras..."

"Adorariam desempenhar o papel de verdade?", completo.

Ele abre um sorrisinho culpado.

Nojento. Não dá pra acreditar que tem garotas dispostas a se arrastar atrás dele.

"Por que não diz pros seus pais que terminou com sua namorada imaginária?", pergunto.

Ele suspira. "Porque eles voltariam à ideia de me juntar com a Olivia rapidinho. Fora que logo tem um troço a que tenho que ir, e ela vai estar lá..."

Na mosca.

"E você ainda não superou a garota."

Ele faz uma careta. Sei que quebrei algum tipo de regra masculina tocando no assunto, mas, pelo amor de Deus, está na cara.

"Você é patético", sussurro, sem me importar em esconder um sorriso.

Ele levanta o canto dos lábios. "Cala a boca, Kendrick."

"Tenho certeza de que você vai mandar cartões superfofinhos nos feriados românticos."

"Então você topa?"

"Claro que não", digo. "Pra começar, ninguém acreditaria que sou sua namorada."

"Por que não?"

Aponto para meus coturnos, a calça larga e a regata com um crânio estampado antes de levar a mão à orelha para destacar meus inúmeros piercings.

Seu sorriso se alarga e um olhar calculista toma conta dele. "Será que a aluna de cinema não viu nenhum dos filmes de sua preciosa lista baseados em Pigmalião?"

"Vi...", digo, cautelosa.

Ele se aproxima um pouco mais. "Então sabe que um dos pontos em comum entre todas essas histórias é a *criação* de uma nova mulher. Transformada de pedra em carne e osso, de florista com sotaque pesado em dama refinada, de gótica raivosa em debutante..."

Sinto um leve pânico quando começo a entender. "Você quer que eu me torne uma socialite?"

Ele me avalia de cima a baixo, seus olhos se demorando nas partes importantes. A temperatura dispara. "Você dá conta."

Nossos olhos se encontram, e por um segundo eu me pergunto se dou conta da transformação ou se ele daria conta de *mim*. Os olhos dele ficam sombrios, e desconfio que esteja pelo menos considerando a segunda opção. Queria *muito* ter jogado um moletom por cima da regata que estou usando.

Ele pega a cerveja, e meus olhos voltam a se concentrar em seu maldito braço. De repente, parece que um moletom não basta. Preciso de uma parca.

"Ninguém vai acreditar que estamos interessados um no outro", digo, conferindo escárnio na minha voz e torcendo para que considere um aviso para se afastar.

Ele ignora.

"Kendrick, essa é a parte mais fácil."

"Acha mesmo?", pergunto pausadamente.

"Claro. Olha só."

Antes que possa registrar seu movimento, sua mão está no meu pescoço e seus dedos brincam com os fios de cabelo que se soltaram do meu rabo de cavalo bagunçado.

"Price, nem se atreva..."

Em um segundo, sua boca está na minha.

Minhas mãos vão imediatamente para seu peito para empurrá-lo — de verdade —, mas então seus lábios se movem, firmes e insistentes contra os meus, e eu hesito.

O que é um grande erro.

Ethan se aproveita da minha imobilidade. Sua outra mão vai para minha bochecha, de modo que ele segura meu rosto. Até mesmo uma rebelde amarga que odeia os homens pode se entregar para um cara que sabe segurar o rosto de uma pessoa enquanto a beija. Isso é arrebatador.

Antes que eu me dê conta do que estou fazendo, inclino a cabeça de leve e meus dedos se enroscam no tecido de sua camiseta. Ethan recebe isso como um convite, e sua língua abre meus lábios para entrar na minha boca e aprofundar o beijo.

Desesperada por mais, retribuo o beijo, e desta vez nossas línguas se tocam demoradamente. Sinto seus dedos se contraírem na minha nuca, me puxando para mais perto. O beijo é longo, quente e intenso. Ainda que esteja certa de que não deveria estar acontecendo, não consigo interrompê-lo.

Todos os pensamentos relacionados ao trabalho em dupla e minha vida de merda desaparecem. Só resta Ethan. Suas mãos firmes, sua boca...

E um gemido muito, *muito* alto.

Nós nos afastamos com o gemido esganiçado que vem do quarto, indicando que as atividades sexuais de Leah e David aparentemente chegaram ao fim.

"É sempre assim?", Ethan pergunta, olhando horrorizado na direção da porta do quarto.

"Pior", digo, tentando manter minha voz tão indiferente quanto a dele. Ele se reclina em sua cadeira, não parecendo nem um pouco abalado pelo beijo, enquanto eu me sinto, bem... afetada.

"Então, hum, o que foi isso?", pergunto, gesticulando para nós dois.

Ethan abre um sorriso inocente. "A prova de que dá para fingir química. Se mostrarmos um pouco disso em público, ninguém vai duvidar de que estamos juntos."

Sinto uma pontada de decepção. *Fingimento*. Foi só isso para ele, uma experiência. Não que eu *queira* que seja mais, mas o cara poderia pelo menos ter perdido o fôlego ou coisa do tipo.

Ele me olha com cuidado. "E aí? Topa?"

Pego a cerveja dele e dou um longo gole. "O que eu ganho com isso?"

"Que tal uma mina de ouro de inspiração para o roteiro? Um trabalho baseado na realidade? Achei que você fosse ficar louca com isso."

Só que nem tudo seria baseado na realidade. Para tornar o roteiro interessante, os dois personagens teriam que se apaixonar. De verdade.

Essa parte não vai ser baseada na realidade.

"Isso pode te surpreender, mas há poucas coisas que eu odiaria mais do que me vestir de Barbie pra você por sei lá quanto tempo."

"Só até o fim do curso."

Arregalo os olhos. "Falta mais de um mês."

Seus dedos brincam com a espiral do caderno. "Isso. Tempo o bastante para que a gente reúna um bom material."

Estreito os olhos para sua expressão culpada. "E?"

Ele abre um sorriso inocente. "E para que eu sobreviva a um jantar em família, ao casamento da minha prima e à festa que meus pais dão na casa dos Hamptons todo ano. Com você. Como minha namorada."

"Ah, só isso?", pergunto, sarcástica.

De jeito nenhum. Não estou nem aí para o fato de ele beijar bem — não há nada no mundo que faria com que eu aguentasse aquela gente de cardigã por tanto tempo. Se eu quisesse usar diamantes, salto alto e jogar tênis, teria ido para "casa", na Carolina do Norte, e feito as pazes com a minha madrasta.

"Vamos lá. Você estaria me fazendo um grande favor", Ethan diz, com um sorriso que provavelmente fez com que muitas calcinhas caíssem no chão ao longo dos anos. Eu me mantenho forte.

"Prefiro morrer."

Ele solta um suspiro exasperado. "Imaginei que você diria isso."

"Pois é." *Então pra que o beijo?*

"É...", ele diz, se mexendo de leve para pegar alguma coisa no bolso de trás da bermuda.

Levanto as sobrancelhas com desinteresse para o objeto. "Um chaveiro todo metido à besta? O que vou fazer com isso? É de plástico e eletrônico. Nem serviria como uma arma improvisada com a qual me defender."

Ele olha para a pequena chave em sua mão. "Sério? Você vê uma chave e a primeira coisa em que pensa é se pode ou não usar como uma arma? Em que tipo de mundo de merda você vive?"

Olho para ele. "Experimenta ter peitos e andar sozinha em Nova York. Aí a gente conversa."

"Tá bom", ele diz, baixando o olhar para a parte do meu corpo em questão. O fato de Ethan ser tão tarado por peitos deveria me incomodar, mas, depois daquele beijo, fico desejando que faça outras coisas com eles além de encará-los.

Merda. A constatação de que estou tão perto de querer um cara que não poderia ser mais errado para mim me faz ter um sobressalto. Ethan pega a cerveja antes que eu a derrube e levanta devagar, ficando bem mais alto que eu.

"Você não perguntou de onde é a chave", diz então.

"Tá bom. De onde é a porcaria dessa chave?"

"Da minha casa."

Meu estômago se embrulha de imediato. "Espera aí. Você quer que eu finja morar com você? O que é isso? Uma versão pigmaliônica de uma dupla de trabalho colorida?"

"Não seja tão dramática. Apesar de que deu certo para o cara de *Uma linda mulher*."

Olho furiosa para ele. "Que pena que não sou uma prostituta."

Ethan dá de ombros. "A oferta ainda está de pé."

Fecho os olhos e balanço a cabeça de leve em negativa. "Nem sei mais qual é a oferta direito."

Ele se aproxima meio passo. "Um mês. Você tira os piercings e as botas, controla esse temperamento e faz o seu melhor para convencer meus pais de que estamos loucamente apaixonados ou coisa do tipo."

"E...?"

Ele coloca o dedo sobre meus lábios e nossos olhos se encontram. "E, em troca, pode passar o resto do verão no meu quarto de hóspedes."

Tento acalmar meu cérebro acelerado. Um mês inteiro dormindo numa cama de verdade? Ou esperando David e Leah saírem do banheiro depois de transar no chuveiro para poder fazer xixi?

"Sem pagar nada?", eu me ouço perguntar.

Ah, meu Deus, não posso estar considerando isso de verdade.

Estou?

Ele abre um sorrisinho e recolhe o dedo. "Você pode me pagar tirando meus pais do meu pé com seus modos encantadores."

Enfio os dentes da frente no lábio inferior para me impedir de aceitar. Me transformar por completo por um cara, mesmo que temporariamente, só para não dormir no sofá? Não estou tão desesperada.

Assim que o pensamento passa pela minha cabeça, o som inconfundível da cama balançando vem do quarto, seguido por um grito gutural que parece muito como "Isso! Cavalga esse pau de jumento!".

Pau de jumento? Isso está mesmo acontecendo comigo?

Ethan encara o teto em um esforço para não rir.

"Me leva pra terra dos prazeres!", ouço vindo do quarto agora.

Ethan sorri para mim. "Ele te levou alguma vez à terra dos prazeres?"

"Cala a boca", solto, mordendo o lábio com toda a força agora. "Eu teria meu próprio banheiro?"

"Claro. Com chuveiro e banheira."

Quase solto um gemido. Tenho um fraco por banhos de espuma. Ou pelo menos eu tinha antes de me mudar para Manhattan, onde há apartamentos inteiros menores que uma banheira.

"Sem gracinhas", digo, apontando para ele.

Ethan leva a mão ao peito, como se fosse um escoteiro. "Sem gracinhas no âmbito privado. Só em público. Então vamos ter que atuar."

Eu me abano. "Uau! Não sei se consigo lidar com todo esse romance."

"Está dentro ou fora, Kendrick?"

O pior de tudo é que acho que estou dentro.

8

ETHAN

Às vezes me parabenizo por não ser um babaca completo.

Não corto as unhas na cama. Não faço barulho ao comer. Não uso a calça no meio da bunda porque é "legal".

Mas, no fim das contas, sou um *homem*, e passar o sábado em um salão de beleza está no topo da lista de coisas que não quero fazer. Eu preferiria estar no meu barco. Ou na academia. Ou em qualquer outro lugar.

No entanto, não posso deixar Stephanie passar por essa transformação desacompanhada. Para começar, já foi difícil convencê-la de que ela precisava mudar o visual. Tive até que pegar o celular para mostrar fotos da minha mãe usando pérolas e do meu pai vestindo terno, assim como da casa deles, feita de mármore e granito, com uma escada em espiral e um chef de cozinha.

Ela entendeu. Ninguém se mistura com os Price usando coturnos.

E eu não sei bem por que ela está topando se misturar com os Price. É uma ideia bastante ruim.

O pior é que a culpa é minha. Seus comentários arrogantes sobre eu não contribuir em nada com o trabalho me incomodaram, de modo que acabei assistindo a todos aqueles filmes, meio por tédio, meio para mostrar que ela estava errada.

E aqueles malditos filmes me pegaram num momento de desespero. Algumas semanas atrás, minha mãe teve a brilhante ideia de convidar Olivia para o brunch. Surpresa! Poucos dias depois, Olivia *por acaso* estava jogando tênis quando meu pai me convidou para jogarmos em dupla. Não é preciso ser gênio para entender que meus pais estavam tentando nos juntar.

Eu estava preparado para contar a eles que eu e Olivia tínhamos terminado de vez. Mas então eles deram um jeito de fazer com que nós dois saíssemos de barco — sozinhos, como se fosse algum tipo de ocasião especial. Não ia deixar isso acontecer de jeito nenhum.

Contudo, não consegui contar a verdade aos meus pais. Pareceu humilhante demais.

Então fiz o que qualquer covarde patético faria: falei que tinha outros planos.

Com minha nova namorada.

Como eu disse, não foi a melhor das ideias. Eu não estava brincando quando disse a Stephanie que havia surpreendentemente poucas mulheres no meu círculo social que poderiam desempenhar esse papel. É o tipo de merda que acontece quando se cresce em Nova York. Não interessa quantas pessoas há nessa cidade. Quando se trata dos ricos — dos Price, dos St. Claire e dos Middleton —, os círculos sociais são restritos, e os sexuais mais ainda.

O que me leva a... Ergo os olhos da revista de fofoca que não estou lendo, sentado em uma cadeira de couro luxuosa.

Stephanie Kendrick.

A cabeleireira já colocou a capa preta sobre os ombros dela, o que só enfatiza a maquiagem nos olhos e o comportamento sombrio.

"O que vamos fazer?", Maddie pergunta, passando a mão pelo cabelo de Stephanie antes de deixá-lo cair sobre os ombros.

Minha garganta fica ligeiramente seca com a lembrança da sensação dos fios nos meus dedos na outra noite. Macios demais para uma garota tão rude.

E então veio o beijo...

"É, *meu bem*, Maddie quer saber o que vamos fazer", Stephanie diz, me olhando do espelho.

"Sua mãe sabe que você está aqui, Ethan?", a cabeleireira pergunta, virando para me olhar.

"Não, e gostaria que continuasse assim."

Ela dá de ombros. "Não contei a ela que foi você que mexeu com minhas tinturas quando tinha seis anos e o cabelo dela ficou cor de cobre, contei? Não vou comentar que trouxe uma garota."

Abro meu melhor sorriso para ela, ignorando o olhar de repugnância de Stephanie. Faz anos que não vejo Maddie, provavelmente desde esse episódio em que inverti as tintas sem querer querendo. Me lembro de ter ficado irritado porque minha mãe havia tido uma "crise dos fios brancos" no mesmo dia do meu jogo de basquete e me arrastou para a porcaria do salão enquanto todos os meus amigos estavam comendo pizza e bebendo refrigerante.

Mais de uma década depois, ainda é a Maddie que minha mãe recorre em suas crises capilares. É uma pena que ela não seja tão leal ao meu pai quanto à cabeleireira.

Afasto esse pensamento. *Preciso parar de remoer isso, ou vou acabar ficando amargo e maldoso como Stephanie.*

"Então, Maddie", volto a falar. "Stephanie é o tipo de garota que não gosta de ter trabalho, mas ela me contou que quer um visual mais elegante. Acho que está tentando me impressionar", digo, dando uma piscadinha para a cabeleireira.

"*Elegante?*"

"Em que está pensando?", ela pergunta, tomando um gole de café.

"Bom, para começar, acho que a gente podia se livrar do preto. Voltar à cor natural", digo, esperando estar usando a terminologia certa. Devo estar, porque Olivia falava bastante sobre seu cabelo. *Muito.*

Stephanie e Maddie estão me encarando, então concluo que devo ter dito algo errado.

"Mais claro, quero dizer", insisto, me sentindo um pouco menos confiante.

"Bom, se não estou enganada", Maddie diz, deixando a caneca de lado, "estamos lidando com a cor natural aqui."

Preciso de um segundo para entender, então olho para o cabelo de Stephanie, surpreso.

"Essa é a cor dele mesmo?"

Ela me olha com o rosto sem expressão. "Dá pra notar que você gosta."

"Não. Sim. Quer dizer, claro. Mas é tão escuro."

Stephanie olha para Maddie. "Minha bolsa está fácil? Quero ver se tenho uma estrela dourada para dar ao grande observador aqui."

"Calma, calma. Acho que concluí que era tingido por causa da sua inclinação a manter tudo preto e sombrio."

"Um homem livre de estereótipos. Animador." O tom de Stephanie é leve, mas ela parece puta.

Merda. Não sei por que achei que seria mais fácil. Maddie faria sua mágica e transformaria esse gremlin carrancudo em uma loira doce e suave.

"Que opções temos então, Mad?", pergunto, tentando ignorar Stephanie.

A cabeleireira estuda a cliente por um momento, pegando mechas aleatórias de cabelo e deixando que caiam sobre os ombros. "Acho que devemos manter comprido. Combina com ela. Mas um corte em camadas faria maravilhas. Talvez uma franja para destacar os olhos."

Como se os olhos dela precisassem ser destacados. Já são enormes, brilhantes e azuis.

O que não é nem um pouco relevante agora.

"Tá, como quiser", digo, de repente desesperado para sair dali. "Linda, você se importa se eu for pegar café pra gente enquanto Maddie trabalha?"

"Claro que não, coisa fofa."

Suas palavras são açucaradas, mas sei que ela me fulmina com o olhar quando viro as costas.

Sorrio para a recepcionista na saída. Ela me abre um sorriso claramente convidativo. Quase aceito a oferta. É alta e magra, com cabelo levemente ondulado, meio anos 1960. Exatamente o tipo de garota que meus pais esperariam que eu levasse para casa. Preciso que Stephanie fique desse jeito, e vai ser preciso muito mais do que algumas camadas emoldurando seu rosto. Tipo um transplante de personalidade.

A ideia foi sua, cara.

Ainda não sei como a semente foi plantada, ou o que me compeliu a aparecer no apartamento do ex-namorado dela como um stalker pervertido. Mudei de ideia assim que bati à porta. Mas então a vi, completamente infeliz por ficar segurando vela, e me peguei querendo ficar ali.

Daí, fui lá e a *beijei*, o que era mais pra calar a boca dela por, sei lá, cinco segundos, mas em vez disso foi meio... excitante. Nenhum de nós precisa disso neste momento.

Pego os cafés sem pressa, e até finjo ver as vitrines da Quinta Avenida, porque é muito menos assustador do que a monstruosidade repleta de estrogênio que é o salão de beleza. Como não tenho ideia de quanto tempo essas coisas demoram, entro numa livraria para aproveitar o ar-condicionado. Termino meu café e começo a tomar o de Stephanie, só porque está lá.

Quarenta e cinco minutos depois, volto para o salão. Stephanie está sentada na recepção, claramente puta com meu atraso.

"Você não costuma ver suas mensagens, né?", ela pergunta.

Pego o celular e, claro, tem umas cinquenta mensagens dela, todas com ameaças cada vez mais violentas caso eu não arrastasse minha "bunda presunçosa" para o salão naquele instante. Mas tenho dificuldade em me concentrar no fato de que Stephanie quer me matar, porque ela está... linda.

Não entendi nada do que Maddie disse, mas a mulher é boa no que faz. O cabelo de Stephanie continua tão escuro e brilhante quanto antes, mas, em vez de esconder seu rosto como um escudo, cai em ondas desalinhadas sobre seus ombros e meio que implora para ficar espalhado no travesseiro de alguém.

Não no meu. Mas no de alguém.

E é muito difícil distinguir por baixo do cenho franzido e da maquiagem de guaxinim, mas acho que pode haver uma gatinha por baixo de toda essa angústia.

"E o café?", ela pergunta.

Abro um sorriso abatido, mas para minha surpresa Stephanie não dá escândalo.

"Tanto faz", ela diz. "Você sempre erra meu pedido mesmo."

Verdade.

Pego o cartão de crédito e me aproximo da recepcionista curiosa. Não tive que insistir muito para que Stephanie me deixasse pagar. Ela não apenas não tem dinheiro como, se vamos transformar nossa pequena aventura em uma porcaria de um roteiro, tenho que ser o responsável pela transformação, como Pigmalião.

O que não é problema pra mim. Sou um homem evoluído. Posso tolerar uma loja de maquiagem e um provador feminino.

Mas não antecipei os obstáculos que surgiriam na manutenção do meu foco. Estou aqui para criar uma versão de Stephanie que engane meus pais. Não uma versão de Stephanie que agrade a *mim*.

Olho para ela enquanto mexe no celular e faço sinal de positivo para o corte de cabelo. Ela estreita os olhos e balança a cabeça de leve como se dissesse "quê?" antes de me mostrar o dedo do meio.

Então... tudo bem. Acho que não preciso me preocupar em me apaixonar por essa delicada flor-do-campo.

"E agora? Manicure e pedicure de casal?", ela ronrona quando saímos para o sol do fim da manhã.

"Isso é pra unha, né?"

"Ouvi dizer que sim."

"Bom... é claro que vamos ter que nos livrar dessa sujeira que você acumulou aí, mas não agora."

"Podemos comer alguma coisa?", ela choraminga enquanto a arrasto na direção de uma luxuosa loja de departamento, que uma rápida pesquisa na internet indicou como o lugar certo para comprar todo tipo de cosmético. Sou completamente a favor de fazer tudo em uma única loja, não apenas por mim, mas também porque a paciência de Stephanie para essa transformação está se provando curta.

"Não está com calor?", pergunto, olhando para sua calça larga enquanto seguro a porta aberta para ela.

Stephanie me ignora e segue em frente. "Fico surpresa que não cobrem entrada", diz, olhando para a decoração claramente ostensiva.

Sinto um leve aperto no peito. Ainda que não tenha prestado muita atenção àqueles filmes idiotas, as semelhanças não me escapam. Sua cara um tanto perplexa não é muito diferente daquela de Eliza Doolittle em *Minha bela dama* ou da prostituta de *Uma linda mulher*. Ela está fora do seu ambiente. Stephanie sabe disso, e não gosta dessa sensação.

"Pense nisso como a parte descritiva do roteiro", digo, pondo a mão em suas costas para guiá-la até a escada rolante. "Gótica raivosa descobre a Quinta Avenida."

"Já estive na Quinta Avenida, idiota", ela solta.

Tão fofa.

Chegamos ao departamento de beleza ou o que quer que seja, e por um segundo fico paralisado. Tem opções pra caralho aqui.

"Assustador, não acha?", Stephanie sussurra, parecendo muito satisfeita por não ser a única fora da zona de conforto.

Eu a arrasto até um dos balcões com um logo vagamente familiar e sorrio para a loira gelada que está do outro lado.

"Minha irmã precisa de um novo visual", digo, mostrando a ela todos os dentes.

"Agora sou sua irmã, é?", Stephanie murmura.

"Só até estar apresentável", digo discretamente.

Ela faz uma cara feia, como se tivesse ficado magoada com o que falei, mas então dá de ombros e tenta sorrir para a vendedora.

Boa garota. Faça a sua parte.

Não que Stephanie esteja fazendo qualquer coisa por um motivo nobre. Ela sabe muito bem que não vai ter a chave ou mesmo o endereço do meu apartamento até o dia terminar e ela parecer... bem, digna de um Price.

A ideia é tão absurdamente *escrota* que eu me odeio por um segundo antes de me lembrar que é tudo parte de um jogo. Um jogo em que ela topou entrar.

"Estamos pensando só em um pouco de cor na boca, ou talvez um iluminador, ou...?" A vendedora fica olhando para mim e para ela.

Já fiz compras de Natal o bastante com meu pai para saber o que vem depois. Puxo a carteira do bolso e passo o cartão de crédito.

"Tudo", digo, com firmeza. "Um novo visual completo. Algo feminino e doce. Menos... sombrio."

"É isso que você quer?", a vendedora pergunta a Stephanie.

"Ah, claro. Feminino e doce é o que eu *sempre* quis."

A vendedora fica encantada demais com a visão do meu cartão de crédito e a possibilidade de fazer uma transformação completa para perceber o sarcasmo na voz de Stephanie. A mulher já está vasculhando uma porção de gavetinhas, das quais tira dezenas de produtos minúsculos.

"Então, hum, Kendrick...", começo a dizer.

"Vai logo", ela diz com um suspiro. "Mas não demora tanto desta vez."

Já estou escapando, imaginando se é cedo demais para beber uma cerveja em algum lugar que me permita encarar o resto do dia.

"Você é um péssimo Pigmalião, diga-se de passagem", Stephanie grita para mim.

O que ela esperava, que eu desse minha opinião quanto a cores de sombras? Além disso, o cara de *Uma linda mulher* só deu um rolo gordo de notas de dólares para a garota e disse para ela fazer compras. Essa é a versão atualizada da coisa.

Encontro mais do que uma cerveja para mim: um bar de esportes que está aberto mesmo ainda não sendo meio-dia. Me perco em uma partida de futebol europeu com a qual não me importo muito, mas que é bem melhor do que ficar assistindo a alguém ser maquiada.

Meu celular vibra e eu o pego do bolso sem tirar os olhos da televisão. Ao ver a mensagem, faço uma careta.

Stephanie está pronta há cinco minutos e quer saber "onde está a porra da minha bunda mole". Claramente não sou o único que precisava de uma cerveja. Passo a localização do bar e peço ao atendente o cardápio de comida. As mulheres sempre se saem melhor nas compras quando estão alimentadas, e ainda não chegamos à parte mais difícil: roupas.

Stephanie concordou em mudar o cabelo e a maquiagem, mas se recusou a trocar de guarda-roupa — mas logo vou reverter esse quadro.

Alguns minutos depois, reconheço uma fragrância de laranja e fico consternado ao concluir que aparentemente reconheço o cheiro de Stephanie. Sei que é ela antes mesmo de virar a cabeça.

E então me viro e sinto como se alguém tivesse me dado um soco no estômago.

A velha gótica irritável desapareceu. Mas Stephanie não está bonita.

Ela está linda.

O que é ótimo para o meu plano — essa garota certamente vai receber o selo de aprovação da minha mãe. Assim que a gente se livrar dos piercings e das roupas.

Mas a transformação não é boa pra mim. Porque não tem lugar nessa história toda para o desejo.

E meu pau *definitivamente* está a fim dessa nova Stephanie.

"E aí?", ela pergunta, sentando na banqueta ao meu lado e pegando minha cerveja. "Passei?"

Volto a olhar para a TV, ignorando o fato de que o meu coração está um pouco mais acelerado do que um minuto atrás. "Dá pro gasto."

Ela dá uma risada. "Por favor. Estou *exatamente* como você queria. Acredita que o nome da cor dessa sombra bege sem graça é 'gentil'?"

"Alguma chance de isso mudar também a sua personalidade?", pergunto, pedindo outra cerveja, porque ela se apoderou da minha. Parece que adotamos rapidamente o hábito de um tomar a bebida do outro. É estranhamente confortável, e por isso mesmo meio esquisito. Só conheço essa garota a o quê? Umas duas semanas?

Passo o cardápio para ela, sentindo seus olhos em mim.

"Quê?", pergunto.

"Tem certeza de que está bom? Me sinto meio..."

Stephanie não termina a frase, então viro para olhá-la e... ela parece vulnerável. Seus grandes olhos azuis me imploram silenciosamente para que eu garanta que sim, ela vai conseguir, e sim, vai ficar tudo bem sem a maquiagem escura para protegê-la do mundo.

"Você está bonita", digo.

Apesar de Stephanie estar com uma sacola cheia de produtos da loja, sua maquiagem não é nada exagerada. Me lembro de uma vez ter reclamado do tempo que Olivia levava para se arrumar, e ela me disse que parecer natural dava muito mais trabalho do que parecer produzida.

Se é mesmo o caso, devo ter escolhido a vendedora certa. Stephanie parece ter brilho e frescor, bonita de um jeito que não é óbvio. Seus olhos estão brilhando, mas não de um jeito cintilante. E não sei o que é essa coisa rosa nos lábios dela, mas me dá vontade de beijá-los.

"Você está me encarando, Price", ela diz, com um sorrisinho torto no rosto.

"Só estou tentando fazer você se sentir melhor, já que está tão preocupada."

"Pelo menos ainda tenho meus peitos", ela diz, sacudindo-os de leve.

Engasgo com a cerveja. "Pode não fazer isso?"

Pelo menos não em público. Já na minha casa...

Afasto a ideia e pedimos o almoço. Ela fica falando sem parar sobre o próximo Festival de Cinema de Tribeca, e me lembro de perguntar a Martin se é difícil conseguir ingressos. Certamente há um lado bom em ser afilhado de um cara que ganhou um Oscar.

"Já fiz as malas", ela diz, tirando o tomate do sanduíche antes de dar uma mordida enorme nele.

Coloco ketchup no meu prato e mergulho uma batatinha nele. "Como David encarou sua saída?"

"Pareceu um pouco chocado em ser substituído por você. Ficou te chamando de marombado almofadinha."

"E ele é o quê? Artista sujinho?"

"Tipo isso. Bom, ele me deu todo tipo de aviso sobre 'sair com gente *de fora*', mas meio que foi tranquilo."

"Então você não disse a ele que é tudo fingimento?"

"Não. O cara me fez morar com a garota com quem me traiu. Não merece minha honestidade."

Concordo. "E sua família? Contou para eles?"

Sinto o corpo dela enrijecer. "Não contei."

Seu tom deixa claro que é o fim da discussão, mas fico curioso. Ela nunca fala sobre a família.

"Mas pelo menos disse que ia mudar, né?"

Ela desdenha. "Meu pai ainda pensa que estou na casa da minha prima. Como ela é da família da minha mãe, ele não tem como descobrir."

"Seus pais são separados?", pergunto, juntando as peças.

"Podemos não... fazer isso?", ela pergunta, sacudindo o dedo para se referir a toda a conversa.

"Tá", digo, mantendo o tom casual. "Mas, se for se passar por minha namorada, preciso saber pelo menos o básico."

Stephanie fica em silêncio por um momento. "Não quero mesmo falar sobre isso, Ethan."

Sua voz é muito séria, e eu me sinto um idiota no mesmo instante por forçar a barra, mesmo que queira saber por que fica tão na defensiva toda vez que toco no assunto da família dela.

"Tudo bem."

Ficamos em um silêncio companheiro por mais um tempo enquanto terminamos de comer, eu assistindo aos últimos minutos do jogo, ela mexendo no celular.

"Quando vamos pegar minhas coisas na casa do David?", ela pergunta enquanto pago a conta. Desta vez, ela insiste em enfiar uma nota de vinte na minha carteira para cobrir sua parte, e eu deixo. Depois a coloco em sua bolsa discretamente.

"Só mais algumas paradas", digo, segurando a conta.

Ela franze o nariz, desconfiada. "Que tipo de paradas?"

"Precisamos comprar roupas novas pra você", solto.

Stephanie faz careta. "Já disse que não. Tolerei o batom com gosto de chiclete, o perfume esnobe e o corte de cabelo caro, mas quero continuar usando minhas roupas."

Por mais que eu adore seu estoque infinito de regatinhas e camisetinhas justas, o guarda-roupa dela não vai servir.

"Pensa nos filmes", digo. "Acha mesmo que uma transformação pela metade é o bastante? Precisamos do pacote completo."

Ela morde o lábio, e eu sei que sabe que estou certo. "Tá. Podemos comprar *algumas* coisas, que só vou usar quando formos encontrar outras pessoas. Em casa, posso ficar com a roupa que eu quiser."

Em casa. O espaço que vamos dividir. Desvio os olhos de sua boca.

"Justo", digo.

"E nada de rosa."

Hesito, pensando em Olivia e em minhas amigas da alta sociedade. "Talvez só um pouco."

"Ethan..."

"Você vai ficar bonita de rosa."

É a coisa errada a dizer. Ela parece puta.

"Pareço o tipo de pessoa que se preocupa em ficar bonita?"

Na verdade, sim. Ela parece. Acho que se preocupa muito mais do que quer que os outros pensem.

"Vamos deixar na mão da vendedora", digo, tentando uma trégua. "Se ela sugerir algo rosa, você pensa a respeito. Caso contrário, não vou forçar."

"Nada de rosa", Stephanie volta a murmurar, deslizando da banqueta e pegando a sacola de compras e a bolsa. Ela espera pacientemente enquanto assino o comprovante do cartão e me deixa que a guie na direção da Bloomingdale's.

"Aposto que está arrependido de não ter encontrado uma estátua de mármore mais submissa para participar do seu joguinho", ela diz, enquanto enfrentamos o tráfego sempre pesado de pessoas no centro.

Dou uma olhada em seu cabelo escuro e brilhante e em seu novo rosto.

Estranhamente, não tenho nenhum arrependimento.

9

STEPHANIE

"Você está aí?"

Afundo ainda mais na banheira, amando o modo como as bolhas ameaçam vazar, mas não vazam.

"Não", grito para Ethan, que está do outro lado da porta do banheiro. "Saí pra resolver umas coisas."

"Posso entrar?"

Se ele pode entrar? "Sério, Price?"

"Por que, você está fazendo cocô?"

"Não! Mas as pessoas não costumam perguntar se podem entrar num banheiro ocupado."

Ele fica em silêncio por alguns segundos. "Quero falar sobre o fim de semana."

Suspiro. Fiz um bom trabalho até agora em não pensar no fim de semana. Já faz oito dias que estou no quarto de hóspedes de Ethan — oito dias *gloriosos*, durante os quais não precisei me preocupar com falta de água quente, ratoeiras ou a possibilidade de haver baratas, enquanto convenientemente ignorava o fato de que, embora não me custe nem um centavo ficar neste paraíso, vou ter que pagar por isso com minha dignidade.

"Podemos conversar quando eu sair da banheira", digo.

"Até parece. Você só vai fingir que pegou no sono, como nas últimas três noites."

Droga. Ele já sacou qual é a minha.

"Vou entrar."

Ouço a maçaneta girar e solto um gritinho: "Não!".

Por que não tranquei a porta? Ah, sim. Porque não achei que Ethan pudesse invadir o banheiro.

Mas ele já enfiou a cabeça pela porta, cobrindo os olhos com as mãos. "Posso olhar?"

"Ethan, eu já disse que estou na banheira."

"Mas as bolhas devem estar escondendo tudo, não? Se você for como a maioria das garotas, deve ter usado meio frasco de espuma para banho, então as partes interessantes devem estar cobertas."

É verdade. Eu usei mesmo meio frasco. E a única parte visível do meu corpo é a minha cabeça.

"Tá", murmuro. Não é como se eu pudesse impedi-lo mesmo. Ethan parece achar que nossa pequena parceria nos transformou em melhores amigos. Melhores amigos *platônicos* — ele deixou isso bem claro.

"Isso tudo é muito *Uma linda mulher*", Ethan diz, sentando na beirada da banheira como se fosse completamente normal ter uma conversa com uma garota pelada que não é namorada dele. Ou pelo menos não de verdade.

"Estou começando a me arrepender de ter sugerido aquele filme", resmungo.

"Você não está usando maquiagem", ele diz, avaliando meu rosto.

"Esquisito, né? Porque é supernormal se pintar toda antes de entrar na banheira."

Ele suspira. "Acha que pode controlar um pouco o sarcasmo quando for conhecer meus pais?"

Olho para ele. "*Você* controla o sarcasmo quando está com seus pais?"

"Aí você me pegou. Mas precisamos falar sobre nossa estratégia para o jantar no fim de semana."

Fecho os olhos e reclino a cabeça para trás, tentando fazer parecer que não poderia estar mais relaxada. Mas, sinceramente, estou morrendo de medo. Tá, posso ter meu figurino de Poliana, meu corte de cabelo saltitante, e tenho certeza de que Ethan roubou minha sombra favorita, cinza-escura, porque não consigo encontrá-la. Mesmo assim, faz um bom tempo que não me faço de boazinha. E larguei esse papel por um bom motivo.

"Por que você e sua namorada terminaram?", pergunto, querendo irritá-lo antes que ele consiga me irritar. "Se vamos fazer isso de verdade, preciso saber todos os fatos."

Os olhos de Ethan parecem sombrios por um segundo, então ele só dá de ombros e se ajeita na beirada da banheira. "Todos os fatos, é? Assim como sei todos os fatos sobre a situação na sua casa?"

Meu estômago fica embrulhado com a referência, mas entendo o que ele quer dizer, porque fui eu quem estabeleci as regras: sem detalhes, nada pessoal.

"Tá", digo mais baixo. "Mas pelo menos me ajuda a entender por que sua mãe está tão envolvida na sua vida amorosa."

Ele suspira, apoiando a cabeça na parede. Seu pomo de adão se move quando engole em seco, e tenho um pouco de vontade de mordiscá-lo, só para ver o que Ethan faria. Mas, considerando que ele mal parece registrar o fato de que estou pelada, imagino que não gostaria muito que eu lambesse seu pescoço. Pela centésima vez, me pergunto por que não chamou uma garota por quem se sente atraído para participar desse joguinho.

Mas acho que esse é o ponto. O fato de que somos duzentos por cento errados um para o outro torna a coisa toda muito menos arriscada.

Ou pelo menos é o que fico repetindo para mim mesma.

"Bom, você sabe que minha família é rica", ele diz.

Olho surpresa para o banheiro ridiculamente exuberante à minha volta. "*Quêêêêê?*"

Ele dá um sorrisinho. "Bom, basta dizer que gente rica gosta de gente rica, e espera que seus filhos ricos se deem bem com os filhos dos outros ricos. Dos ricos de verdade", ele especifica.

Quero dizer algo sarcástico, mas espero que termine.

"Mas, quando você é criança", ele continua, "nem pensa muito nisso. Só quer que os pais dos seus amigos sejam amigos dos seus pais, pra que vocês possam brincar juntos. Não é muito diferente de uma família americana normal, só que com mais caviar e menos molho barbecue."

"Parece *horrível*." Estendo o pé com as unhas recém-pintadas de coral para fora da água e toco a torneira. "E uma dessas esnobezinhas agora é sua ex?"

Ele assente. "Minha mãe e a mãe de Olivia eram da mesma irmandade, e nossos pais são sócios. Eu, ela e Michael crescemos juntos. O pai dele era da fraternidade do meu pai, e a mãe dele fazia duplas no tênis com a minha."

"Minha nossa, é quase incestuoso."

"Você não tem ideia", ele murmura.

Franzo a testa, tentando entender. "Tá, então seus pais estão chateados porque vocês terminaram. Grande coisa, acontece. Não podem esperar de verdade que fiquem juntos só porque as famílias já trocaram confidências."

"Você não entende", ele diz. "Os Price, os St. Claire e os Middleton são os Vanderbilt, os Carnegie e os Rockefeller de hoje. Não é pessoal. São negócios."

Sinceramente, a coisa toda me soa ridícula, mas Ethan parece muito chateado. Como estou deitada pelada em sua banheira, durmo em seu quarto de hóspedes e uso sua cozinha, acho que não posso simplesmente dizer para superar e parar com o mimimi. Ainda que queira.

"Tá, é tudo muito triste e dramático", digo, juntando cuidadosamente as bolhas que parecem estar diminuindo sobre uma parte do meu corpo para não dar a Ethan uma visão direta da minha virilha. "E, se você insiste que inventar uma namorada é a melhor maneira de evitar sua ex, problema seu. Mas tem certeza de que seus pais vão acreditar? Você não disse que conhece Olivia desde que estava na barriga da sua mãe?"

"Desde os quinze."

Franzo a testa. Há tristeza em sua voz, e pela primeira vez desconfio que talvez esses planos tenham menos a ver com a mãe do que com *Ethan*.

"Você ainda não superou essa garota." Eu disse a mesma coisa quando ele contou seu plano para mim, e Ethan me ignorou. Ele continua me ignorando.

"Você não é minha terapeuta", diz, apertando meu dedão.

Ele não nega nada, mas tem alguma coisa errada nessa história. Quando me convidou a participar dessa ideia maluca, Ethan alegou que sua mãe mantinha Olivia por perto na esperança de que eles voltassem. Se ele não a tivesse superado, não ia *querer* isso?

Mas sua expressão está fechada, e se há alguma coisa em que sou boa é em entender que, às vezes, as pessoas simplesmente *não querem falar a respeito*.

"Tá, então o que eu *preciso* saber?", pergunto, cada vez mais consciente de que as bolhas estão se desfazendo e a água do banho ficando cada vez mais fria. "Tenho que assumir uma posição política específica? Defender apaixonadamente certo ponto de vista religioso? Reprimir certos interesses que seriam estranhos demais para os Price?"

"Liberal, protestante e esportes", ele diz. "Os Price não falam sobre esportes."

"Vou tentar refrear a vontade de citar todas as estatísticas de futebol americano que conheço de cabeça."

"Boa garota. Vai ficar tudo bem. E, hum, os piercings...?"

"Vou tirar para o jantar de domingo, como combinado", digo. "Isso significa que não devo mostrar a tatuagem de cobra que tenho em cima da bunda pra sua mãe?"

Seus olhos lampejam brevemente para a água. "Você tem uma tatuagem?"

Abro um sorriso enigmático. *Ele bem que gostaria de saber...*

"Não se preocupe, Price. Vai dar tudo certo", asseguro.

E a coisa é: mesmo odiando tudo isso, sei que tudo vai dar certo mesmo. Porque, embora meu sorriso falso esteja enferrujado e eu não seja capaz de nomear diferentes tipos de ostras, houve um tempo em que eu poderia jogar esse jogo com os melhores.

Ethan Price se saiu melhor do que imagina ao escolher Stephanie Kendrick como a Barbie do seu Ken. Porque Stephanie Kendrick já foi Steffie Wright: animadora de torcida, presidente do conselho estudantil e rainha do baile.

Impressionar pais? *Por favor.* Eu fazia isso dormindo.

10

ETHAN

Por um lado, o jantar idiota com meus pais está indo muito melhor do que eu imaginava. Stephanie merece uma medalha de ouro das namoradas de mentirinha. De verdade. Ela está com tudo.

Mas as coisas também estão indo muito pior do que eu imaginava, porque minha mãe ativou o modo casamenteira. Ela nem parece se importar em como minha suposta nova namorada é fantástica, pois mencionou o nome de Olivia umas sete vezes, e só faz meia hora que estamos aqui.

É tão interessante que Ethan tenha escolhido uma morena. Ele sempre gostou de loiras.

É maravilhoso voltar a ter uma convidada para o jantar. Olivia costumava comer com a gente todo domingo.

Ethan, eu falei que vi Olivia no clube outro dia? Ela está bem magra, mas acho que fica bem assim.

No caminho para cá, Stephanie me disse que passou a noite tendo ideias para a cena do encontro com os pais do nosso roteiro, e minha mãe está dando pano para manga. Ela poderia estar lendo as falas de uma mãe manipuladora.

Dou uma olhada para Stephanie para garantir que não vai se enfurecer com minha mãe, mas ela graciosamente virou para papear com meu pai, que está amando cada momento.

Não posso culpá-lo. Stephanie está... ela parece... *merda*, ela está linda. Quando saiu do banheiro depois de uma hora se arrumando, fiquei sem fala por uns cinco minutos. Eu já a tinha visto com o novo penteado e a nova maquiagem, claro. Até tinha visto algumas peças do novo guarda-roupa quando fiquei esperando na loja, diante do provador.

Mas o visual completo? Nossa. Ela é a namorada perfeita.

Fiquei preocupado que ela não conseguisse resistir e fizesse os olhos de guaxinim de sempre, mas deve ter prestado atenção à vendedora da loja. A maquiagem raivosa e escura foi embora. Ela até passou um troço rosa nas bochechas, por isso não parece mais aquela garota que baniu a cor da sua vida. O vestidinho branco de verão e o cardigã azul-claro são a cobertura desse bolo irritadiço. Ideal para conhecer meus pais.

A coisa toda não tem nada a ver com Stephanie.

E, por alguma razão, isso está me incomodando, ainda que criar uma pessoa completamente diferente dela seja parte desse plano idiota.

Meu pai não parece se importar, no entanto. Diferentemente da minha mãe, ele parece muito disposto a aceitar a substituta de Olivia.

"Tenho certeza de que Natasha já perguntou isso", ele diz, "mas como vocês se conheceram mesmo?"

"Ah, estamos fazendo um curso de cinema juntos", Stephanie responde, me lançando um olhar rápido para confirmar se tudo bem. No caminho, concordamos em falar a verdade sempre que possível, pra evitar sermos pegos em uma rede de mentiras.

"Ah, claro, a aula de Martin", meu pai diz, assentindo diante da menção ao seu velho amigo e figurão de Hollywood.

"Isso. *Martin*", Stephanie diz, e eu sei que está morrendo para saber por que meu pai chama um roteirista vencedor do Oscar pelo primeiro nome. Mas ela sabe que não pode perguntar, porque eu já teria explicado isso a ela se estivéssemos namorando.

Respiro fundo e torço para que não haja muitos outros momentos do tipo "você deveria saber disso" entre nós antes de termos uma conversa mais profunda para nos conhecermos melhor.

"Você também está fazendo esse curso como um ato de rebeldia?", minha mãe pergunta, indo até a geladeirinha para encher sua taça de vinho.

Não é a primeira vez que odeio o fato de a minha família insistir em tomar drinques antes de comer. É o momento do papo-furado. Ou seja, é um verdadeiro inferno.

Me preparo para ouvir Stephanie começar a tagarelar sobre como o cinema é a alma do país, disparando o desdém infinito da minha mãe pela "cultura pop", mas ela me surpreende mais uma vez. Dá de ombros levemente e então toma um gole mínimo do vinho tinto que meus pais serviram para ela, dando seguimento ao comentário esnobe da minha mãe. "Mais ou menos. Acho que é só uma dessas coisas que os jovens fazem no verão."

Minha mãe esboça um sorriso só para ser educada, antes de virar para mim. "Olivia está fazendo um estágio na empresa do pai. Sabia disso?"

"Não."

Na verdade, eu sabia. Ou pelo menos deduzi isso, já que ela estagiava lá todo verão. Como eu estagiava na empresa do meu pai — até agora.

Por sorte, meu pai anuncia que está com fome e toda a diversão é deslocada para a sala de jantar, de modo que tenha início o que imagino que será uma sequência sem fim de pratos acompanhada de um rol infinito de perguntas.

Minha mãe aperta o ombro do meu pai antes de sentar em seu lugar do outro lado da mesa, e eu desvio os olhos rapidamente. Sei que é minha mãe e tudo o mais, só que por um segundo eu a odeio. Nem tanto por dormir com o pai do Michael, mas por *mentir* a respeito. Por fazer do seu casamento e de tudo o que achei que a família representava uma farsa.

Pego Stephanie me olhando e sorrio para tranquilizá-la. Ela inclina a cabeça e retribui meu sorriso. Como se fosse eu quem precisasse ser tranquilizado.

Eu provavelmente deveria ter dado mais informações a ela antes de embarcar nessa história. Não seria difícil. Stephanie estava atrás de detalhes naquela noite, quando invadi seu banho de espuma como um tarado.

Não posso culpá-la por bisbilhotar. É claro que quer saber por que eu inventaria uma namorada em vez de apenas dizer aos meus pais que Olivia e eu terminamos e que eu queria seguir em frente, como qualquer cara normal de vinte e um anos. Por um segundo, fico de fato tentado a contar a ela todos os detalhes. Mas reflito melhor. Não contei a ninguém, e estou mesmo pensando em contar pra ela? Nem a conheço.

"Stephanie, me fale sobre seu círculo", minha mãe pede enquanto o chef — sim, eles têm um — coloca algum tipo de sopa fria à nossa frente.

Observo Stephanie pegando a colher certa e experimentando a gosma verde de aparência estranha sem nem arregalar os olhos diante da temperatura. Mesmo que pareça bem, me pego desejando uma família normal, com uma mãe que faz lasanha e serve um pacote de salada pronta em uma tigela de madeira. Uma família em que a mãe não use o termo "seu círculo" como se todo mundo pertencesse a um clã tão deturpado quanto este.

"Meu círculo?", ela pergunta, como se lesse minha mente.

As feições de Stephanie são o perfeito semblante da amabilidade, mas seus olhos contam uma história diferente. Eu a observo de perto, esperando sua revolta diante da pretensão descarada da minha mãe, mas não é o que vejo. Ela só parece... cautelosa. E eu odeio isso.

"Sua família", minha mãe diz, tomando uma colherada delicada de sopa. "Vocês são de Nova York?"

"Cresci em Rhode Island."

Minha mãe acena com um interesse fingido pedante. "Que gracinha!"

Quando ela diz isso com essa voz condescendente, não significa "adorável e singular", mas sim "trivial". E posso dizer que Stephanie sabe disso pela maneira como seus ombros ficam tensos.

"É o menor estado do país", Stephanie diz, ignorando admiravelmente o tom da minha mãe.

"Você volta pra lá com frequência?"

Lembro da relutância de Stephanie de entrar nesse assunto, o que dispara um alarme na minha cabeça.

"Qual é a dessa sopa esquisita?", interrompo, esperando distrair minha mãe com minha grosseria. "Parece lama fria."

Mas Stephanie já está respondendo. "Na verdade, meu pai mora na Carolina do Norte agora. Ele mudou quando eu tinha dezoito anos."

"Ah, que ótimo. E sua mãe?"

"Ela morreu."

Stephanie diz isso tão baixo, tão fácil, que o resto da mesa precisa de um segundo para registrar.

Merda.

Eu meio que tinha concluído que ela não era de uma grande família feliz, mas não percebi que era com MORTE que estávamos lidando. De repente, me sinto o maior babaca por não parar de falar dos meus pais. Pelo menos ainda tenho os dois.

Meio que esqueço a ingenuidade do meu pai e o caso da minha mãe e encaro Stephanie. Seus olhos parecem tristes, mas resignados. Sinto uma urgência massacrante de tirar a expressão assombrada de seu rosto.

Também tenho um bilhão de perguntas. Tipo: foi com a morte da mãe que começou toda essa coisa de odiar o mundo? E meio que quero perguntar por que ela não me contou.

Merda. Agora estou me perguntando por que me importo que ela não tenha contado.

Mas as perguntas vão ter que esperar até que esse jantar dos infernos termine. Porque esse *definitivamente* é o tipo de coisa que eu deveria saber sobre minha "namorada".

"Coitadinha", minha mãe diz, abrindo um sorriso triste para ela.

Ela levanta um ombro e por um segundo é como se fosse a velha Stephanie outra vez: raivosa, na defensiva, taciturna. Não, não a *velha* Stephanie. A *verdadeira* Stephanie. Ela é tão boa nessa coisa de garota agradável que fico esquecendo que por baixo das roupas discretas e da maquiagem é dura como pedra.

Meus pais olham um para o outro. Parecem concordar em silêncio que meu pai mude o assunto discretamente para seu favorito: trabalho. O dele, claro.

Stephanie é educada. Faz todas as perguntas certas e ri nos momentos apropriados diante das histórias cansativas do meu pai. De alguma maneira, atravessamos o jantar e a sobremesa sem que meus pais se deem conta de que não estamos exatamente apaixonados.

Acho que fomos bem-sucedidos no primeiro round do experimento pigmaliônico, mas é como se minha mãe secretamente soubesse que precisamos desenvolver a vilã do nosso roteiro, porque me segue até o hall de entrada quando vou buscar a bolsa de Stephanie.

"Só queria que soubesse que não vou contar nada aos Middleton", ela fala baixinho.

"Como assim?", pergunto, me fazendo de bobo.

Ela aperta os lábios. "Sobre esse seu casinho."

Dou de ombros. "Pode contar. Stephanie vai comigo ao casamento de Paige. Talvez até lá você possa parar de mencionar Olivia na frente dela."

Minha mãe me avalia. "Ainda faltam umas semanas para o casamento."

"E?"

Ela abre um sorrisinho frágil. "Como você sabe que ainda vai estar com Stephanie?"

"Eu só sei."

"Ethan..." Ela leva a mão ao meu braço e eu afasto o olhar, porque parece mesmo preocupada, e sei que no fundo só quer que eu seja feliz. "Stephanie parece uma boa garota, mas você e Olivia..."

"Terminamos, mãe."

"Mas por quê? Vocês estavam tão felizes juntos."

Estávamos?

Quer dizer, com certeza parecíamos satisfeitos. Até o fim não tivemos nenhum drama, e conheço casais o bastante para saber que isso é *muito* incomum. Então, sim, acho que éramos felizes. O bastante.

Mas então as coisas implodiram. E estou me sentindo como um personagem de uma música mela cueca sobre ter o coração partido?

Não.

Faço menção de ir para a sala, onde Stephanie conversa com meu pai, então paro e viro para minha mãe.

"Por que é tão importante que eu volte com Olivia? O que você ganha com isso?"

Ela pisca, como se tivesse sido pega de surpresa pela pergunta. "Eu só... Eu pensei... Quero que você seja feliz."

"Eu *estou* feliz, mãe. Com Stephanie."

Parece que sou melhor nessa coisa de farsa do que imaginava, porque as palavras saem automaticamente, sem nem pensar.

Minha mãe levanta as mãos se rendendo. "Está bem, está bem. Você é jovem, imagino que queira experimentar as opções."

Olho em seus olhos. "Então só os jovens gostam de experimentar as opções?"

Ela fica ligeiramente tensa e endireita os ombros. "O que você quer dizer com isso?"

"Você sabe muito bem", murmuro.

Então vou embora.

Sei que deveria ter tido a coragem de simplesmente falar a verdade. De confrontá-la quanto ao que eu vi.

Mas não sei como ter essa conversa. Não sei como dizer que a vi com o Mike mais velho no outro dia. Não sei como falar que descobri que está tendo um caso com o pai do meu melhor amigo.

Talvez algum dia eu seja capaz de rir do golpe do destino que foi saber da minha mãe e de Olivia no mesmo dia. Droga, na mesma *hora*.

Mas esse dia não é hoje.

Hoje não tenho vontade de rir.

"Está pronta?", pergunto a Stephanie, louco para sair daquele lugar.

Meu pai pisca para ela. "Meu garoto quer te levar para casa."

Avalio a expressão do meu pai, tentando determinar se sua escolha de palavras é intencional. Não contei que eu e Stephanie estamos morando juntos. Embora eles não sejam puritanos, são tradicionais o bastante para que eu não queira anunciar isso. Ainda que seja a primeira vez na minha vida que eu de fato espere que meus pais acreditem erroneamente que *estou* dormindo com uma garota que, na verdade, é uma colega de quarto cento e dez por cento platônica — desconfio que esse arranjo domiciliar vai acabar comigo.

Como se aproveitasse a deixa, Stephanie levanta o pé para ajustar a tira da sandália, expondo suas panturrilhas elegantes e tonificadas, que me deixam com água na boca.

Merda.

Nos despedimos. Meu pai parece muito entusiasmado e agitado, enquanto minha mãe... não.

Assim que saímos, faço sinal para um táxi, mas Stephanie balança a cabeça para mim, em reprovação. "São só alguns quarteirões. Por que não vamos andando?"

Abro a porta para que ela entre. "Ninguém caminha voluntariamente no verão, Gótica."

Ela desliza pelo banco de trás, se apressando em segurar a barra do vestido, mas não antes de eu dar uma boa olhada. Não me dou ao trabalho de virar o rosto, e ela não parece notar ou ligar. É como se nem registrasse que sou do sexo oposto, o que me incomoda muito.

"Seus pais são legais", ela diz baixinho.

"Se com 'legais' você quer dizer que minha mãe é uma víbora, claro."

"Ela não é tão ruim assim", Stephanie diz dando de ombros.

Ouço um leve tom de censura em sua voz, e tenho certeza de que está pensando que pelo menos tenho uma mãe.

"Por que você não me contou sobre a sua?", pergunto, já pegando o dinheiro para pagar pela corrida ridiculamente curta.

Stephanie dá de ombros. "O assunto não surgiu."

Eu deveria deixá-la em paz, mas, cara, somos colegas de apartamento e estamos em uma relação estranha. Ela não pode ser tão vaga sobre detalhes tão importantes quanto esse.

"Na verdade, surgiu, sim." Estico a mão para ajudá-la a sair do táxi. Seus olhos encontram os meus quando nossas mãos se tocam e tenho que me forçar a soltar seus dedos assim que ela está do lado de fora. Quando foi que fiquei viciado em tocar essa garota?

Ela puxa a mão e se dirige à porta do meu prédio. Não, do *nosso* prédio.

"Eu perguntei de onde você era", insisto. "Não achou que seria o momento de falar a respeito?"

Ela passa depressa pelo porteiro e aperta o botão do elevador. "Você não é meu namorado, Ethan. Não preciso te contar tudo."

Abro a boca para protestar, mas a fecho com a mesma rapidez. Stephanie está certa. Não sou namorado dela, e nem quero ser. A irritabilidade e a raiva contidas em seu corpinho diminuto não são exatamente tentadoras.

"Entendi", digo, seco, enquanto entramos no elevador. "A gente pode só trocar uma lista de fatos importantes sobre cada um. Provavelmente sobreviveremos ao resto do verão."

Ela me vislumbra de canto de olho. "Ih, tá louco? Achei que a noite tinha sido bem boa, e de repente você pula na minha jugular."

"Foi o.k. Eu não diria *boa*", corrijo, enquanto passamos para o corredor.

"Bom, não é culpa minha se sua mãe quer que você volte com sua ex. Ela tem ovários de ouro ou coisa do tipo?"

"Minha mãe parece achar que sim", murmuro enquanto destranco a porta. Vou imediatamente para a geladeira pegar duas cervejas. Abro ambas e entrego uma para ela.

Stephanie toma um longo gole antes de virar de costas, se arrastar até o sofá e se espalhar nele. O desalinho é tão incongruente com sua aparência de clube de campo que quase sorrio.

"Por que você não diz para ela parar de encher seu saco?", Stephanie pergunta. "Explica que sua ex era chata e sem graça, enquanto sua nova namorada é um docinho de coco." Ela diz isso com um meneio desajeitado, e eu faço uma careta ao sentar na poltrona à sua frente. Aparentemente, cansamos de brigar.

"*Um docinho de coco?*", pergunto, incrédulo. "Quando foi a última vez que você ouviu alguém usar essa expressão?"

Stephanie dá de ombros. "Para alguém que gosta tanto de estar atualizado, que tal dizer para sua mãe que não vivemos num império antigo em que você e Olivia precisam se sentir obrigados a ficar juntos só para gerar um herdeiro que agrade aos pais de vocês?"

"Não é assim também", digo. Mas meio que é. "Ela... minha mãe só tem uma visão bem restrita do meu futuro, e do dela. E envolve crianças Price-Middleton e jantares de Natal com todo mundo junto e muita lagosta."

Stephanie assente e toma um gole de cerveja. "Então ela não quer o sangue da ralé se misturando nisso aí."

Levanto minha garrafa para ela num brinde. "Exato."

"Achei que tinha me saído bem, mas claramente preciso melhorar", ela diz, parecendo pensativa.

Meus olhos vão para suas pernas, que estão bastante expostas nessa posição. "Você foi ótima. E está linda."

Ela pisca por uns instantes, mas desvia os olhos assim que a encaro. "Valeu."

"Estou falando sério", insisto, sem saber muito bem o motivo. "Você foi a garota perfeita. Como se estivesse acostumada com isso."

Seus ombros parecem cair um pouco, e ela fica mexendo na barra do vestido. "Bom, pretendo ficar atrás das câmeras, mas fiz algumas aulas de atuação no meu primeiro ano."

Assinto, mas não caio nessa. Stephanie sabia *exatamente* o que estava fazendo com meus pais, e não tinha nada a ver com aulas de atuação. Ela sabia quando sorrir, quando rir, como sustentar a conversa...

Não sei qual é a história dela, mas não acho que venha de uma família amargurada de artistas.

O que significa que alguém ou alguma coisa fez com que ela se transformasse na versão turbulenta e mal-humorada que eu conheci no primeiro dia do curso de verão.

E quero saber o que aconteceu.

"Olivia me traiu", solto.

Eeeeeee... aí está. Acabei de abrir o coração a alguém que não tenho certeza de que não vai fazer churrasco com ele.

Ela estava levantando do sofá para ir ao banheiro, mas para e coloca a cerveja na mesa. "Que merda. Falando por experiência própria, sei como é ruim. Embora tenha que admitir que David e eu não fomos prometidos um para o outro antes de nascer, como você e Olivia."

Sorrio, triste. "Fica ainda pior. Ela me traiu com meu melhor amigo. Sabe o clã Price/ St. Claire/ Middleton que mencionei? Você falou que parecia incestuoso... vamos apenas dizer que o jovem Price e o jovem St. Claire oficialmente compartilharam a jovem Middleton."

Ela leva a mão à boca. "Nossa, Ethan, desculpa. Quando falei isso não quis..."

"Eu sei. Mas você estava certa."

"Mas espera aí. Se você foi traído, por que ela continua aparecendo na casa dos seus pais? Quer dizer, você não precisaria de uma namorada inventada se a anterior... hã... seguiu em frente."

Fico cutucando a garrafa. "Ah, então. Não estou muito certo de que Olivia seguiu mesmo em frente. Ela me escreve todos os dias pedindo desculpas. Diz que foi um erro."

"Mas você não vai perdoar a garota."

Respiro fundo, considerando a possibilidade. "Eu poderia. Talvez até devesse. Quer dizer, somos jovens, estamos juntos há um século, e sei que essas coisas acontecem. Mas não consigo tirar a imagem dos dois da minha cabeça, sabe?"

Ela arregala os olhos. "Você pegou os dois no flagra?"

Por um segundo, fico tentado a ficar quieto. Ignorar suas perguntas da mesma maneira que ela ignorou as minhas quando eu quis falar de sua família. Mas, para que isso pareça real, num nível mínimo que seja, ela vai precisar dessas informações. Principalmente quando conhecer Olivia, que certamente estará na festa dos meus pais em algumas semanas.

"Michael é meu melhor amigo..." Eu me interrompo. "*Era* meu melhor amigo. Nós dois éramos inseparáveis. Sei que não é algo que um cara que quer impressionar diga, mas crescemos juntos. Nossos pais eram parecidos, nossa educação foi parecida, praticávamos os mesmos esportes, fazíamos as mesmas coisas..."

"Já entendi. A história de amor clássica entre dois amigos."

"Isso. Bom, eu tinha conseguido ingressos de camarote para o jogo dos Yankees com meu pai, e passei na casa do Michael para ver se ele queria ir comigo. Então..."

Ela cobre os olhos como uma criancinha que assiste a um filme de terror. "Eles estavam juntos."

"É. Entrei no quarto e peguei meu melhor amigo e minha namorada..."

Stephanie levanta a mão. "Tá, pode parar. Já entendi."

Inclino a cabeça. "Tem certeza? Porque ainda nem cheguei à parte boa."

Embora, honestamente, eu não me importe que tenha me cortado. A imagem mental de Michael e Olivia já está gravada no meu cérebro sem que eu tenha contado essa história para nenhuma pessoa.

Ainda assim, Stephanie parece revoltada com a revelação. Eu me pergunto se é porque está se lembrando de quando pegou o babaca do ex a traindo também. Por algum motivo, nunca me comparei a ela, mas agora me ocorre que nesse quesito não somos tão diferentes.

É claro que nossas semelhanças se limitam à parte mais escrota da coisa: ser traído, fazer um curso durante o verão para fugir de alguma coisa e ter tanto medo de encarar a merda à nossa frente que somos capazes de inventar um relacionamento só para não fazer isso.

"Sua vez, Kendrick", digo, mantendo a leveza na voz. "Me dá pelo menos uma dica do que acontece com a sua família. Me ajuda a entender por que você fala da Carolina do Norte como se fosse uma colônia de leprosos."

Ela hesita, mas minha confissão deve ter provocado o efeito desejado, porque ela volta a se jogar relutantemente no sofá e começa a cutucar o rótulo da garrafa de cerveja.

"Versão resumida?", ela pergunta.

Dou de ombros. "O que você quiser."

"Depois que minha mãe morreu, meu pai casou com uma completa... bom, não me dou bem com minha madrasta. Nem um pouco."

Assinto e espero que continue, mas ela nem tenta olhar nos meus olhos.

"E...?"

"Como assim?"

"Por favor, você não é a primeira pessoa a não gostar quando um dos pais casa de novo. Tem que ter mais coisa aí."

"Por quê?", ela pergunta, de um jeito petulante.

"Bom, porque você tem vinte e um anos, não onze. Adultos não ficam ressentidos com a felicidade dos pais. Especialmente se forem viúvos."

Não quero ser duro, mas ela parece alguém que levou um tapa na cara. Sinto na hora que estou perdendo um ponto importante.

"Não é isso", Stephanie sussurra.

Eu me inclino em sua direção. "Então o quê?"

Ela aperta os lábios antes de colocar a cerveja na mesa de centro e levantar. "Não se preocupe com isso, Pigmalião. Enquanto sua estátua de mármore continuar com sua atuação perfeita, isso é tudo o que você precisa saber."

E ela está certa, claro. Está cumprindo sua parte do trato.

Mas, quando ouço a porta do quarto se fechar de forma decidida, quero socar alguma coisa.

Por que ela é tão fechada?

E, mais importante, por que isso me incomoda tanto?

11

STEPHANIE

"Sua vez", Ethan diz, usando o botão do lado do motorista para abrir a janela do passageiro que eu acabei de subir porque estava causando o maior estrago no meu cabelo.

Desisto, procurando um elástico na bolsa para prender o cabelo em um rabo de cavalo bagunçado. A sensação do ar fresco e limpo no rosto faz alguns fios emaranhados valerem a pena. Mesmo que eu vá conhecer os amigos dele em algumas horas.

Estamos a caminho da região de Finger Lakes, em uma viagem de fim de semana. Achei que a viagem de carro fosse ser infernal, mas até que está sendo legal. Sair da cidade é maravilhoso.

E estar com Ethan...

É bem o.k.

Faz quase uma semana desde o jantar ligeiramente desconfortável com os pais dele, e estabelecemos uma rotina bem boa. Apesar de não estar estagiando oficialmente na empresa do pai, Ethan ainda passa lá todas as manhãs para fazer Deus sabe o quê.

Consegui um trabalho de meio período no café em que trabalhei no primeiro ano. São só algumas horas por semana, mas ter algum tipo de renda faz com que eu me sinta menos culpada por tirar dinheiro do meu pai.

Sem falar que não estou pagando para morar com Ethan.

Só que estou. Porque perco meus fins de semana e minhas noites toda vez que ele precisa de uma namorada. E não estou odiando esse arranjo.

Ele se inclina para mim e belisca meu braço de leve.

"Ai! Quê?", pergunto.

"Sua vez", Ethan repete.

"De quê?"

"Duas verdades e uma mentira", ele diz, sem tirar os olhos da estrada.

Suspiro. "Não consigo pensar em mais nada."

"Até parece. Só fizemos duas rodadas."

"São duas a mais do que qualquer pessoa que não é um calouro no ensino médio deveria ter que suportar", digo, mordaz.

Mas, se eu for honesta, essa brincadeira boba não é o jeito mais horrível de saber algumas coisas básicas sobre a outra pessoa. Misturar uma mentira a duas verdades faz as confissões parecerem menos... intensas.

Não que a gente tenha ido muito além de cores e sabores de sorvete preferidos. Mas é melhor parar quando se está ganhando.

"Vou de novo enquanto você pensa", Ethan diz.

Ele para por um momento antes de fazer suas três afirmações.

"Um: dividi a barriga da minha mãe com um irmão gêmeo até o segundo trimestre. Mas não tinha espaço para nós dois, por causa do meu pinto enorme, e ele não sobreviveu até o fim da gestação. Dois: meu livro preferido é *Grandes esperanças*. Três: apesar de não estar a fim de estagiar este semestre, meio que gosto da possibilidade de assumir o negócio da família um dia."

Nem paro para pensar em qual afirmação é falsa. "Você não tinha um irmão gêmeo."

Ele faz uma careta como se fosse um apresentador de game show e eu fosse uma participante que acaba de estragar tudo. "Ah, sinto muito, mas essa não é a resposta certa."

Meu queixo cai. *Quê?* Só pode ser.

"Anota aí: não *suporto* Dickens. E *Grandes esperanças* é o pior de todos. Tão pra baixo e exagerado..."

Levanto a mão para interrompê-lo. "Me recuso a acreditar nessa história do gêmeo morto por um pinto grande. É ridícula."

Ele fica quieto por um segundo. "Bom, talvez não tenham conseguido provar que foi morte por pênis. Mas eu sei que foi."

Dou uma risada irônica.

Ele me olha. "Não precisa deixar tão claro que não acredita."

"Preciso, sim", digo, virando para olhar pela janela. "Porque tenho certeza."

"Você não tem como saber sem ter visto."

"Mas eu sei", digo. Meu Deus, tudo isso por causa de um pau...

Ethan fica quieto de novo. "Então você andou pensando nele."

"Não!"

Ele balança a cabeça como se fosse compreensível. "Pensou, sim. Se não tivesse pensado, quando a questão surgiu você teria que parar e pensar: 'O pau do Ethan é grande o bastante para expulsar outro bebê da barriga da mãe?'. Mas você respondeu na hora, o que significa que já tinha uma opinião formada. Uma opinião pouco lisonjeira, devo acrescentar. E incorreta."

Estou vermelha agora, porque ele meio que me pegou. Não que eu tenha pensado muito sobre, hum, *ele*. Minha resposta rápida para seu joguinho bobo se deveu simplesmente às suas histórias ridículas. Mas, ainda que eu não tenha pensado (muito) sobre suas partes íntimas antes, estou *definitivamente* pensando nelas agora por causa dessa conversa.

Eu me mexo no assento de couro do carro emprestado dos pais de Ethan. Não achei que ninguém em Nova York tivesse um carro de fato, mas é claro que a família Price teria toda uma frota de veículos charmosos esperando para quando o garoto de ouro quisesse dar uma voltinha.

"Sua mãe sofreu um aborto?", pergunto, meio querendo desviar o assunto da virilha dele e meio querendo mesmo saber.

"Teve", ele diz, parecendo mais contido agora. "Eles tinham acabado de descobrir que iam ter gêmeos, então não é como se minha mãe tivesse registrado a perda, mas ela não gosta de falar a respeito."

"E eles nunca mais tentaram engravidar?"

Ele me olha e sorri. "Devem ter decidido que eu era o bastante."

"Ou demais", murmuro.

"Você já está pensando no meu pau grande de novo."

"Ethan!" Tenho certeza de que estou corada, mas ele apenas sorri e muda de assunto, com pena de mim. "E você? É filha única também, né? Ou tem uma porção de irmãos escondidos no seu cofre cheio de segredos?"

"Sou só eu", digo. "Bom, tem o filho da minha madrasta. Mas nem conheci o cara antes dos dezoito, então não penso nele como meu irmão."

O que não é muito justo da minha parte. Gostei de Chris nas poucas ocasiões em que fomos forçados a ficar na companhia um do outro.

O cara não tem culpa se a mãe dele é uma devoradora de homens. Uma devoradora de *viúvos*.

"É melhor você continuar falando, Kendrick. Ainda temos algumas horas até chegar."

"Me explica de novo por que estamos dirigindo cinco horas até o meio do nada."

"Porque é minha última chance de ver Andrea antes que ela volte para a Califórnia. Normalmente ela vai pra Nova York nas férias, mas este ano a família alugou uma cabana para o verão, então teve que ir para lá."

"Ela é uma amiga do ensino médio?"

"Não. Do fundamental. Mas foi para uma escola pública em vez de fazer o ensino médio no colégio particular com a gente."

Reviro as águas no *cooler* que Ethan trouxe e entrego uma a ele. "Então você era amigo dos delinquentes da escola pública?"

"Só dessa", ele diz, sorrindo. "Tínhamos, tipo, *todas* as aulas do oitavo ano juntos, então ficamos bem próximos. Acho que é a pessoa com quem mais mantive contato."

"Vocês namoraram?"

"Não. Rolaram uns beijos desconfortáveis por causa do jogo da garrafa, mas nada sério. Acho que desde aquela época eu meio que sabia que Olivia era a garota pra mim."

Olho para ele surpreso, e sei que está tão admirado quanto eu ao admitir isso. Ele mal menciona a ex sem franzir a testa. Sinto meu estômago embrulhar e tento dizer a mim mesma que não é ciúme, mas não sou boba. Não é que eu sinta alguma coisa por Ethan nem nada do tipo. Mas tenho passado tanto tempo com ele que estaria mentindo se não admitisse que é meio fácil esquecer que é tudo mentira.

Aparentemente, estou destinada a ser a namorada de mentirinha ciumenta. O que é estranho, considerando que nunca fui uma namorada ciumenta de verdade.

"Tá, agora é mesmo sua vez", Ethan diz, parecendo meio constrangido. "Acabei de dar uma de profundo e você nem fala nada de si mesma."

Dou uma risadinha e tomo um gole de água. "Você, profundo? Por favor, Price. De alguma maneira desconfio que não tem muita profundidade por baixo dessa camada de verniz."

Ele não diz nada, e eu olho para seu perfil esperando seu sorriso fácil, que não vem. Na verdade, Ethan parece meio... magoado. Está com a mesma cara que naquela noite da festa da fraternidade, quando eu disse que ele não tinha conteúdo. Sei que fui injusta porque nem o conhecia.

Agora que o conheço, sei que fui injusta e bem grossa.

Além de mentirosa.

"Ei", digo rápido, esticando os dedos para tocar seu braço para me desculpar. "Não quis dizer..."

Ethan leva a garrafa de água aos lábios antes que meus dedos consigam fazer contato, e eu recolho a mão. "Claro que quis, Gótica. E você está certa. Não tem nada além de dinheiro e piadas deste lado do carro."

O tom é autodepreciativo. Quero dizer que ele está errado. Que eu só falei da falta de profundidade porque *eu* não quero me aprofundar. Não quero ver além do dinheiro e das piadas, porque nas últimas semanas tive alguns flashes do que há por baixo desse rostinho bonito, e não acho que possa lidar muito com a versão mais gentil dele. Morro de medo de me apaixonar por esse Ethan Price.

Mas não quero que se esconda de mim.

Você não pode ter as duas coisas, Stephanie.

"Bom, duas verdades e uma mentira", eu me ouço dizer, desesperada para me reparar. Para ficarmos quites. Para compartilhar algo com Ethan como ele acabou de fazer falando de Olivia, do aborto da mãe e até de sua amizade com Andrea.

"Um: quando eu tinha sete anos, meus pais me levaram para o hospital porque acharam que meu apêndice tinha estourado, mas na verdade era só prisão de ventre. Dois: uma garota do meu time de futebol foi atingida por um raio, então eu ainda morro de medo de tempestades, mesmo sabendo que é besteira. Três: meu namorado da escola drogou minha bebida na mesma noite em que minha mãe morreu."

Faço a última afirmação tão rápido que as palavras se embaralham, como se eu apressasse a conclusão da piada.

Só que não é uma piada.

Seguro o ar por um bom tempo, sem olhar para ele. Não consigo.

A tensão no carro é tão alta que não consigo respirar. Então ele quebra o silêncio.

"Meu Deus, Stephanie", ele diz, batendo no volante com a mão aberta antes de agarrá-lo tão forte que seus dedos ficam brancos. "Me diz que a última é mentira. Vai."

Não respondo. Não preciso.

"Meu Deus", ele repete, mais baixo desta vez.

Dou de ombros e tomo um longo gole de água como se não tivesse acabado de soltar uma bomba. Mas é claro que soltei.

Tive alguns anos para me ajustar com o que aconteceu, então o que realmente está me perturbando é o fato de ter contado tudo. Para ele. Compartilhar segredinhos de infância não justifica que eu solte algo gigantesco assim numa viagem de carro que ainda deve durar umas boas duas horas.

Eu daria tudo para voltar atrás. Tudo.

Principalmente considerando como Ethan parece puto.

Minha garganta fecha quando me dou conta da magnitude do meu erro. Ethan não quer saber esse tipo de coisa sobre mim. *Ninguém* quer saber esse tipo de coisa sobre outra pessoa. Jordan sabe, claro. É para isso que as melhores amigas servem. Esse tipo de bagagem é reservado para elas, além de terapeutas e diários, não falsos namorados despretensiosos.

"Brincadeira", minto, tentando quebrar o silêncio. "Inventei isso. A terceira era a mentira..."

"Nem vem, Stephanie. Não faz isso", ele diz baixinho.

Solto o ar devagar. Ethan está certo. Tentar desmentir o que eu disse só vai piorar as coisas. Em vez disso, opto pelo plano B: fingir que não aconteceu.

"Você falou que Andrea conheceu o namorado na faculdade na Califórnia. Você já conhe..."

"O que aconteceu?"

Meus ouvidos zumbem. "Oi?"

"Não se faz de boba."

"Não quero falar a respeito."

"Quer, sim."

Se ele tivesse dito isso como um idiota sabichão, eu teria ignorado. Mas sua voz é gentil, e eu não quero que ele seja assim. Não quero que Ethan seja nada além de um filhinho da mamãe superficial que não pode contar aos pais que sua preciosa Olivia o traiu.

Mas, pelo modo como me olha agora, ele não parece um cara superficial de uma fraternidade. Parece um amigo que se importa.

O que posso dizer? Tirando Jordan, faz tempo que não encontro um desses.

Correção: faz tempo que não me *permito* ter um desses.

E, aparentemente, vou começar com Ethan Price.

"O nome dele era Caleb", digo, soltando o ar demoradamente enquanto olho pela janela. "Bom, acho que devo dizer que o nome dele *é* Caleb. Ainda está vivo, até onde sei."

"É uma pena", Ethan murmura.

Me permito dar um sorrisinho. "É, às vezes penso isso também. Bom, a gente começou a sair no fim do primeiro ano. E, embora meio que me doa dizer isso hoje, eu gostava muito, muito mesmo dele, sabe? Quer dizer, não sei se era tipo você e Olivia, que parecem feitos um para o outro, mas a gente se divertia juntos. Ele me tratava bem. Até que..."

"Até que não tratou mais."

"É", digo, com uma risadinha. "Em retrospectiva, acho que a mudança não ocorreu de um dia para o outro. Não é como se ele tivesse deixado de ser um cara perfeito e virado um babaca que droga a bebida da própria namorada."

Ethan xinga com voz baixa, e eu me pergunto se devo parar, então me dou conta de que não consigo. É bom colocar para fora.

"Fazia um tempo que ele estava estranho. Andando com os amigos do irmão, que estava na faculdade. Ele passou de candidato a orador da turma a não estar nem aí, sabe? Era como se tudo o que quisesse se resumisse a beber, fumar e transar..."

Ethan leva a mão à nuca, mas não me interrompe.

"Eu mal notei", digo, baixando a voz. "Quer dizer, em algum nível eu sabia, claro. Sabia que ele estava mudado, e não para melhor. Mas minha mãe estava doente. *Muito* doente. E eu não conseguia lidar com isso. Ouvi rumores de que estava pegando outras garotas e nem me importei. Nem perguntei. Achei que era culpa minha por não ter aceitado transar quando ele me pediu."

"Stephanie..."

"Não", digo. "Não estou dizendo que eu estava certa, que estava pensando direito, mas era assim. *Tudo* era sobre minha mãe e minha família, e fiquei grata por ter alguém a quem recorrer quando o último fio de cabelo dela caía, ou que me abraçasse quando eu chorava por causa do prognóstico final que lhe dava menos de um mês de vida."

Baixo os olhos para a garrafa de água vazia nas minhas mãos, surpresa ao notar que está toda amassada.

"Daí o que aconteceu?", ele me pergunta com suavidade.

Abro a boca para responder, mas as palavras não saem. Para meu completo terror, lágrimas se acumulam em meus olhos, e eu me dou conta de que, embora a sensação de falar com alguém seja boa — muito boa —, não estou pronta para isso. Ainda não.

"Não posso falar sobre aquela noite", digo afinal, incapaz de encará-lo.

Ele move as mãos sobre o volante e me olha de lado. Por um segundo, acho que vai me forçar. Mas então seu rosto muda de novo, e ele volta a ser o Ethan de antes.

No entanto, leva uma mão à minha bochecha, e eu apoio o rosto contra sua palma por um momento muito breve. Então Ethan a retira, e, simples assim, volta a ser o cara engraçado, metido e alegre que conheci no primeiro dia de aula do curso.

"Agora é minha vez, né?", ele diz, como se não tivéssemos acabado de passar pelo campo minado das minhas lembranças. "Duas verdades e uma mentira. Um: quando eu estava no sétimo ano, fui acampar com um amigo e os pais dele, tentei botar fogo no meu peido e acabei chamuscando os pelos da minha bunda. Dois: eu era gordo quando pequeno. Tipo, gordo de verdade. No quarto ano, comi a maior parte dos cupcakes que a mãe de uma garota levou para o aniversário dela e tentei culpar o hamster da classe..."

Viro a cabeça para observá-lo enquanto se lança em mais uma história ridícula. Não estou pensando se essa é uma das verdades ou a mentira. Estou pensando que Ethan Price está se esforçando horrores para me animar. Para me fazer esquecer.

Mas, principalmente, tento não pensar no que estou *sentindo*.

Porque, o que estou sentindo, não tem nada a ver com uma farsa.

O que estou sentindo parece *real*.

12

ETHAN

"Há quanto tempo você e Stephanie estão juntos?"

Olho para Andrea, tentando entender se é só uma pergunta casual ou se sacou alguma coisa.

Não a vejo muito — talvez uma vez por ano, quando ela volta pra casa da faculdade, em Santa Cruz. Mas ela é uma dessas pessoas que leem os outros com muita facilidade. Parece capaz de ir além das palavras e compreender o que está acontecendo.

O fato de Andrea sempre ter conseguido farejar minhas mentiras a um quilômetro de distância é uma das razões pela qual arrastei Stephanie para essa viagenzinha de fim de semana. Na verdade, é a *principal* razão, porque nem preciso fingir para Andrea. Ela não liga nem um pouco se estou com a Olivia ou não. Nunca disse nada, mas acho que nem *gostava* dela. Eu poderia ter vindo sozinho e contado que estava solteiro e ela nem pestanejaria.

Mas este fim de semana é o grande teste. Se conseguirmos fazer Andrea acreditar que estamos juntos, então certamente podemos dar conta do resto da família e do nosso círculo social, porque são todos muito menos observadores.

"Mais ou menos um mês", respondo finalmente. Resisto à vontade de elaborar mais, porque quanto menos detalhes, melhor.

"Hum", Andrea diz.

Merda.

"O que foi?", pergunto, pegando uma cerveja no *cooler*.

Ela dá de ombros e passa a mão por cima da lateral do barco dos pais, encostando os dedos na água fria do lago. "Um mês? Sério?"

"Desembucha logo o que você está pensando", digo, devolvendo a cerveja e me preparando para o ataque. É melhor saber logo quais são os pontos fracos da nossa atuação, antes que o verdadeiro show comece.

"Ah, vocês são meio estranhos um com o outro", Andrea diz. "Quer dizer, por um lado, vocês ficam totalmente confortáveis um com o outro. Tipo, você responde às perguntas dela antes mesmo que ela as faça, e pega batatinhas do prato dela sem que ela note."

"Por outro lado...?"

"Por outro lado", ela diz, pegando uma cerveja para si mesma, "a tensão sexual é *gritante*. Stephanie saltou um quilômetro quando você espantou um inseto do braço dela. E toda vez que a olha parece que a garota vai entrar em combustão instantânea. Aparentemente, vocês ainda não consumaram o ato, o que é esquisito para um relacionamento de um mês."

O namorado de Andrea vira de barriga para baixo na parte de trás do barco, onde está deitado, ouvindo mais ou menos nossa conversa. "Deixa o cara, Andi. Vai ver que Stephanie não se entrega tão fácil como uma certa garota que eu conheço..."

Andrea se estica e tenta derrubá-lo no lago. "Eu não me entreguei tão fácil, seu Brian Barlow."

Brian tira os óculos escuros para me olhar nos olhos enquanto diz, sem produzir som: "Entregou, sim".

Isso lhe rende um tapa na cabeça. Brian e Andrea se conheceram na faculdade, e ela o trouxe no verão passado para conhecer a família. Como está de volta este ano, imagino que seja sério. E fico feliz, porque ele é um cara legal.

"Qual é a história?", Andrea pergunta, virando-se para mim.

"Não tem história", digo, mantendo a leveza no tom. "Quer dizer, estamos indo devagar, mas não é como se não conhecêssemos um ao outro, se é que você me entende."

"Tradução: eles têm feito tudo menos aquilo que pode gerar bebês", Brian explica.

Andrea me avalia. "É verdade?"

Levanto e me alongo. "Meu Deus, por que esse interesse repentino pela minha vida sexual?"

Ela dá de ombros. "Só fico feliz que tenha uma. Achei que talvez você não conseguisse levantar depois de terminar as coisas com a princesa Olivia."

Solto um grunhido. "É claro que consigo levantar."

"Muito bem", Andrea diz, revirando a bolsa atrás do protetor solar. "Gosto da Stephanie. Ela é normal. E bonita."

Meus olhos vão para a proa do barco, onde Stephanie está tomando sol há uns bons trinta minutos, ignorando alegremente o inquérito que estou sofrendo aqui atrás.

"É, ela é bonita", digo, enquanto absorvo o milagre absoluto que é Stephanie Kendrick de biquíni. Fiquei um pouco nervoso quando ela insistiu em ir comprar roupas de praia sozinha. Pela minha experiência, uma opinião masculina é sempre útil quando estamos falando de roupas tão diminutas. Mas ela se saiu bem. É um biquininho de um fio branco tramado — foi crochê que ela falou? — que faz maravilhas para seus peitos já incríveis.

Ela vira para me procurar, abrindo um sorriso tímido quando percebe que a estou olhando. Não consigo ver seus olhos por trás dos óculos escuros enormes, mas sei que está sustentando meu olhar de propósito. Por causa da Andrea e do Brian.

"Vou lá pra frente", digo, pegando uma cerveja para Stephanie e indo em sua direção.

"Hum-hum", Andrea diz. Sinto seus olhos nas minhas costas, e não sei dizer se a enganei ou não. Desconfio que não, mas posso estar sendo paranoico. Porque Andrea está certa quanto a uma coisa: Stephanie e eu não estamos agindo como um casal que está acostumado à presença física um do outro.

E é hora de consertar isso.

Quando chego, Stephanie já deitou de novo, e deixo meus olhos se demorarem em sua cintura estreita, seus quadris perfeitos e... aqueles peitos.

Digo a mim mesmo que estou encarando o corpo de Stephanie porque Andrea deve estar olhando, mas a verdade é que não poderia desviar o rosto mesmo se quisesse. Como vou conseguir sentar ao lado dela sem arrancar seu biquíni está além da minha compreensão, mas me arrisco.

"Acho que Andrea está sacando alguma coisa", digo, me acomodando ao lado de Stephanie na toalha gigantesca.

Ela leva um braço ao rosto para proteger os olhos e vira a cabeça na minha direção. "Como assim?"

Coloco nossas cervejas em cima do livro que Stephanie estava lendo e estico as pernas ao lado das dela, notando que as minhas são muito mais longas. Sempre me esqueço de como é baixinha.

"Ela disse que estamos muito confortáveis um com o outro, mas também tem uma tensão entre a gente."

"E o que isso significa?", Stephanie pergunta.

Dou de ombros, embora saiba *exatamente* do que Andrea está falando e suspeite que Stephanie também. Dividir o apartamento nos ensinou a relaxar um com o outro. Mas tem outra coisa acontecendo aqui. Algo que não é nem um pouco relaxado. E está crescendo.

"Ela disse que é óbvio que ainda não consumamos."

Ela tem um leve sobressalto e se apoia nos cotovelos para levantar. "*Consumamos?*"

"Bom, não acho que ela se referisse necessariamente a... você sabe", digo, fazendo uma demonstração juvenil do que quero dizer, ao enfiar o dedo indicador de uma mão no "O" formado pelo polegar e o indicador da outra.

Ela bate na minha mão para desfazer o gesto. "Você disse que só estamos saindo há um mês? Quer dizer, é tão esquisito que *isso* não tenha acontecido até agora?"

Inclino a cabeça de leve, espantado com o tom genuinamente curioso em sua voz.

"Achei que você saberia mais do que eu", digo. "Só tive um relacionamento na vida, então não tenho muito com que trabalhar." Não é uma das confissões mais viris que há, mas paciência.

Ela afasta os olhos. "Você esperou mais de um mês? Com Olivia?"

"Bom, eu tinha quinze anos quando começamos a namorar. Se dependesse de mim, não teria conseguido esperar uma semana. Mas ela fazia o tipo boa garota. Então esperamos mais, sim."

Stephanie vira para me olhar, claramente esperando que eu dê detalhes.

"De jeito nenhum", digo, balançando a cabeça em negativa. "Os machos nascem com um instinto protetor que os impede de contar à parceira atual qualquer coisa sobre a parceira anterior."

"Você aprendeu isso no Animal Planet?"

"Em reality shows", digo.

Ela volta a deitar, e eu me estico ao seu lado. Ficamos em silêncio por alguns minutos.

"O que a gente faz?", ela pergunta. "Com a Andrea, digo."

Viro de lado, me apoiando no cotovelo e descansando a cabeça na mão enquanto olho para ela. "Olha, de uma coisa eu sei: vamos ter que nos familiarizar ao toque do outro."

"Defina familiarizar."

"Você pula sempre que eu encosto na sua pele." Para provar meu ponto, passo o indicador do pulso ao cotovelo dela.

Ela chia enquanto seu braço treme em resposta.

"Viu?", digo, tranquilo. "Talvez não esperem que a gente feche o negócio em um mês, mas definitivamente já teríamos nos *tocado*."

Desta vez, coloco a palma inteira em seu braço, deslizando até pegar seu bíceps. Em termos de toque, não é dos mais pessoais. Não estamos lidando com nenhuma parte sexy aqui. Mas *parece* sexy pra caralho, principalmente considerando que meus dedos ficam a poucos centímetros da lateral do peito dela.

Respiro fundo. *Não se perde no jogo, Price.*

"Ah, isso é bom", ela diz, sarcástica. "Tenho certeza de que você se sentir à vontade com meu músculo do tchauzinho vai convencer todo mundo de que estamos praticamente *consumando*."

Dou risada, apesar de aparentemente estar ficando duro por causa do "músculo do tchauzinho" dela. "Você é tão espertinha", digo.

Ela sorri para mim, de um jeito fácil e atrevido demais. De repente, entendo o que Andrea quis dizer.

Stephanie Kendrick não me vê como um cara.

Ela só me vê como sua dupla no trabalho. Provavelmente como seu *senhorio*.

Isso não vai dar certo.

Viro para ela, tirando os óculos escuros de seu rosto para poder ver seus olhos. Ela bufa, irritada, e tira meus óculos escuros também, deixando-os de lado, de modo que ficamos olhando diretamente nos olhos um do outro.

"Você está certa", digo, com aspereza. "Agarrar seu bíceps não vai convencer ninguém. Mas sei o que vai."

Seus olhos azuis ficam mais escuros, e eu espero que seja de desejo, porque ficar assim perto de seu corpo quase nu está me *matando*.

"Se eu conheço Andrea, ela está nos olhando agora mesmo", digo com delicadeza, movendo a mão devagar até parecer que estou tirando a franja da cara dela. "Acha que podemos fingir que estamos pelo menos próximos de *consumar*?"

"Ethan..."

Minha mão vai para a boca de Stephanie, e deixo meu polegar tocar seu lábio inferior. Seus olhos azuis parecem completamente enevoados.

"Vai ser como aquela noite em que treinamos na casa do David", digo, antes de levar minha boca à dela.

Só que não é *nada* igual àquele primeiro beijo no apartamento do ex dela. Aquilo foi um experimento. Um teste para ver se dois opostos suportariam um beijinho inofensivo.

Agora nós nos conhecemos, e não é nada inofensivo.

Mesmo ainda sendo um experimento, parte da farsa, de alguma forma é *melhor*. E já tinha sido bem incrível antes.

Stephanie deixa um leve suspiro escapar antes que sua língua saia para lamber meu lábio inferior. De repente, esqueço completamente que isso não é real e que Andrea está olhando.

Abro seus lábios com os meus, e minha mão livre vai para sua nuca, segurando sua cabeça enquanto eu exploro seus lábios, seus dentes, sua língua.

Ela abre bem a boca, e eu aceito sua oferta inclinando a cabeça e aprofundando o beijo até que respiramos o mesmo ar. Respirando um no outro.

Stephanie começa a se virar na minha direção ao mesmo tempo que me aproximo dela, e agora a estou cobrindo, sentindo seus mamilos duros contra meu peito nu através do tecido fino do biquíni. Sua pele está quente, e não sei se é por causa do sol ou por minha causa. Espero que seja a segunda opção, porque eu mesmo nem me importo com quem está olhando — estou *morrendo* de vontade dessa garota.

Quero tocar todas as partes de seu corpo, mas não confio em mim mesmo, então satisfaço o desejo dos meus dedos de senti-la colocando minhas mãos em sua cintura, deixando que passeiem por suas costas, indo da parte de cima do biquíni à de baixo, mas sempre invertendo o sentido quando minhas mãos tocam o tecido, sem me deixar ir mais além. E certamente não *por baixo*. Seria o meu fim.

Os braços de Stephanie envolvem meu pescoço, mantendo minha boca grudada na dela, e não tenho nenhuma objeção a isso. Sinto a mudança nela antes que meu cérebro registre o movimento, e quase gemo quando me dou conta de que abriu as pernas de leve, permitindo que eu descanse no meio delas. Não tenho nenhuma chance de esconder meu pau duro agora, e, pelo modo como ela joga os quadris contra os meus, não acho que se importe.

"Ei! Ethan!"

Ouço a voz vagamente, mas, como não é Stephanie, nem me importo. Meus braços encontram o caminho até a parte inferior das suas costas enquanto a puxo para mais perto, porque nunca parece o bastante.

"Ethan!"

Desta vez eu registro as palmas de Stephanie afastando meus ombros e me distancio de leve, pronto para matar quem quer que tenha interrompido o beijo mais foda da minha vida.

Meus olhos encontram os de Stephanie, que parece tão perdida quanto eu.

"O que vocês dois estão tentando fazer? Ser mais quentes que o sol?"

Desvio os olhos de Stephanie e olho para Andrea, que está de pé no assento do piloto, sorrindo pra gente.

"Sério, Andi?", pergunto irritado.

Então eu me lembro de que comecei com isso por causa dela, e balanço a cabeça para voltar ao normal.

"Brian e eu estamos morrendo de fome", ela diz. "Vamos voltar para casa para comer alguma coisa."

Quero mandar ela cair fora, mas Stephanie aperta os olhos embaixo de mim, e não mais com o tesão de antes, meio em pânico, como se quisesse que eu saísse de cima. Baixo a cabeça brevemente em resignação antes de rolar para o lado. Sento depressa, descansando os braços sobre os joelhos e evitando olhar para Andrea. Finjo que estou aproveitando o pôr do sol, mas na verdade preciso de um segundo para acalmar a parte inferior do meu corpo antes de poder me juntar aos outros.

Stephanie está ajeitando o biquíni, que está todo contorcido por conta do beijo. Ela me ignora por completo, levantando e indo na direção de Andrea. Ela pergunta animadamente o que vamos jantar. Sua voz não tem nem um traço da frustração sexual que me faz querer socar alguma coisa.

Ouço o motor sendo ligado e, relutante, levanto, tomando o cuidado de manter a toalha de Stephanie diante da virilha quando me aproximo dos três.

Brian e Andrea não dizem nada sobre o fato de quase termos transado no barco dela. Só posso esperar que seja porque estão convencidos de que somos como qualquer outro casal recente, que não consegue tirar as mãos um do outro.

Só que não somos um casal. Não de verdade.

Ainda assim, não tenho o menor interesse em manter as mãos longe dela.

Sento em um dos assentos livres no fundo do barco quando a constatação me atinge como uma tonelada de tijolos: estou louco por Stephanie Kendrick.

Como se soubesse o que estou pensando, ela se vira na cadeira à minha frente para me encarar. Os óculos escuros estão de volta, e o fato de não conseguir ver seus olhos me irrita. Quero ver se o desejo difuso continua ali.

Ela me abre um sorrisinho antes de se esticar para dar um tapinha no meu joelho. É um gesto tão casto quanto possível.

"Acho que conseguimos", Stephanie diz baixinho. Triunfante.

Minha mente fica em branco por um segundo. Conseguimos o quê?

"Andrea comprou total", ela continua, enquanto prende o cabelo comprido em um coque bagunçado. "E vai ser uma ótima cena para o roteiro."

Daria no mesmo se ela tivesse jogado água fria nos meus testículos. Aparentemente, sou o único que gostaria de terminar o que começamos.

Mas não posso ficar bravo com ela por manter a cabeça no lugar. Fui eu que confundi as coisas. Eu quebrei a regra de ouro desta pequena farsa em que nos envolvemos: esqueci que é uma farsa.

Um erro que não tenho nenhuma intenção de repetir.

13

STEPHANIE

Ethan está rabugento.

Digo isso a ele quando destranca a porta do nosso apartamento depois de um longo fim de semana velejando, fingindo ser um casal e bebendo um pouco além da conta vinhos de alguns dos fabulosos produtores da região de Finger Lakes.

Ele larga a mala e o *cooler* no chão assim que entramos e se vira para me olhar.

"É claro que estou rabugento, Kendrick. Passei duas noites dormindo no chão."

"Te dei um travesseiro e um cobertor!", digo para as costas dele depois de se virar para ir embora. "E não é como se você tivesse me avisado que seus amigos estariam esperando que dividíssemos um quarto."

"Eles acham que somos um casal de vinte e poucos anos que mora junto, Stephanie. É claro que esperariam que dividíssemos um quarto."

E não só um quarto. Uma cama. Uma cama enorme que tive só para mim por duas noites.

Sinceramente, eu tinha a intenção de sugerir que a gente dividisse a cama. De forma platônica, claro. Era king size, e alguns travesseiros estrategicamente colocados entre nós teriam mantido a coisa toda muito controlada.

Mas então aconteceu aquele beijo na primeira tarde no barco. E de jeito nenhum que eu conseguiria manter minhas mãos paradas se dividisse uma cama com Ethan Price.

O que é esquisito. Nunca fui do tipo que sente essa necessidade quente e pesada com os caras. Quer dizer, é claro que quando eu tinha quinze anos e estava com Caleb começamos com aquela coisa da agarração meio sem jeito. Não demorou muito para que eu deixasse que ele avançasse um pouco mais.

Então eu cheguei em casa naquela tarde maravilhosa de abril e meus pais estavam me esperando para dar a notícia.

Câncer.

Depois disso, perdi o interesse de avançar pra onde quer que fosse. Eu certamente não tinha cabeça para pensar em perder a virgindade.

Então veio aquela noite com o Caleb, e era tudo em que eu podia pensar, porque a escolha tinha sido tirada de mim. E a única pessoa a quem eu poderia ter contado — a única pessoa a quem eu queria contar — estava morta. Perdi tudo naquela noite.

Se meu pai soubesse de toda a história, talvez não tivesse estranhado quando passei de animadora de torcida feliz para universitária deprimida em poucos meses.

Ainda assim, meu passado horrível não explica por que, depois de quatro anos sem ter o menor interesse em sexo, isso está se tornando a única coisa em que consigo pensar quando olho para Ethan. Tentei fingir interesse por David e alguns outros caras antes dele, mas sempre desisti no último minuto.

Por causa disso, quase não consigo culpar David por ter me trocado por Leah. Quer dizer, ele ainda é um babaca, mas o cara não escondeu que queria transar. E não estava conseguindo nada comigo.

Então o que aconteceu? Eu não queria ir até o fim com meu namorado de verdade, mas estou morrendo de tesão pelo meu namorado de mentira?

O caso é que David nunca me beijou como Ethan me beija. *Ninguém* me beijou como Ethan. Se tivessem beijado, talvez as coisas tivessem sido diferentes. Se meus antigos namorados beijassem como Ethan Price, minha experiência sexual talvez não se limitasse a uma única noite de que não consigo me lembrar.

Não entra nessa, Stephanie.

Jogo a mala sobre a cama e penso em tomar um banho de espuma, coisa em que pareço estar viciada, mas não consigo tirar a cabeça do mau humor de Ethan na viagem de volta para casa. Achei que já conhecesse todos os lados dele, mas essa versão silenciosa é nova. E meio enervante.

Entro na cozinha e o encontro fazendo um sanduíche. Ele o corta na metade e me oferece um dos triângulos, mas recuso com a cabeça.

"Não precisa dividir sua comida", digo, com um sorrisinho. "Você tem alguns dias de folga do papel de namorado até o casamento da sua prima."

Ele olha em meus olhos e dá uma bela mordida na metade que acabou de me oferecer. "Ótimo. Acho que isso significa que você também pode parar de me tocar acidentalmente por alguns dias."

Pisco para ele, surpresa com seu tom de voz. "Do que está falando?"

Ele mastiga e engole sem tirar os olhos de mim. "Você sabe exatamente do que estou falando. Nos últimos dois dias você não podia nem passar por mim pra mijar sem tocar meu braço. Não conseguia passar por mim na cozinha sem roçar os peitos nas minhas costas."

Sinto meu rosto queimar de imediato. "Eu só estava fazendo meu papel. Você disse que Andrea achava que eu me sobressaltava toda vez que nos tocávamos. Só queria tornar a coisa mais real. Como se nos tocássemos o tempo todo."

"Coisa que a gente não faz."

Jogo as mãos para o alto. "Claro que não, Ethan! Quando não tem ninguém por perto, a gente mal se tolera."

Ele joga a cabeça levemente para trás. "É mesmo?"

Não, não é.

"Bom, quer dizer... acho que a gente ficou meio que amigo", eu me esquivo.

Meu Deus, quando foi que isso ficou tão complicado?

Ah, claro. Provavelmente quando nos pegamos no barco da Andrea. Mas aquilo foi só para mostrar a ela. *Então, por que o mau humor?*

"Ei, Ethan", digo, olhando para ele enquanto termina o sanduíche como se eu não estivesse ali.

"Que foi?"

Abro um sorriso doce. "Quando vai me dizer que bicho te mordeu?"

A pergunta o pega desprevenido, como se nunca tivesse precisado explicar seu mau humor a ninguém. Bom, provavelmente não teve. Ethan não tem irmãos e seus pais, embora tenham um interesse exagerado pela sua vida pessoal, não parecem ligar nem um pouco para aquilo que o incomoda.

Talvez tenha acontecido com Olivia, mas ela o traiu, então fico achando que não estava exatamente interessada no que Ethan pensava ou sentia.

Fico mais tranquila com essa imagem. Olhando desse jeito, é triste, na verdade. Talvez alguém que tenha recebido de bandeja tudo o que é material não tenha ideia de como pedir algo que o dinheiro não pode comprar. Talvez ele nem saiba o que quer.

Mas, se é o caso, não sou eu quem vai ensinar. Parei de desejar coisas há um bom tempo, e ainda mais de pedir por elas.

"Já falei", ele diz, carrancudo. "Só estou cansado."

Dou de ombros. "Entendi. Então vai tirar uma soneca. Esse Ethan de mau humor está destruindo o feng shui do nosso apartamento."

"Do *meu* apartamento."

Levanto uma sobrancelha. "Passei um fim de semana inteiro fingindo estar apaixonada por você e vou ter que fazer tudo de novo no próximo. Até terminarmos, é o *nosso* apartamento."

Vejo alguma coisa passar por seu rosto. De repente, o apartamento que é enorme para os padrões de Manhattan parece pequeno e sufocante.

Não sei por que falei em fingir estar apaixonada, não sei mesmo. Nunca falamos sobre isso e, honestamente, não é nem *necessário*, considerando que estamos falando por aí que namoramos há apenas um mês. Não há motivo para que precisemos fingir estar apaixonados; só temos que fingir estar indo nessa direção.

Então, por que falei desse jeito?

"Quer ir ao cinema?", pergunto.

"Ao cinema?"

"É. Você sabe: ingressos caros, chão grudento, pipoca com manteiga de mentira, um filme."

Ele inclina a cabeça. "Você vai me fazer ir a um dos seus cinemas esnobes em que só passam filmes pretensiosos?"

"Pra te ouvir reclamar o tempo todo? Claro que não. Irei a um desses com o pessoal da faculdade. Pode escolher o filme."

"Que magnânimo da sua parte."

Abro um sorriso cheio de dentes. "É pra compensar por ter feito você dormir no chão."

Ele cruza os braços e me avalia. "Tá. Que tal..."

Tomo o cuidado de não fazer careta para os *blockbusters* explosivos que ele menciona. Esse tipo de monstruosidade de alto orçamento com computação gráfica é meu pesadelo pessoal. Mas poder ficar algumas horas ao lado de Ethan sem precisar fingir nada parece legal. Muito legal.

Quero voltar ao companheirismo fácil que a gente tinha antes da viagem. Antes do beijo. Porque agora não tenho só que atuar na frente de outras pessoas. Também tenho que fingir quando estamos sozinhos. E, de certa maneira, isso é muito mais difícil.

Quem diria que fingir que *não* está se apaixonando por alguém seria muito mais difícil que o contrário?

14

ETHAN

Stephanie e eu estamos de volta ao normal.

E com normal quero dizer que estamos tratando um ao outro como colegas de apartamento assexuais que discutem por coisas como quem vai escolher o canal e se pedimos pad thai com frango ou tofu. E ainda não chegamos a um acordo quanto a qual é a distância mínima que justifica pegar um táxi.

O beijo no barco foi esquecido.

Assim como as noites sem dormir em Finger Lakes em que ficávamos ouvindo o outro se revirar na cama de desejo.

O dia na cozinha em que eu, como um idiota, quase propus uma amizade colorida, e ela me salvou sugerindo ir ao cinema foi *quase* esquecido.

Só que agora estamos no casamento da minha prima e temos que voltar ao modo apaixonado. Embora a mudança entre fingir ser um casal e ser apenas nós mesmos não pareça tão drástica quanto antes. Quando estávamos na frente de outras pessoas, era como se alguém tivesse virado uma chave: íamos de dois opostos que estavam fazendo um favor um ao outro a um casal grudento e intenso.

Esta noite, no entanto, dançamos, flertamos e bebemos champanhe. E não parece nada falso.

Continuo dizendo a mim mesmo que é apenas porque estamos mais acostumados com todo o processo. Digo a mim mesmo que não é porque os limites não estão tão claros agora.

Além disso, tem uma coisa *muito* importante acontecendo hoje que não vinha acontecendo nos últimos dias: estamos nos tocando.

Deus me ajude.

"A gente devia dançar", ela diz baixinho enquanto toma um gole de água.

"Mas estamos dançando", digo, enxugando discretamente o suor do meu pescoço. Meus tios estão gastando uma fortuna com esse casamento, que é em um dos hotéis mais refinados da cidade, então é claro que tem ar-condicionado. Mas também tem trezentas pessoas apertadas num espaço pequeno demais, e parece que metade delas esteve pulando conosco na pista de dança.

"Não, quero dizer dançar *mesmo*", ela diz, apontando para os casais acompanhando o ritmo.

Olho para Stephanie. "É uma música lenta."

"Exatamente", ela aponta.

E está certa, é claro. Senti os olhos da minha mãe na gente a noite toda. Provavelmente está procurando por algum sinal de que a novidade passou e estamos a caminho do término. Também vi o modo como cada membro da minha família estendida se sobressaltou quando apresentei Stephanie e viu que eu estava com alguém que não era Olivia.

Então, sim, acho que deveríamos dançar. Só que não quero. Não assim, não com ela desse jeito.

Seu vestido de festa é verde-claro e desse tipo que amarra no pescoço, escondendo seus belos peitos, mas deixando as costas à mostra. E vou ter que tocar bem ali se formos dançar.

Mas ela já está pegando minha mão, me conduzindo com confiança por entre os convidados bem-vestidos até chegarmos ao meio da pista. Estamos bem ao lado dos noivos, e eu observo surpreso minha prima pegar o braço de Stephanie e sussurrar alguma coisa no ouvido dela. Então, as duas começam a dar risadinhas, como adolescentes.

Desde quando Stephanie e Paige são amigas?

E onde está o gnomo de roupas pretas louco por arte que uma vez me deu um sermão sobre o apelo pouco valorizado do filme noir?

O novo marido da minha prima a puxa de volta para dançar, e eu respiro fundo quando Stephanie vem em minha direção, encaixando seu corpo com facilidade no meu enquanto desliza uma mão até meu ombro e se aninha em mim. Minha mão encontra suas costas, e acho que a ouço soltar um leve suspiro quando começamos a nos mover no ritmo de alguma baboseira sentimental.

Eu estava certo quando pensei que tocar a pele nua de Stephanie não era uma boa ideia. A maciez e o calor me lembram daquele momento no barco em que passei a mão por seu corpo, colando o meu no dela...

"Sua família parece legal", Stephanie diz no meu ombro.

"É porque é o lado do meu pai", digo, grato por um assunto que não tenha a ver com beijo. Ou pele. Ou toque. "Sorte sua que não tem nenhuma reunião dos Clark enquanto estamos metidos nessa farsa. São um bando de víboras."

"Sua mãe parece ter se conformado comigo."

Hesito. "Só porque os Middleton estão na Europa, então ela não pode passar a noite inteira empurrando Olivia pra mim."

"Ela foi convidada para o casamento?"

Meus dedos se contraem num reflexo. "Foi, só que a prima dela ia casar com um bilionário suíço neste fim de semana. Mas ela vai estar na festa", digo, porque acho que devo prepará-la.

"A festona chique nos Hamptons, né?", ela pergunta.

Assinto e respiro fundo. "Michael também."

Seus olhos procuram meu rosto. "Foi por isso que você criou esse plano, né? Não foi só pra tirar sua mãe do seu pé, mas também para não ter que ir à festa sozinho. Não quando os dois vão estar lá."

Eu a puxo para perto para não olhar em seus olhos. "Talvez. Sinceramente, não sei mais por que estou fazendo isso."

É um comentário cheio de significado, porque estou me referindo a algo além de Olivia e da minha mãe. Desconfio que ela saiba, porque seus dedos apertam os meus um pouco mais forte.

Estou chegando à conclusão de que essa é a música mais longa do mundo. Me sinto dividido entre o desejo de me afastar e o de que nunca termine. Viro a cabeça de leve, e meu queixo passa por seu cabelo. O cheiro é tão bom quanto a aparência. Não tenho ideia de por que no passado achei que preferia loiras.

Para de cheirar a garota, pelo amor de Deus.

Stephanie se mexe ligeiramente, o que faz com que minha mão, que já está baixa em suas costas, desça um pouco mais, até que as pontas dos dedos escorreguem para dentro do tecido do vestido. Ambos congelamos, e tento me forçar a mover a mão. Consigo, mas não da maneira que deveria: meus dedos passam de leve pela parte inferior de suas costas, em uma caricia quente.

O toque não é nada indecente. Não é como se eu estivesse apalpando sua bunda nem nada do tipo. Ninguém nem nota.

Mas é por isso mesmo que é indecente. Porque significa que não estou fazendo isso pelos outros. Só por mim.

Deixo minha mão lá por alguns momentos acalorados em que mal nos movemos. Começo a ir para um território mais seguro, mas não pareço capaz de me mover tão rápido quanto deveria. Meu dedinho permanece enganchado na beirada do tecido.

A distinção entre o toque inofensivo e o nem tão inofensivo é infinitesimal aqui, mas definitivamente cruzei um limite. *Qualquer pessoa* que dançasse com Stephanie tocaria a parte exposta de suas costas. Mas só os dedos de um namorado entrariam no vestido e se demorariam ali. E os meus definitivamente estão se demorando.

A música finalmente termina. Quando nos afastamos, ela parece estar meio trêmula, e não acho que seja minha imaginação. Eu deveria me sentir aliviado com o fato de que não é imune a mim. De que não estou sozinho nisso. Mas, em vez disso, só penso em como é perigoso.

Outra música vem, e é uma dessas pop tipo *girl power* que faz todas as mulheres na pista se empolgarem. Até Stephanie.

Me pego sorrindo com a cena, incapaz de reconciliar a festeira animada que curte pop com a estudante de cinema sombria que conheci há algumas semanas.

Algumas primas minhas se aproximam de Stephanie e a puxam para a confusão de mulheres dançando. Logo estão todas cantando o refrão, que com certeza vai ficar na minha cabeça até o dia em que eu morrer.

Levanto os braços me rendendo, dando uma piscadinha para ela antes de me afastar da pista dominada por estrogênio. Ela acena animadamente para mim antes de virar de costas e gritar alguma coisa no ouvido da minha prima Tiffany.

Balanço a cabeça, incapaz de entender quando foi que ela conseguiu se enturmar com todo o clã. Deve ter havido algum tipo de reunião no banheiro feminino. Fico feliz de ter perdido.

Vou pegar um pedaço de bolo — o terceiro da noite, mas quem está controlando? — quando sinto uma mão no meu ombro.

Sorrio pro meu pai, que parece relaxado e feliz como nunca. Olho ao redor procurando por minha mãe, mas não há sinal dela. Me lembro de uma época em que meus pais eram inseparáveis. Não porque deveria ser assim, mas porque queriam. Ou pelo menos sempre assumi isso. Talvez as crianças só vejam o que querem ver, e eu queria pensar que meus pais eram perfeitamente felizes juntos.

Mas nem uma criança pequena teria conseguido evitar ver minha mãe e Mike juntos. Quanto mais um adulto.

"Está se divertindo?", pergunto a meu pai enquanto olhamos a mulherada dançando.

"Sempre adorei um bom casamento. E Paige e Aaron parecem felizes juntos. São um casal bonito."

Apesar de meu pai ser um esnobe quase tão sem noção quanto a minha mãe em relação à maioria das coisas — uma vez ele disse que não conseguia entender por que todo mundo em Manhattan não tinha motorista, para que pudessem se livrar dos malditos táxis —, ele vem desenvolvendo um lado mais velhinho alegre nos últimos anos, pelo menos no âmbito social. No escritório, ainda é o tirano que só pensa nos negócios das minhas memórias de infância.

Como se estivesse lendo minha mente, ele dá um gole da bebida — uísque com água com gás, a menos que esteja experimentando coisas novas agora — e se vira para me encarar. "Você não tem aparecido muito no escritório."

Resisto à vontade de suspirar. "Já falei, pai. Só preciso de um verão de folga. Vou passar a vida adulta inteira na empresa. Não quero me cansar antes mesmo de começar. E passo lá sempre que posso."

Odeio soar como um menininho chorão, mas estou falando sério. Quero mesmo comandar a empresa da família. Algum dia.

Mas hoje só quero... nem sei. Não me lembro de ter questionado meu caminho antes, mas acho que terminar com Olivia virou tudo de cabeça para baixo.

Quando estávamos juntos, tudo parecia planejado. De um jeito bom. Então a coisa foi pro buraco e precisei de... um tempo? Uma mudança? Foi por isso que insisti em fazer o curso de verão de Martin Holbrook, mesmo que não soubesse nada sobre cinema.

Também foi por isso que menti para meus pais e disse que tinha uma namorada.

Eu não estava pronto para voltar a ser o velho Ethan. O Ethan que era o filho perfeito, o namorado perfeito, o herdeiro perfeito para a empresa.

Acho que daria para dizer que estou de férias.

Stephanie é as minhas férias. Ou algo assim.

Meu pai finalmente solta um daqueles suspiros do adulto responsável. "Justo. Às vezes esqueço que você só tem vinte e um anos. Acho que todo mundo merece um período de libertinagem."

Me parabenizo mentalmente por não revirar os olhos diante do comentário que só um pai poderia fazer. "É disso que você acha que se trata este verão?"

Ele dá de ombros, e os cubos de gelo tilintam ao bater no vidro do copo. "Sua mãe parece concordar. Ela diz que você só precisa de um tempo com essa tal de Stephanie para tirar isso do seu sistema."

"Antes de me acomodar com Olivia", digo, sem me importar em esconder o escárnio na minha voz.

Meu pai dá de ombros de novo. "Eu gosto de Stephanie. Ela é doce sem ser exagerada, sabe?"

Sorrio de leve ao pensar na Stephanie de verdade, com seu humor gótico. "Ela definitivamente não exagera na doçura."

"É bom ver você feliz de novo", meu pai diz.

Paro de raspar a cobertura do prato, como vinha fazendo. Não é uma afirmação que eu esperaria do meu pai. O cara até tem boa disposição fora do escritório, mas não chega a ser efusivo.

"Bom, términos tendem a colocar a gente pra baixo mesmo."

Ele levanta um ombro. "Não estou falando em comparação a como estava até há pouco. Fazia anos que não te via tão feliz."

Não respondo. Não sei o que meu pai está vendo, mas não pode ser verdade. Olivia e eu éramos felizes. Ou pelo menos felizes o bastante. Quer dizer, talvez a gente se sentisse um pouco confortável demais um com o outro. E talvez um pouco mais acomodados do que deveríamos estar aos vinte e um anos.

Mas eu estava feliz.

Não estava?

A tal música termina, e o DJ deve estar querendo baixar a animação para encerrar a festa, porque toca outra canção lenta.

Meu pai grunhe e coloca o copo vazio em uma bandeja por perto. "Acho que é minha deixa para procurar sua mãe. Ela sempre reclama que não a chamo para dançar."

Hum.

Ele a encontra logo. Minha mãe aceita sua mão com um sorrisinho reservado e meu pai a conduz para a pista. Eu os observo por um momento, querendo — desejando — poder olhar para ela sem me lembrar daquele dia. Querendo poder voltar trás. O que é idiotice, claro.

Estou tão distraído olhando para meus pais que nem vejo Stephanie até que esteja do meu lado. Sua presença é surpreendentemente reconfortante.

Ela não sugere dançar de novo, nem eu. É como se houvesse uma fronteira invisível, e nós dois soubéssemos que, se dançássemos de novo, íamos atravessá-la.

"Quer ir embora?", pergunto.

"Muito. Meus pés estão me matando."

Quero dizer que é culpa sua por estar usando saltos da altura de um arranha-céu. É como se fosse parte de um código de conduta feminino ter que usar os sapatos mais desconfortáveis possíveis para depois poder reclamar disso.

Mas sei que Stephanie os está usando para mim. Que, por ela, estaria usando aquelas botas pretas assustadoras enquanto estaria olhando de forma ameaçadora num canto. Outro lembrete de que nada disso é real.

O pensamento é mais deprimente do que deveria.

"Como me saí?", ela pergunta depois que adentramos a noite branda de verão.

"Está me perguntando se alguém percebeu suas tendências *wicca*? Não. Acho que estamos bem."

"Excelente", ela diz, com um sorrisinho satisfeito enquanto pega meu braço e deixa que eu meio que a apoie e a arraste pela calçada procurando um táxi disponível. "Foram dois, só falta um."

Não consigo acompanhar. "Dois o quê?"

"Nossa aventura pigmaliônica. Quando começamos com isso, você disse que precisaria de mim para três eventos: o jantar com seus pais, o casamento e a festa em algumas semanas."

"E está feliz com isso?"

"Com o quê?"

"Que só temos que fazer isso mais uma vez e então vai ser o fim do trato?"

Ela fica quieta por alguns segundos, e eu acho que não vai responder. Então...

"Não tenho certeza."

Ela parece tão confusa e em conflito quanto eu me sinto. Não é exatamente uma confissão. Provavelmente não é nada. Mas é o bastante para que eu sinta uma pontada de felicidade.

"Se a gente não encontrar um táxi logo, vou matar alguém com o salto desse sapato", diz Stephanie, vacilando ainda mais ao caminhar.

Ajo antes mesmo de me dar conta. De repente, Stephanie está nos meus braços e eu estou carregando minha namorada de mentirinha pelo Upper West Side enquanto ela murmura ameaças no meu ouvido. Embora minha flor delicada esteja xingando como um marinheiro, eu sorrio.

Meu pai estava certo.

Estou feliz.

15

STEPHANIE

"Como vamos ter certeza de que Martin sabe do que está falando?", Ethan pergunta.

Tomo um longo gole de coca zero e tento não revirar os olhos. "Bom, eu penso assim, mas é só um palpite: Martin ganhou alguns Globos de Ouro e um Oscar. De roteiro. Então imagino que deva ter uns cinquenta por cento de chance de saber alguma coisa sobre o assunto."

Ethan se reclina na cadeira e me avalia. "Uau, só algumas horas com suas roupas antigas e as alfinetadas já voltaram."

O comentário machuca, e eu cutuco o anel da lata de refrigerante para disfarçar. Eu não estava tentando alfinetar. E talvez esse seja o problema. A verdadeira Stephanie — aquela que não usa vestidinhos e sombra cintilante — alfineta sem se esforçar.

Não é à toa que ele gosta da minha versão falsa muito mais do que da real.

Embora eu tenha que admitir que o guarda-roupa de verão da outra Stephanie é muito mais prático. E confortável. Até demais. Então achei que era hora de me lembrar de que não sou assim. Vesti minha velha calça cargo e uma regatinha hoje, ainda que com chinelos em vez de botas. Notei que Ethan me olhou de cima a baixo quando entrei na cozinha, mas o que ele esperava? Não tínhamos nenhum evento da família dele, e precisávamos passar no campus para que Martin Holbrook desse uma olhada nas nossas anotações para o roteiro. *Esse* é meu estilo. Ethan não podia estar esperando que eu vestisse algo em tom pastel.

Além disso, preciso das minhas coisas, da minha armadura. As coisas têm estado um pouco íntimas demais entre nós dois ultimamente. Quero alguma distância. E, a julgar pelo modo como ele está perdendo a paciência comigo e passando muito mais tempo no escritório desde a noite do casamento da prima, desconfio que Ethan também queira.

Mas só podemos evitar um ao outro até certo ponto, e temos cada vez menos tempo para fazer o trabalho do curso de verão. É hora de focar no motivo pelo qual entramos nessa confusão: transformar tudo em uma ideia para um filme.

"Acho que o professor Holbrook está certo", digo enquanto olho as anotações dele no nosso material.

"Para de chamar o cara assim", Ethan diz, se balançando na cadeira como se fosse uma criança insolente.

"Não vou chamá-lo de Martin", retruco. "Ele pode ter sido da mesma fraternidade que seu pai e ainda ser seu padrinho, mas não é nada além de um professor para mim. E, se não se importar, eu gostaria de me sair bem no curso dele."

A cadeira dele para com uma batida forte. "Tá bom, tá bom. É melhor se acalmar antes de recorrer à sua coleção de facas."

"Bem que eu queria ter uma coleção de facas", digo baixinho.

"E o que foi aquilo que Martin falou sem parar enquanto lia nossas anotações?", ele pergunta puxando meu caderno. "Sobre conflito ou sei lá o quê?".

"É o aspecto mais importante de uma história como essa. E não temos um."

"Como assim?", ele pergunta. "Temos dois opostos fingindo ser um casal quando nem gostam um do outro. Bum!"

Pego o caderno de volta. "Onde exatamente está o 'bum'? Holbrook está certo. Por enquanto, temos dois protagonistas cooperando com a farsa. Os dois ganham alguma coisa com ela. Estão na mesma página. Vão se separar tranquilamente quando a coisa terminar. É chato."

Me sinto um pouco boba falando de nós dois na terceira pessoa, claro. Mas preciso manter a objetividade. Nossa pequena aventura é a base do roteiro, mas, no fim das contas, não se trata de Ethan e de mim. São *personagens*. O que importa é o que tornaria o filme interessante.

Ou pelo menos é o que fico repetindo para mim mesma.

Ele fica abrindo e fechando a pulseira do relógio, que deve ter custado mais do que a casa onde cresci. Resisto à vontade de arrancá-lo de suas mãos e jogá-lo na parede. Não sei o que está rolando com a gente nos últimos dias, mas não estamos em sincronia. É como se aquela noite descontraída em que ele me carregou pelo Central Park fosse algum tipo de sinal de alerta de que estávamos prestes a estragar tudo. Então, nós dois regredimos ao estado de criancinhas que não se dão bem.

O plano deveria ser simples. Em vez disso, parece mais complicado que qualquer relacionamento real em que já estive.

É como se...

Uma lâmpada se acende. *É isso.*

"Os personagens têm que se apaixonar."

Ethan para de mexer no relógio na hora, congelando. "Oi?"

"Tyler e Kayla", digo, nomeando os personagens do roteiro. "Está tudo fácil demais até agora. Eles precisam começar a se apaixonar. Ou pelo menos um deles."

Ethan me encara. "E isso vai gerar conflito?"

"Claro", digo, olhando para ele. "Vamos fingir que é a vida real. Se nós dois nos apaixonássemos teríamos conflito?"

O silêncio na sala de estudos é quase doloroso, ainda que eu não saiba bem o motivo. Quer dizer, já vimos os filmes. Conhecemos o mito de Pigmalião. Sabíamos desde o começo que isso precisaria acontecer no roteiro.

Mas sei que estamos evitando usar emoções reais nele pelo mesmo motivo. Está ficando cada vez mais difícil distinguir entre Tyler-Kayla e Ethan-Stephanie.

Nosso roteiro deveria ser baseado na vida real, mas talvez estejamos morrendo de medo de que o inverso aconteça. Que colocar *amor* no texto vá afetar a vida real. E isso não faz *nem um pouco* parte do nosso objetivo.

"Tá, entendi", ele diz devagar. "Então, Tyler e Kayla... precisa mesmo ser esses nomes? São parecidos, com os 'y'..."

"Pode mudar o nome como quiser", murmuro, enquanto começo a anotar algumas ideias no caderno. Tento ignorá-lo enquanto desfia uma lista de nomes alternativos para os personagens, mas o corto na hora quando sugere Woody e Ursula.

"Que tal assim?", pergunto, batendo animada com a caneta no caderno. Esqueci como escrever um roteiro pode dar barato, especialmente quando a coisa funciona. "Até agora, eles estão fazendo as mesmas coisas que a gente na vida real: se beijando no barco, dançando no casamento... E um pensa a mesma coisa que o outro. Precisamos mudar isso. Para que um deles faça o outro perder o chão."

Ethan boceja. "Posso te dizer agora mesmo que nenhum cara veria esse filme a menos que tivesse catorze anos e precisasse que a mãe o levasse até o cinema para tentar segurar a mão da menina de quem gosta."

Olho para ele com toda a paciência. "Adoro esses vislumbres da sua infância, mas acho que é seguro dizer que não estamos mirando no público masculino. Estamos pensando em garotas recém-saídas da adolescência."

Ele se ilumina e faz menção de levantar. "Parece bem o seu território. E se você cuidasse disso enquanto vou pegar uns sanduíches pra gente?"

Aponto a caneta para o peito dele. "Senta. Fica aí. Não vou fazer isso sozinha."

Ele se joga na cadeira, relutante. "Tá. Então vamos lá. Como desestabilizamos nossos personagens?"

Que tal se um deles carregasse o outro pelo Central Park sob a luz das estrelas? Ou se uma dança inofensiva ficasse surpreendentemente quente? Ou você pensou em algo diferente?

Mas, embora ambos incidentes tenham de fato acontecido, está ficando cada vez mais claro que não tiveram importância. Ou pelo menos não para Ethan. Porque, bem quando comecei a desconfiar de que algo poderia estar acontecendo, algo além de uma farsa, ele voltou a agir como antes. Como o colega de quarto provocador e indiferente.

O que é perfeito para a vida real.

Mas também o motivo pelo qual nosso filme não está funcionando.

"Eles precisam ter um momento romântico descolado da farsa. Que não tenha a ver com convencer os outros de que estão apaixonados. Precisa ser real e íntimo."

Ele me lança um olhar vazio. "Romântico. Tipo flores?"

"É, Ethan. É exatamente disso que estou falando. *Por favor*, me dê flores."

Ele levanta as sobrancelhas na hora. "Quem está falando de nós dois? Achei que fosse sobre Tyler e Kayla."

Opa.

"Bom, é igualmente ridículo com eles", digo, esperando que não note a vermelhidão que sinto subir pelo meu pescoço. "Precisamos deixar claro que eles ultrapassaram algum tipo de limite."

"Então com 'romântico' você quer dizer 'sexual'", ele fala, com os olhos castanhos brilhando.

Minha boca fica seca. "Hum, é, acho que sim."

Ele balança a cabeça em negativa. "Não vai funcionar. Ninguém vai acreditar que existe uma atração real entre esses dois."

O calor que subia pelo meu pescoço passa para o rosto, só que não é mais de constrangimento. É de raiva. E talvez certa mágoa. De alguma maneira eu sei que *ele* não está falando de Tyler e Kayla agora. Está falando de nós. Está me dizendo que não pode haver atração nenhuma aqui.

Só que Ethan está errado. Porque há, sim.

Só que aparentemente de um lado só.

De repente, não posso mais ficar aqui. Não com esse cara que eu desejo e odeio ao mesmo tempo. Odeio porque é um esnobe superficial que não consegue ver além da maquiagem nos meus olhos... que não consegue aceitar uma garota que detesta rosa. E desejo porque... bom, não sei de onde vem esse desejo. Mas o fato é que ele existe.

Preciso ir embora.

"Então tá, Price. Descobre aí o que daria certo nessa história e me avisa depois." Enfio o caderno na mochila e já estou indo para a porta antes mesmo de terminar de fechar o zíper.

Sinto seus dedos envolverem meu braço segundos antes de ser virada e empurrada contra o quadro branco. Minha mochila cai no chão quando ele prende minhas mãos acima da minha cabeça.

Sua boca vai até a minha, e é mais bruto do que das outras duas vezes em que nos beijamos. Mas aquelas foram atuações. Neste beijo, o desejo não é nem um pouco fingido.

Sinto sua boca se mover insistentemente contra a minha, sua língua passando pelo meu lábio inferior uma, duas vezes, até que eu a abro para ele. O beijo se aprofunda e eu tento soltar minhas mãos para poder tocá-lo. Ele intensifica a pegada e se aproxima, me prensando contra a parede com seu corpo.

Estou levemente consciente de que, embora não haja janelas aqui, se trata de um espaço público, de modo que alguém poderia entrar a qualquer momento.

Mas não me importo.

Eu me entrego ao beijo, e ele parece perceber o segundo em que cedo, porque o beijo fica mais suave. Como se ele estivesse me seduzindo em vez de me reivindicando. Quero seduzi-lo também.

O silêncio é absoluto, a não ser pelos leves ruídos molhados produzidos pelo atrito entre nossas bocas. Queria muito, muito mesmo, que estivéssemos em casa. Ou pelo menos a portas fechadas. Porque não quero parar por aqui.

Arregalo os olhos com a constatação. Então luto com ele, tentando freneticamente soltar as mãos. Ethan parece notar meu pânico e se afasta imediatamente, embora segure meus cotovelos para tentar me acalmar.

Estamos os dois respirando pesado, e eu me pergunto se pareço tão atordoada quanto ele com o que aconteceu. Provavelmente.

Mas não é só isso no meu caso. Também estou *morrendo de medo*. Pela primeira vez desde que minha mãe morreu — desde que Caleb me drogou —, quero ter intimidade com um cara. Quer dizer, estou *louca de desejo* por Ethan Price. Quero ficar pelada embaixo dele, quero vê-lo em cima de mim...

Balanço a cabeça de leve e empurro seu peito. "O que foi isso?"

Ele não diz nada, só passa a mão na nuca. Já percebi que Ethan só faz isso quando se sente desconfortável. O fato de que está tão sem chão quanto eu deveria fazer com que me sentisse melhor, mas, em vez disso, me irrita.

Como ele se atreve a me beijar se nem sabe o que está fazendo?

Ethan abaixa para pegar minha mochila e a entrega para mim. Eu aceito sem nem agradecer. Quero que fique bem claro qual Stephanie ele acabou de beijar. Não foi a doce e submissa Stephanie de mentira. Foi a Stephanie de verdade, que é rabugenta e raivosa.

Aquela por quem ele não poderia estar atraído.

Digo a mim mesma para ir embora com a dignidade intacta. Porque tenho certeza de que não há nada que ele possa dizer que eu gostaria de ouvir. Mas me ouço perguntando mesmo assim.

"Isso foi real? Ou foi mais um experimento pervertido para conseguir material para o roteiro?"

Seus olhos fogem dos meus, e eu tenho minha resposta.

"Entendi", digo.

"Steffie..."

"Não me chama assim." Dou a volta nele, colocando espaço suficiente entre nós para que não haja nenhuma chance de contato físico.

"Espera, só me dá um minuto. Não sei..."

"Bom, então descobre, Ethan."

Então eu saio, fechando a porta atrás de mim antes que ele possa dizer qualquer coisa que vá piorar tudo.

Eu me recosto na porta fechada por um segundo, tentando recuperar o fôlego. Tentando clarear a mente. Mas a única coisa que me ocorre é que quero chorar, o que não faz sentido. Não choro — não tive nem *vontade* de chorar — desde o dia em que descobri que minha mãe estava com câncer.

E *odeio* que um riquinho bonitão e superficial que me deixaria sem nem olhar para trás seja a pessoa que me faça sentir desejo e dor — duas emoções que achei que estavam mortas em mim há tempos.

16

ETHAN

Se eu estava meio que evitando Stephanie depois da noite íntima do casamento da minha prima, passei a fazer isso descaradamente depois do beijo na biblioteca.

Um beijo que não tinha nada a ver com a farsa, com o filme ou com qualquer outra coisa além do fato de desejá-la.

E de Stephanie me desejar também.

Ou pelo menos foi o que pareceu na hora. Mas, então, ela pirou total e foi embora.

Não sei o que pensar ou o que dizer a ela. Por isso, venho fazendo o que qualquer cara de vinte e poucos anos com algum bom senso faria: estou dando bastante espaço a ela.

Stephanie parece ter pensado a mesma coisa, porque nas poucas palavras que trocamos só mencionou que seu horário no café tinha sido estendido. Já eu tenho passado uma quantidade de tempo ridícula na empresa do meu pai, considerando que nem estou estagiando lá oficialmente. Não conta como crédito de trabalho na faculdade, nem me pagam (não que eu precise disso), mas, para ser honesto, tampouco estou contribuindo muito. Na maior parte do tempo só fico atrás do meu pai, acompanhando suas ligações, observando a maneira como lida com os outros, de seus funcionários a investidores importantes.

Continuo aguardando pelo momento em que vou me assustar com tudo isso e decidir que quero trocar meus ternos sob medida por colares de cânhamo e calças de linho com cordão na cintura para ir à Costa Rica trabalhar como guia turístico. Em outras palavras, fico pensando que vou acordar e me rebelar contra as expectativas — e as vantagens — que recaem sobre mim desde pequeno.

Mas isso ainda não aconteceu. É como eu disse a Stephanie naquele jogo idiota das duas verdades e uma mentira: estou mesmo animado com o que vou herdar. Talvez eu tenha entrado em administração porque meus pais me encorajaram, mas fiquei porque gosto de verdade disso. Gosto de como os números se encaixam se você souber mexer com eles. Gosto de como um negócio não é nada além do equilíbrio entre pessoas e dinheiro.

E, pode me chamar de superficial, mas gosto até do cenário de arranha-céus modernos que espera por mim.

A Price Holdings é perfeita para mim. Como Olivia era.

Como Stephanie, com suas calças cargo e suas sobrancelhas franzidas, *não é*.

Por exemplo: esta manhã, quando trocamos algumas breves palavras no café, vi que ela estava com uns decalques de esqueleto nas unhas. *Esqueletos.*

Não surpreende que eu esteja me escondendo na empresa do meu pai. Por que não fiz como em qualquer outro verão e estagiei lá oficialmente, em vez de fazer algo tão inesperado quanto um curso de cinema?

Estou pensando nisso quando saio do elevador para o lobby da empresa e o vejo.

E me lembro do motivo exato pelo qual quis evitar a Price Holdings.

"Ethan! Espera um segundo!"

Endireito a postura e penso em ir embora como se não tivesse ouvido. Mas tem muita gente olhando para que eu consiga disfarçar, e sou parecido o bastante com minha mãe para ao menos me importar com o que as pessoas vão pensar.

Então, viro e olho para o cara que está transando com a minha mãe.

Mas não sorrio como teria feito alguns meses atrás. Quando era como um segundo pai. Agora ele não passa do cara que está tentando *substituir* meu pai de verdade.

"Mike."

Ele me dá um bom aperto de mão das antigas. "Faz semanas que não vejo você. Seu pai disse que está ocupado com um curso de verão."

"É só uma optativa que achei que seria divertida", eu me ouço murmurar. Me odeio por não ter coragem de dizer que estava tentando evitar o cara. E o filho dele.

Mas talvez o fato de estar tentando evitar os dois comprove que sou um covarde mesmo.

"E está de namorada nova, fiquei sabendo", Mike diz em voz baixa, como se conspirássemos. Quero socá-lo.

"Como está o Michael?", pergunto apenas.

Mike pisca, um pouco surpreso que eu esteja perguntando sobre seu filho. Pouco tempo atrás, provavelmente seria *ele* quem me perguntaria como o filho andava. Quando éramos inseparáveis.

Deve ter notado que não estou mais na casa deles quase todos os dias, mas não diz nada a respeito. Fico imaginando se o filho dele confessou que ficou com Olivia.

"Bem, bem", Mike diz, passando sua maleta para a outra mão. "Está estagiando comigo, na verdade. Achei que seria bom para ele ter alguma experiência com contabilidade."

Diz pra ele que você o viu com sua mãe, ouço uma vozinha provocar. *Diz que você não se importa que faça negócios com seu pai: é melhor ele ficar bem longe da sua família.* Em vez disso, só assinto de um jeito meio esquisito, como se eu estivesse pouco me fodendo com o que meu ex-melhor amigo anda fazendo. "Bom, tenho que ir."

"Claro, claro. É melhor sair antes da hora do rush. Vejo você por aí, filho."

Não me chama de filho. "É. A gente se vê."

Por cerca de cinco segundos depois de me afastar de Mike, considero ir até a casa dos meus pais e confrontar minha mãe. Arrancar o band-aid e tudo o mais. Porque o choque de ter descoberto o caso dela está passando e agora a coisa toda só parece... triste.

Mas penso em como minha mãe está estressada com os preparativos para a festa nos Hamptons na semana que vem. Para ela, é meio que o grande evento do ano, e tem ramificações profissionais e pessoais. Esse evento também é importante para o meu pai. No mínimo, devo a ele esperar esse fim de semana passar antes de arriscar acabar com nossa família.

Além disso, sou egoísta e prefiro fazer isso quando puder me refugiar na faculdade integralmente. Quando vou poder me perder na infinidade de atividades do semestre de outono e desfrutar do bando de garotas que nos últimos três anos só pude olhar por causa de Olivia. Agora, se quiser, vou poder tocá-las também.

Vou para casa. Stephanie vai estar lá, mas a culpa é minha, não é? Fui eu quem tive a ideia *brilhante* de fazer dela uma colega de quarto.

É claro que na época eu não sabia que ela beijava daquele jeito. Ou que por baixo do mau humor ela tinha um lado doce e divertido. Ou que depois de três semanas pareceria que ela me conhece melhor do que Olivia depois de uma década.

Devo um pedido de desculpas a ela. Pelas mudanças de humor, pelo beijo... por aquele dia na biblioteca em que deixei que pensasse que não estava — e nem deveria estar — atraído por ela.

Porque, ainda que eu continue achando que uma garota como ela e um cara como eu não estejam destinados a se casar ou coisa do tipo, uma atração definitivamente existe. E talvez seja hora de fazer alguma coisa a respeito.

Entro no apartamento com o meu melhor humor em dias, só para congelar quando vejo a cena na minha sala de estar: o namorado cretino de Stephanie na porra do meu sofá, com a mão na perna dela. Os dois se sobressaltam ao me ver, e não é preciso ser gênio para saber que interrompi alguma coisa.

Não digo nada enquanto coloco a mochila no chão, mas meus olhos não desviam dos dela. Stephanie parece se sentir culpada a princípio, mas, depois de avaliar minha expressão, a culpa é substituída por algo muito próximo da teimosia.

"E aí, cara?", digo casualmente, tirando os olhos de Stephanie para olhar para David.

"Elliot", ele disse, com um breve aceno de cabeça.

Reviro os olhos sem nem me preocupar em disfarçar enquanto pego uma cerveja na geladeira. Fingir errar o nome do rival é o truque mais velho do manual de comportamento masculino.

"O que tá pegando?", pergunto.

"Só vim devolver alguns DVDs. Sei como Stephanie é com os filmes dela."

Noto que a mão dele sobe ligeiramente na coxa dela ao dizer isso. Uma coxa que está coberta pela calça cargo.

Tarde demais, meus olhos passam pelo resto do corpo dela, e percebo o que me havia escapado a princípio: as botas, a calça de garota durona, uma das regatas justas que são sua marca registrada, a maquiagem cinza nos olhos. Ela tem dado sinais de seu antigo eu nos últimos dias — as botas, as unhas, a calça —, mas aparentemente decidiu ir com tudo esta noite, voltando a ser a Stephanie gótica.

Deveria diminuir meu desejo. Deveria me lembrar de que David é o tipo dela, não eu.

Mas só quero dizer a ele para tirar as mãos dela.

Tomo um gole de cerveja e mantenho o rosto perfeitamente neutro. "Já pegou todos os seus DVDs, Stephanie?"

Os olhos dela se estreitam diante do meu tom casual. É como eu disse — ela me conhece. "Já."

"Excelente", digo, com meu melhor sorriso no rosto, então viro para David. "Então cai fora daqui."

David pode ser do tipo artista magrelo, mas aparentemente não é um banana, porque parece puto quando levanta para me encarar.

Não posso dizer que o culpo. Estou sendo um babaca, mas a casa é *minha*, e esse filho da mãe estava passando a mão em Stephanie apesar de ter namorada...

Merda. Ou pelo menos espero que ainda tenha. E se David terminou com a tal da Leah e agora quer Stephanie de volta?

A mera ideia faz minha cerveja ficar com gosto amargo.

"Cara, pode nos dar um minuto?", David pergunta, se saindo muito melhor do que eu no quesito boas maneiras.

"Pra quê?"

Ele ignora minha pergunta e se vira para Stephanie. Seus olhos parecem suplicar por alguma coisa que tenho uma boa ideia do que é. O cara se deu conta de que trocou Stephanie por alguém muito pior e agora a quer de volta.

Não me contento mais com a saída dele. Quero botar esse *hipster* pra fora daqui com minhas próprias mãos.

"Stephanie?", digo.

Ela morde a bochecha, parecendo zangada, mas não sei dizer se comigo por estar agindo como um babaca possessivo ou com David por ousar tocá-la depois de tê-la traído.

"É melhor você ir, David."

Sorrio. É com ele.

Então, seus olhos azuis encontram os meus, e não tenho muita certeza de que não são capazes de lançar dardos envenenados até mim. Ela definitivamente está puta comigo também.

Já banquei o homem das cavernas o suficiente, de modo que não os acompanho até a porta, mas não vou fingir que não tento escutar o que dizem. Eles estão sussurrando, e não consigo distinguir as palavras. Então, o sussurro para, e não ouço mais nada. Estão se beijando? Eu me forço a ir sentar no sofá antes de perder o controle por completo. Se eles querem voltar, não é problema meu.

Só que a mera ideia me faz queimar por dentro.

Ouço a porta da frente se fechar, então Stephanie volta para a sala pisando firme e parecendo tão raivosa e revoltada quanto naquele dia em que demos um encontrão no corredor. Desta vez, na verdade, tenho certeza de que seria capaz de me furar com suas canetas, em vez de simplesmente jogá-las em sua mochilinha infantil.

Ela não diz nada enquanto vasculha um armário e pega uma garrafa de uísque. Levanto uma sobrancelha. "Dia difícil?"

Ela consegue se servir e me mostrar o dedo do meio ao mesmo tempo. Então coloca alguns cubos de gelo no copo. Uísque parece mesmo uma boa ideia agora, mas eu é que não vou pedir para ela me dar um pouco quando está no modo "vou te matar". Daí, deixo a cerveja quase inteira de lado e pego um copo para me servir sozinho, sem gelo.

Stephanie tomou conta do sofá depois que eu levantei. Sei que deveria dar espaço a ela, mas também moro aqui, então sento ao seu lado. Não perto o bastante para que nossos corpos se toquem, mas um pouco mais perto do que colegas de quarto normalmente ficariam, considerando que tem meia dúzia de outros lugares onde sentar na sala.

Espero que comece um sermão entediante sobre respeitar limites, com alguns "no que você estava pensando?" entremeados por "você é um idiota", mas ela só fica parada ali, pacientemente, tomando seu uísque.

De canto de olho percebo que ela está me observando. Esperando que eu me explique. A única explicação é que fiquei com ciúmes, e ambos sabemos que isso é loucura, então digo a única outra coisa que me vem à cabeça.

"Desculpa."

Stephanie solta um ruidinho de escárnio de um jeito que é bem dela antes de deixar o copo de lado e começar a desamarrar uma bota. Observo seus dedos soltando o cadarço, esperando que diga alguma coisa. Qualquer coisa. Quero que diga "tudo bem, Price". E, mais do que isso, quero que diga que não tem nada rolando entre ela e o babaca do David.

Quero que diga que quer que eu a beije de novo.

E, talvez mais do que tudo, quero que explique o motivo pelo qual interrompeu aquele beijo na biblioteca. Porque eu sei que estava tão envolvida quanto eu. Deu para ver.

Mas talvez eu tenha que dar alguma coisa para receber outra em troca.

"Minha mãe está tendo um caso", digo.

Opa. Isso saiu do nada. De repente lembro por que não toco em uísque desde a noite do meu aniversário de vinte e um anos, muitos meses atrás, quando fiquei bem louco e passei o dia seguinte vomitando. Mas, pior do que a ressaca, é o fato de o uísque me deixar falante. Um desastre total.

Seus dedos vacilam por um segundo sobre o cadarço, mas ela não levanta a cabeça. "E?"

E? E?

"Bom, é uma merda", digo, me sentindo como um garotinho, ainda que para mim o motivo de isso me chatear seja bem óbvio.

Ela assente, toma outro gole de uísque e então passa ao outro pé. "Como você descobriu?"

Lá vamos nós. "Eu... a vi com o pai de Michael. Logo depois de ter visto Michael com Olivia, na verdade."

Achei que seria horrível dizer isso em voz alta, mas, ainda que, conforme eu tinha previsto, pareça mesmo uma farsa teatral, percebo que a dor em certa medida passou.

Então ela levanta a cabeça, e seus olhos encontram os meus. "Você pegou sua namorada com seu melhor amigo, depois sua mãe com o melhor amigo do seu pai? Tem certeza de que não foi sonho? Ou alucinação?"

Apesar das palavras irreverentes, há preocupação em seus olhos. Só então me dou conta de que sua mão está na minha e ela massageia minhas juntas com o polegar. Olho para sua mãozinha sobre a minha, muito maior.

Parece certo.

Sinto que é.

"Não foi alucinação", digo, tentando simular um sorriso. "Tenho certeza de que era minha mãe beijando outro cara. E não foi um selinho, se é que você me entende."

Ela chuta as botas para longe e se recosta no sofá, me encarando. "Ah, eu sei bem do que você está falando. Na verdade, fui beijada desse jeito alguns dias atrás. O mais estranho foi que o cara parou de falar comigo depois disso."

Arregalo os olhos, numa surpresa fingida. "Aconteceu algo esquisito comigo também! Foi mais ou menos igual, só que a garota fugiu do beijo como se fosse um coelhinho assustado."

Seus olhos recaem sobre o copo, e ela brinca com o gelo com um dedo com um esqueleto na unha. "Não um coelhinho. Mas com certeza assustada."

Ah, merda. Ela ficou com medo de mim?

"Por quê?", pergunto, mantendo a voz tão calma e distante do confronto quanto possível.

Stephanie não responde por alguns segundos. Quando fala, não tem nada a ver com o que perguntei. "Foi por causa de sua experiência com Olivia e sua mãe que você ficou todo esquisito quando me viu com David?"

Inclino a cabeça para trás. "Não vejo a ligação."

Seus olhos se estreitam levemente. "Acho que vê, sim."

Odeio quando as garotas fazem isso. Tento acompanhar seu raciocínio. Não vou muito longe.

"Você acha que fiquei puto que David estivesse aqui porque foi como uma traição?"

Ela dá de ombros. "Quem tem que saber é você."

Não. "Não", digo. "Não é isso. Quer dizer, sim, pensei que vocês estavam, hum... prestes a fazer alguma coisa. Mas não fiquei bravo porque estava com ciúmes. Como poderia, se nem estamos juntos de verdade?"

"Exatamente", ela diz, seus olhos fixos nos meus.

"Exatamente", eu repito.

Que merda é essa? Juro por Deus, falar com Stephanie quando ela está toda gótica é como uma viagem pela merda da toca do coelho.

"Então, concordamos", digo. "Não fiquei com ciúmes."

"Tá", ela diz.

"Mas você e David estão... hum... juntos?"

Ela olha para mim. "Você não foi o único a ser traído aqui, espertão. Acha mesmo que eu voltaria com ele?"

"Mas a mão dele..."

"Estava fora dos limites, é verdade. E eu até fiquei aliviada por meio segundo quando você chegou, porque achei que ajudaria a me proteger."

Assustada. Proteger. A escolha de palavras dela para descrever o contato sexual é estranha.

Mas é claro que sim. O último ano na escola... a droga... o ex-namorado de merda.

Eu não voltei a falar naquela noite. Não porque não me importe. Pelo contrário, provavelmente me importo até demais. E Stephanie claramente não quer falar comigo a respeito. Mas agora me sinto o maior cretino do mundo por deixar que o assunto pairasse entre nós, intocado. Porque eu sei — de alguma maneira *eu sei* — que aquela noite tem tudo a ver com o motivo pelo qual ela é como é. E pelo qual pareceu quase inabalada pela infidelidade de David. E talvez até pelo qual ela parece assustada pra caramba com o que quer que haja entre a gente.

Só que eu não tenho a mínima ideia de como tocar no assunto. Acho que eu poderia simplesmente perguntar o que aconteceu, mas gostaria que me contasse por vontade própria. Gostaria que desse o primeiro passo.

Me forçando a não implorar por respostas, apoio a cabeça no encosto do sofá e fecho os olhos. Tento ficar satisfeito com o fato de que Stephanie não parece me odiar no momento. De que estamos em paz pela primeira vez em semanas, e não um evitando a companhia do outro.

Então percebo que senti falta disso. Senti falta da Stephanie. E vou sentir sua falta ainda mais quando voltar para o dormitório daqui a uma semana, depois da festa dos meus pais nos Hamptons.

Estou preparado para uma série de coisas, mas a sensação dos dedos frios de Stephanie no meu braço não é uma delas. Mantenho os olhos fechados, pensando que talvez seja minha imaginação, mas então a pressão fica mais firme, e ela passa as unhas de leve pela minha pele.

"Gosto dessa parte sua", ela diz, com a voz rouca. "Esta parte do seu braço. Esquisito, né? Mas foi uma das primeiras coisas que eu notei."

Não abro os olhos, sem entender se a ideia ainda é levar tudo na boa. Manter a distância. "São todos esses pelos que te atraem?", pergunto.

"Também", ela diz, e pela sua voz sei que está sorrindo. "Mas principalmente o contraste entre os fios loiros, a pele bronzeada e os músculos definidos. É muito..."

"O quê?", pergunto quando ela fica quieta. *Meu Deus, minha voz acabou de falhar?*

"Sexy", Stephanie diz.

Mereço uma medalha, de verdade. Porque não a beijo, apesar de cada parte do meu corpo estar implorando para que eu faça isso.

Então, sinto sua respiração na minha orelha. Seus lábios no meu pescoço.

E o meu autocontrole já era.

Inclino a cabeça em sua direção, com uma mão em sua bochecha, sentindo sua pele suave enquanto seus lábios exploram meu pescoço. Ela se move devagar, sua boca nunca perdendo o contato com minha pele conforme se inclina para mim. Sobre mim. Então seus lábios encontram os meus, e eu acho que não mereço aquela medalha no fim das contas, porque eu a beijo de volta, com os dedos emaranhados em seu cabelo.

Ela tem o cuidado de levar nossos copos à mesa, liberando nossas mãos, que de repente estão em todos os lugares.

Seus braços envolvem meu pescoço, suas unhas cravam na minha nuca, e eu me dou conta de que é a primeira vez que está me tocando de fato. A primeira vez que é ela quem inicia o contato.

Stephanie me quer.

A ideia me faz pular de alegria. Tenho que me esforçar para manter minhas mãos em sua cintura, em suas costas... e não nos lugares em que estou desesperado para colocá-las.

Como se lesse minha mente, ela arqueia o corpo na minha direção, movimentando-se inquieta, e imploro a Deus para que eu não esteja lendo os sinais errado. Para que eu não a assuste.

Levo uma mão à sua nuca, mantendo sua cabeça parada de modo que minha língua possa circular a dela enquanto movo lentamente a outra mão em seu tronco para cima e para baixo, passando por um momento intenso por seu peito antes de descansar em sua clavícula, onde meus dedos brincam com a alça da regata.

"Essas suas regatas justas me deixam louco, sabia?", falo em seus lábios. Sinto que ela sorri. "É? Mesmo não sendo rosa ou de marca?"

"Elas são pequenininhas", digo, enrolando os dedos na alça. "Sempre me pergunto se são resistentes. Quanto eu teria que me esforçar para rasgar uma."

"Parece trabalhoso", ela diz, arfando na minha boca conforme meus dedos descem ligeiramente por seu peito.

"Acho que não precisamos fazer isso. Podemos só tirar", digo.

Seguro o ar então, sabendo que esse é o momento em que ela se entrega ou perde a coragem e foge.

Stephanie congela e começa a se afastar. Deixei um gemido de decepção sair, embora consiga manter uma expressão compreensiva no rosto. Porque eu entendo. De verdade.

Mas ela se afastou só o bastante para sorrir timidamente para mim. "Eu não me importaria se você rasgasse."

Fecho os olhos por um segundo e rezo para não estar sonhando. Sua boca está na minha de novo, e ela balança os quadris contra os meus. Não. Definitivamente não é um sonho.

Mesmo tendo sua permissão, estou determinado a não a apressar, então deixo que meus dedos continuem brincando ali, se alternando entre passar as costas dos dedos na pele de seu ombro e puxar a alcinha, torturando nós dois.

Deixo seus lábios livres por tempo o bastante para levar minha boca até onde estão os meus dedos, lambendo e mordiscando sua clavícula e seu ombro antes de deixar minha boca roçar contra a parte superior de seu peito.

Não estamos nem perto do ato em si, mas nós dois gememos. Ela arqueia o corpo contra o meu e oferece seus peitos às minhas mãos, à minha boca. Engancho os dedos de ambas as mãos nas alcinhas e as desço delicadamente pelos ombros, expondo os peitos dela centímetro a centímetro, até que estou a um puxãozinho de ver os mamilos.

Paro aí, descendo as mãos para sua cintura, deixando seus braços parcialmente presos pela regata enquanto encho a parte superior dos peitos dela de beijos delicados. Desde o primeiro dia sei que Stephanie é linda, mas isso está muito além de qualquer fantasia que tive com ela. E foram muitas.

Lambo e chupo sua pele até que estamos os dois arfando e ela leva os dedos ao meu cabelo, me implorando para seguir em frente. Para descer.

Deixo a língua deslizar para baixo do tecido fino, chegando perto do mamilo, mas sem encostar, e ela geme. Faço o mesmo do outro lado, me recusando a dar a ela o que quer até que peça.

"Ethan", Stephanie diz, em uma espécie de sussurro. "*Ethan.*"

É o bastante pra mim.

Baixo a regata até sua cintura e ela fica totalmente exposta. Assim que o ar frio atinge os mamilos, ela levanta as mãos para se cobrir, e a visão de suas mãozinhas em seus peitões faz com que eu quase exploda.

"Não", digo, rouco. "Me deixa ver. Me deixa tocar."

Seus olhos estão arregalados e assustados. Eu a encaro, pedindo que confie em mim.

Finalmente, ela assente de leve, levando as mãos para os meus ombros. Me movo devagar, dando a Stephanie tempo para voltar atrás. Mas ela não o faz. Quando minha língua passa pela primeira vez pelo mamilo, acho que vai matar nós dois.

Perco a noção de quanto tempo fico provocando, alternando longas lambidas com mordidinhas até que ela esteja se contorcendo nas minhas mãos, arfando por mais. Só então envolvo tudo com a boca e chupo, respirando o cheiro doce dela, enquanto me perco na parte de sua anatomia que tem me assombrado todos os dias.

As mãos dela estão passeando por conta própria. É só quando a sinto puxar a camiseta que uso por baixo que noto que ela tirou minha gravata e abriu minha camisa. Dando uma última lambida generosa no mamilo, levo as mãos à sua cintura, acomodando-a no sofá, enquanto tiro a camisa. Sua regata ainda está na cintura, e a visão de Stephanie sem ela mas ainda com a calça cargo é tão ridiculamente sexy que quase desejo que não tivesse tirado as botas.

Talvez da próxima vez.

Ela sorri para mim, e eu sorrio de volta antes de afundá-la mais nas almofadas do sofá e seguir atrás. Nos beijamos de novo enquanto nossas mãos continuam a explorar. Finalmente — *finalmente* —, levo as mãos aos botões da calça.

Abro o primeiro e ela congela.

Congelo também. "Tudo bem?", pergunto devagar, beijando seu peito.

Stephanie não diz nada, e eu me afasto para olhar seu rosto, acariciando de leve seus braços enquanto isso... tentando entender como se sente.

Ela lambe os lábios. "Eu, hum... eu quero, de verdade. É só que..."

Dou um beijo rápido nela, para encorajá-la. "É só que...?"

"Não tenho muita experiência com isso."

Abro um sorrisinho. "Quer falar em números?", digo, brincando, ainda que esteja quase morrendo.

Ela lambe os lábios, mas não responde. Me dou conta de que preciso dizer que não sou exatamente experiente também. Se experiência é o que importa, não tenho muito do que me gabar. Olivia e eu perdemos a virgindade aos dezesseis anos. E eu acredito em fidelidade, diferentemente dela.

"Bom, é menor do que um?", prossigo, mantendo a voz leve. "Porque essa é a extensão da minha experiência."

Stephanie não responde, e o desconforto não deixa seu rosto. O que não faz sentido, a não ser que...

Minha nossa.

"Stephanie, você nunca transou com ninguém?", pergunto tão casualmente quanto possível, para que saiba que qualquer resposta é aceitável.

Ela não me encara. Levo o dedo ao seu queixo para levantá-lo e forçá-la a me olhar. "Mas e o David?", pergunto.

Ela balança a cabeça em negativa. "Nunca chegou longe assim."

Um alarme dispara na minha cabeça. "E o cara da escola? Você disse que vocês se davam bem antes de..."

E ali está. O olhar de coelhinho assustado.

Minhas mãos congelam de raiva por um segundo, antes que eu a puxe para mim.

"Aquela noite em que o cretino drogou sua bebida... Foi sua primeira vez?"

Diz que não, por favor. Por favor me diz que o cretino não te estuprou.

Estou tão preparado para uma resposta preto no branco que a possibilidade de uma área cinzenta nem me ocorre.

Os olhos dela encontram os meus, cheios de lágrimas. "Não sei. Não me lembro."

17

STEPHANIE

"Você *sabe* que só vamos ficar fora alguns poucos dias?"

Olho por cima do ombro. Ethan está inclinado contra o batente da porta do meu quarto, usando uma bermuda xadrez azul e uma polo combinando. Juro por Deus, ele coordena mais as cores que usa que qualquer amiga minha da escola.

Viro para a cama, onde estou dispondo todas as minhas roupas em pilhas. É uma representação visual descarada dos últimos meses: pilhas coloridas e vivas para a Stephanie de mentira e pilhas pretas para a velha Stephanie.

Dobro uma calça preta recém-lavada e a coloco na pilha da Stephanie de verdade. Antes de conhecer Ethan, eu tinha tanta certeza da minha identidade. Mas a ideia de voltar a quem eu era — espreitando pelo campus, estudando filmes para não ter que interagir com as pessoas...

Perdeu parte do apelo.

Ethan entra no meu quarto como se fosse o dono do lugar — e de fato é. Ele pega uma calcinha fio dental com dois dedos e levanta a sobrancelha. "Achei que você não gostasse de rosa."

Eu a pego de volta. "Vai brincar com sua própria roupa de baixo."

"Não é nem de perto tão interessante", ele diz enquanto inspeciona uma tipo shortinho com bolinhas verdes.

Não me dou ao trabalho de impedi-lo, pressentindo que é uma batalha perdida. Desde aquela noite no sofá, o clima entre nós se alternou entre tranquilo e carregado de tensão sexual.

Ainda não tenho certeza do que de fato aconteceu. Mas como acabou está bem claro na minha cabeça.

Pegando o termo da amiga dele emprestado, definitivamente não *consumamos* a coisa.

Ethan senta em cima de uma pilha de roupas que acabei de dobrar e olha para mim. Não diz nada. Só me avalia.

"Que foi?", pergunto.

"Você fez?"

"O quê?" Não gosto de me fazer de boba, mas às vezes é automático.

"Você sabe o quê."

Respiro fundo e demoro demais para dobrar um cardigã amarelo-claro, só para não ter que olhar para ele.

"Mandei um e-mail", digo afinal. Bem baixinho.

"Ótimo." Ethan passa os dedos pelas costas da minha mão. Respiro de forma profunda e trêmula.

"E se ele não responder?"

Busco os olhos de Ethan. Expressam a mesma compreensão gentil de quando contei meu segredo.

Que não sei se ainda sou virgem ou não.

Eu não queria contar, nem para ele nem para ninguém. Mas então me perdi em seus beijos e quis — precisei — que ele soubesse.

Então comecei a falar...

E o pior é que eu nem queria ir àquela festa idiota, pra começar. Queria ficar no hospital com minha mãe.

Mas ela queria que eu fosse. Estava fraca demais para insistir, mas meu pai me disse que era importante para minha mãe me ver feliz. Me ver vivendo a vida, enquanto a dela terminava.

Então, eu fui. Mas estava brava, triste, perdida. Bebi mais do que devia, mas não tanto que não notasse que o último copo de cuba-libre estava amargo demais. Eu o deixei de lado quase imediatamente, mas já era tarde. A tontura veio a seguir. Naqueles últimos momentos de lucidez, eu não conseguia manter os olhos abertos. Só queria deitar em algum lugar. Qualquer lugar.

Então, vi Caleb e soube. Soube que ele sabia o que tinha no meu copo.

Acordei na cama dele, mal conseguindo levar a cabeça até a lateral antes de vomitar em cima do tapete branco.

Vomitei mais e mais enquanto tentava clarear a mente e juntar as peças do que tinha acontecido. Eu estava pelada. Estava morrendo de dor de cabeça, mesmo que não tivesse bebido o suficiente para isso.

Daí, Caleb entrou. Eu esperava que ele ficasse maluco quando visse que eu tinha vomitado na cama e no chão, mas nem pareceu notar.

Vi o celular na mão dele.

O meu celular.

Quando olhei em seu rosto, eu soube. Soube que ele tinha atendido meu telefone.

Soube que era meu pai ligando.

Soube que minha mãe estava morta.

Então, vomitei de novo.

Foi a primeira vez que falei sobre o que aconteceu com tantos detalhes. Quer dizer, é claro que fiquei um zumbi depois, e é claro que todo mundo notou. Mas minha mãe tinha acabado de morrer. Me tornar um zumbi era um direito meu. Ninguém suspeitou que houvesse outra coisa. Que eu tinha perdido mais do que minha mãe naquela noite.

Bom, Caleb sabia.

Pode parecer estranho, mas eu nunca considerei o papel de Caleb em tudo isso. Em algum nível, acho que o odiei, mas em outro era como se nem fosse humano. Parecia apenas um demônio do meu passado que meio que tinha sido absorvido pela memória ruim daquela noite.

Mas Ethan não estava disposto a deixar Caleb escapar tão fácil.

Depois que contei toda a história, esperei que me abraçasse de forma condescendente e me dissesse que foi péssimo isso ter acontecido comigo, mas estava na hora de seguir em frente.

E ele de fato me abraçou, mas eu não estava preparada para as palavras que sairiam de sua boca a seguir.

Você tem que encontrar Caleb. Confrontar o cara. Conseguir respostas. Merece pelo menos isso.

Acho que é estranho que tenha sido necessário que outra pessoa me dissesse isso, que apontasse que a pior noite da minha vida não precisava permanecer envolta em mistério.

É claro que não há nenhuma garantia de que Caleb se lembre do que aconteceu ou de que vai ser honesto comigo. Mas, lá no fundo, desconfio que lembra, sim. No passado, nos importamos um com o outro. Tenho quase certeza de que em algum momento ele me amou, antes de ser seduzido pelo estilo de vida do irmão dele que estava na faculdade.

Levei só uns trinta segundos para encontrá-lo na internet. Ele está na Universidade de Boston, mas eu já sabia disso, claro. Me mandou uma dezena de mensagens no primeiro ano perguntando se podíamos conversar, mas eu o ignorei. Ele tentou falar comigo pela Jordan e por um punhado de amigos da escola com quem mantive contato. Também ignorei esses esforços.

Mas essa foi a primeira vez que *eu* corri atrás dele. Estava esperando uma onda de raiva, mas o que me movia era a curiosidade. Jordan me disse que ele está bem agora. Voltou a ser o "cara legal" de antes.

Se as fotos do perfil dele são confiáveis, Jordan está certa. Os olhos vermelhos e o rosto inchado foram embora. Em vez disso, ele parece bem cuidado e até bonito. Não muito diferente de Ethan, na verdade — loiro, de olhos azuis, todo certinho.

Não sei por quanto tempo fiquei olhando para seu rosto sorridente, esperando sentir algum tipo de emoção. O que mais senti foi alívio. E a esperança de que talvez Ethan esteja certo e eu possa seguir em frente.

"Quer falar a respeito?", Ethan pergunta, me resgatando das lembranças.

Dou um sorrisinho e balanço a cabeça em negativa. "Acho que já esgotei o assunto."

Ele me encara. "Mas quando ele responder você vai me contar."

Olho em seus olhos. "Vou."

Não tenho escolha. Não se eu quiser que Ethan me toque. Porque ele deixou bem claro aquela noite quando se afastou delicadamente e colocou sua própria camiseta sobre meu corpo que não tocaria em mim até que eu resolvesse as coisas.

Você merece mais, Stephanie. Você merece tudo.

E, naquele momento, o que eu estava sentindo por esse cara totalmente errado explodiu, se transformou em um sentimento que eu não quero nomear de jeito nenhum. Nem consigo.

Porque, daqui a alguns dias, vou ter cumprido minha parte do trato. Ethan vai ter sobrevivido àquela festa idiota e vai poder seguir em frente com a vida. Talvez com uma namorada de verdade, em vez de uma impostora.

Meu estômago se embrulha com a ideia.

"Tá bom, Gótica, vou perguntar de novo. Por que seu guarda-roupa *inteiro* está em cima da cama? Eu falei que vão ser só duas noites, né?"

Cutuco seu quadril até que ele se move e posso pegar uma pilha de sutiãs agora amassados de debaixo de sua bunda. Ele não olha duas vezes. Não posso culpá-lo, acho. Quer dizer, são peças sem graça de algodão azul. Mas é outro lembrete de que Ethan não fez nenhum gesto romântico desde aquela noite no sofá.

E eu sei o motivo, claro.

Mas não quer dizer que tenha que gostar.

Maldito Caleb.

Mas também fico com raiva de mim, por ter sido tão covarde nos últimos anos que nem procurei respostas. Pior do que isso: eu as evitei. Agi como um daqueles pássaros esquisitos que enfiam a cabeça no chão.

Chega. Quero minha dignidade de volta. Quero minha *vida* de volta.

Aponto para uma pilha menor de roupas na cadeira da escrivaninha, que fica no canto do quarto. "*Aquilo* é pra viagem. Só falta colocar na mala."

Ele aponta para as pilhas na cama. "E isso tudo?"

Levanto um ombro. "Pensei que, como ia fazer a mala pra viagem, devia começar a arrumar minhas coisas de vez."

Ethan desiste de inspecionar meus sutiãs. (Acho que não é tão imune a eles, no fim das contas.) "Como assim?"

"Vamos lá, você é espertinho o bastante pra entender sozinho", digo, mantendo o tom leve. Eu não deveria ficar feliz porque ele parece triste, mas estou. Ethan claramente não está querendo se livrar de mim.

"Ainda faltam duas semanas para as aulas voltarem", ele diz.

"Você está muito preciso nas suas observações hoje", digo, indo ao armário para pegar a enorme mala que comprei há alguns dias. Tenho cerca de quatro vezes mais roupas do que quando me mudei, graças à farra de compras com Ethan, e ele insistiu que eu ficasse com elas. Não sei o que vou fazer com tanta coisa, a menos que decida começar uma carreira como Barbie em tamanho natural, mas tampouco estou pronta para me desfazer delas.

De repente Ethan está à minha frente, pegando a mala da minha mão e tirando-a do meu alcance. "Eu nunca falei que você precisava ir embora depois da festa", ele diz. "Fica até o fim das férias."

"Obrigada pela oferta, mas minha crise de moradia acabou", digo, com um sorrisinho tímido. "Como trabalho na reitoria durante o ano letivo, eles me deixaram voltar para o dormitório mais cedo sem pagar taxa adicional desde que pegue uns turnos a mais."

"Você vai trocar *isto aqui* pelo dormitório estudantil?"

A condescendência em sua voz faz com que eu comece a perder o controle. "Você quer que eu fique? Como o quê? Uma espécie de amante?"

Ethan fica furioso. "Não é nada disso e você sabe muito bem."

"Ah, não? Então o que é isso, Ethan? Me diz."

Sua boca se contorce em frustração. Em vez de responder, ele joga a mala no chão como uma criança petulante, cruzando os braços. Faço menção de pegá-la.

"Quando pretendia me contar?", ele pergunta com a voz parecendo mais calma, mas ainda fria.

Levo as mãos ao alto, exasperada, abandonando a ideia de fazer as malas. "Agora mesmo."

"Você só contou porque eu perguntei."

"Não preciso me explicar pra você, Ethan!", digo, de saco cheio de sua reação infantil. "Você pode controlar a vida da sua próxima namorada, mas não se atreva a fazer isso comigo."

Seus olhos encontram os meus. "Você não é minha namorada."

Exatamente. Fecho os olhos por um momento. "Você sabe o que eu quis dizer."

Ethan passa a mão na nuca. Odeio o fato de estar começando a adorar esse gesto recorrente. "E o nosso roteiro?"

"Vamos fazer. Só precisamos entregar daqui a umas semanas, e já temos a descrição da maior parte das cenas."

Não falei para ele, mas acrescentei o episódio da pegação no sofá à lista de cenas — omitindo o final abrupto, claro. No nosso filme, a heroína não é uma perturbada. Nele, Tyler e Kayla consumam o ato. O professor Holbrook disse que queria conflito. E sexo *definitivamente* leva a conflito.

Ainda não sei se estou aliviada ou decepcionada que o desenvolvimento dessa questão em particular não tenha sido baseado na realidade.

"E o fim?", Ethan pergunta.

"Ainda está aberto", digo mais tranquila, me inclinando de novo para pegar a mala e a levando até a cama. "Achei que podíamos nos inspirar nessa viagem. Talvez alguma confusão com a ex ou coisa do tipo."

Ele sorri. "Você quer que eu brigue com Olivia na frente de todo mundo só por dois créditos de optativas?"

"Bom, precisamos de algo interessante para o desenlace final."

"Você age como se eu soubesse do que está falando."

"O clímax. O final explosivo", explico. "Sei que até agora estamos nos baseando livremente em nossas experiências, mas não vai dar certo para as cenas finais. Tyler e Kayla não podem simplesmente se separar no silêncio da noite."

"Que é como você planeja acabar com isso aqui", ele diz.

"E você também", digo, observando-o de canto de olho.

"Bom", Ethan diz, voltando a coçar a nuca, "desconfio que você vai se sair melhor nisso. Odiando a luz do sol e tudo o mais. Desaparecer no meio da noite é bem o seu estilo."

Ele está tentando me fazer sorrir, mas percebo que não estou a fim. Na verdade, não gosto dessa descrição de mim, o que me assusta muito. É melhor que eu não esteja perdendo o jeito depois de algumas poucas semanas usando salto alto e saia curta.

Sinto seus olhos nas minhas costas quando me viro para colocar uma pilha de camisetas pretas na mala. Quero que ele reconheça o que nenhum de nós mencionou: o fato de que agora nos beijamos *duas vezes* por motivos que não têm nada a ver com a encenação.

Quero que me diga que o filme está se tornando realidade. Que Pigmalião está se apaixonando pela garota que criou.

Mas ele não diz.

Em vez disso, vai até o criado-mudo e pega a foto que tem ali. "Sua mãe?", pergunta.

Não me dou ao trabalho de olhar. Sei do que está falando. Somos eu e meus pais na noite do jogo de estreia da escola. Eu tinha acabado de ser coroada rainha do meu ano, e eles estavam muito orgulhosos. Me lembro de ter pensado que nada na minha vida seria tão bom quanto aquilo.

Até agora é verdade.

Ethan não diz nada. Quando me viro para me certificar de que não mergulhou nas minhas calcinhas, vejo que ainda está olhando para a foto.

"Você era animadora de torcida", ele diz.

"Muito perspicaz", murmuro, resistindo à vontade de arrancar a foto das mãos dele.

"E está com uma coroa."

Não digo nada. Sei o que está pensando: "O que foi que aconteceu com você?". Só que Ethan já sabe.

"Alguns caras têm uma tara por animadoras de torcida", ele diz.

Reviro os olhos enquanto começo a enfiar minhas meias na mala. "Me deixa adivinhar. Você quer saber se ainda tenho o uniforme."

Ele devolve a foto ao criado-mudo e se dirige à porta. "Não. Não é a minha. Mas acho que eu poderia desenvolver uma tara por garotas de coturno."

Viro para Ethan, surpresa. Quero ver seu rosto para entender se quis dizer o que eu ouvi.

Mas ele já foi embora.

18

ETHAN

Estou de novo em um barco com Stephanie. Só que desta vez é um enorme barco alugado, e o biquininho que ela usou da última vez não seria nem um pouco apropriado para esta ocasião.

Meus pais não são exatamente o tipo que abandonam as tradições, e iniciam o show do fim de semana nos Hamptons da mesma maneira que fazem todo ano: com um coquetel em preto e branco, em um barco tão produzido que mais parece uma mansão, em que tudo, da comida às roupas dos convidados, é preto ou branco, claro.

Pego duas taças da fonte de champanhe e me dou conta de que perdi Stephanie em meio à multidão. Eu disse a ela que voltaria logo com as bebidas, mas fui parado por cerca de uma dúzia de amigos já alegrinhos do meu pai, então devo tê-la deixado sozinha por uns bons quinze minutos.

Atravessando o mar de gente, procuro por seu cabelo escuro e brilhante. Ela está de salto, o que significa que não vai parecer *tão* baixinha como sempre. Mas ainda vai parecer mais baixa que Olivia, por exemplo, em quem também estou de olho, mas não de um jeito de quem está louco para vê-la.

Meu pai avisou que ela viria. Eu já sabia, claro. Embora os anfitriões oficiais do fim de semana sejam meus pais, os dela sempre organizam uma festa com frutos do mar e uma fogueira depois do refinado coquetel de abertura. Meu único consolo é que minha mãe murmurou alguma coisa sobre Michael ter outra coisa hoje. Ela me pediu detalhes — como se eu fosse saber.

Pelo menos parece que vou ter que encarar um único demônio esta noite. Nem parece algo tão hediondo se eu tiver Stephanie do meu lado.

A multidão se dissipa levemente, e eu por fim a vejo. Minha respiração acelera um pouco, o que é irritante. Se tivesse que escolher, prefiro a versão de biquíni no barco, mas esta Stephanie também é maravilhosa.

Ela está usando um tomara que caia branco, com uma espécie de cinto preto logo abaixo dos peitos, de modo que não parece um vestido de noiva. E não tenho fetiche por pés nem nada do tipo, mas curti as sandálias brancas com as unhas pintadas de preto. Sei que a cor do esmalte se deve ao tema da noite, mas também me lembra do que ela estava usando quando nos conhecemos. Adoro essa referência sutil à Stephanie de verdade por baixo do vestido e da maquiagem de boa moça.

Tem um cara da nossa idade que não reconheço falando com ela. Pelo modo como o olhar dele não se restringe ao rosto dela, sei que não sou o único que gostou do visual. Sinto uma pontada quente e amarga nas costas, e identifico como o mesmo sentimento que tomou conta de mim quando entrei em casa e vi ela e David juntos.

Ciúme.

Vou para o lado dela e apoio a mão em suas costas. Stephanie me olha e aceita a taça de champanhe, parecendo se divertir. Ela sabe exatamente o que estou fazendo: reivindicando-a.

"Ei", Stephanie diz baixinho.

"Ei", respondo.

O cara teria que ser cego para não se tocar.

Nos olhamos por um pouco além do necessário antes que ela abra o que reconheço como um sorriso social. É o mesmo que vi em minha mãe e Olivia inúmeras vezes. Não sei se fico orgulhoso ou irritado que Stephanie o tenha dominado.

"Ethan, esse é Austin. Ele também estuda na Universidade de Nova York."

"Ah, é?", pergunto, estendendo a mão. "O quê?"

"Economia", Austin responde, apertando minha mão. Ele é simpático, mas sei que perdeu o interesse ao descobrir que Stephanie está acompanhada. Depois de alguns minutos do papo-furado de sempre sobre nossos professores preferidos e o que vamos fazer depois da formatura, ele vai embora, deixando nós dois sozinhos.

Ela bate sua taça na minha antes de virar para a água e apoiar os braços na amurada. "Tenho que dizer que vocês ricaços sabem como dar uma festa, Price."

"Não acha pretensioso demais?", pergunto, reproduzindo sua postura.

Stephanie ri. "Com certeza. Mas também é bem legal."

Não há nenhuma nota de escárnio em sua voz. Fico estranhamente aliviado que ela possa encarar esse mundo sem desdenhar da ostentação. Porque, ainda que seja ostensivo, e completamente exagerado, também é o meu mundo. O meu futuro. Um dia, também vou estar organizando festas nos Hamptons para a Price Holdings.

Termino meu champanhe e deixo a taça pendurada pela haste nos meus dedos, acima da água. "Sabe, agora que estou aqui me sinto meio bobo por ter sentido medo de encarar esta festa sozinho. Não sei por que pareceu tão importante ter uma namorada. Não tem nada demais num cara de vinte e um anos sozinho em uma festa dos pais."

Ela olha para o meu perfil, e sei que está surpresa com o que eu acabei de admitir. Talvez um pouco irritada também, já que a tirei de seu hábitat quando sem dúvida preferiria estar se esgueirando em algum buraco que ela chama de cinema no Soho.

Ela bate o quadril de leve contra o meu. "Está dizendo que quer que eu vá embora, Price?"

Agora é minha vez de olhar para seu perfil e a vez dela de olhar para a água. "Não", digo, devagar. "Acho que não é nem um pouco isso que estou dizendo."

É o mais perto que já cheguei de admitir que tem alguma coisa entre nós que é maior que o acordo. Pelo rubor em suas bochechas, sei que ela me entendeu. Eu deveria deixar pra lá, mas de repente estou desesperado por uma confirmação de que não estou sozinho no limbo. De que não sou o único que quer que este fim de semana seja mais do que uma despedida.

Porque imagino que *seja* uma despedida. Não há futuro para o herdeiro de um império e uma garota que só quer ser deixada em paz.

Mas também quero mostrar a ela que sou mais do que o herdeiro legítimo da Price Holdings. Que sinto algo independente desse acordo idiota. E que há mais em jogo além de um roteiro besta.

Então forço a barra. Só um pouquinho. "Você entende o que estou dizendo, não?", pergunto, baixinho. "Posso te levar de volta para Manhattan em algumas horas, com sua parte do acordo completamente cumprida." *Mas me diz que você quer ficar.*

Ela não diz nada por alguns segundos. Meu coração começa a bater acelerado, com medo de que eu esteja errado. De que ela vai aceitar minha oferta e pegar o próximo transporte para a cidade antes que eu tenha a oportunidade de...

Merda. Não tenho nem certeza do que quero dela neste fim de semana.

Não é sexo. Quer dizer, não é *só* sexo. Pelo menos não até que ela tenha uma resposta do cretino do ex-namorado. Eu estava falando sério aquela noite. Stephanie merece respostas.

Mas, independentemente de ter sido estuprada por Caleb ou não, ela não lembra e não foi consensual. O que significa que o cara com quem ela transar vai ser o primeiro. E ela merece perder a virgindade com alguém que não esteja meio que pagando para que ela se passe por sua namorada.

Ainda assim, quero que ela escolha estar aqui.

Me escolha, penso, mas não digo. Ainda que queira.

"Não quero ir pra casa. Ainda não." Ela diz isso tão baixo que, a princípio, acho que estou imaginando. Mas, então, vira para me encarar, com seus olhos azuis brilhando em apoio, amizade e alguma outra coisa que nenhum de nós consegue nomear.

Pego sua mão livre e a levo aos meus lábios. Não porque tem alguém vendo. Porque eu quero.

"Fico feliz."

O momento é romântico de uma forma cafona e não parece com nenhum de nós dois, mas não nos movemos por alguns minutos. Somos só nós, as luzes refletindo na água e a banda tocando Frank Sinatra.

Algo está mudando, e é crucial e perigoso, mas eu quero que mude mesmo assim.

Beijo sua mão de novo, deixando meus dentes arranharem levemente os nós dos dedos e sorrindo satisfeito quando ela suspira.

"Nem vem tentar me seduzir neste barco, Price", Stephanie diz, puxando a mão. "Não até que eu tenha provado um pouco desse caviar de que você vive falando."

Sorrio deixando que ela alivie o clima. "Você nunca comeu caviar?", digo, em uma afronta declarada. "O que você é, um animal?"

"Então tá", ela diz, deixando que eu entrelace meus dedos com os dela. "Me ensina."

Eu quero ensinar. Outras coisas, não comer caviar.

Então, me viro na direção da mesa, e todos os meus planos são jogados pela janela quando vejo a loira alta olhando para mim com olhos verdes magoados.

E, de repente, não consigo respirar.

Olivia.

19

STEPHANIE

Olivia é linda.

Não sei por que eu não estava esperando isso. *É claro* que a ex de Ethan seria linda. E não estou falando de bonitinha, tipo mais atraente que a média. Ela é deslumbrante. Eu sabia que era loira, mas achava que seria um loiro falso qualquer (ou torcia para isso). Só que o cabelo dela é de um tom meio mel, meio trigo, que faz com que pareça uma bela camponesa, mas de um jeito sofisticado, refinado. Ela é alta e graciosa, como uma dessas garotas que fizeram balé desde os dois anos de idade.

Para piorar, seus olhos são incrivelmente verdes e amendoados, exóticos o bastante para garantir que sua beleza não seja do tipo entediante.

Perto dela, me sinto atarracada, deselegante e falsa.

Mas não é por isso que a odeio.

Eu a odeio pelo jeito como Ethan olha para ela. Apesar dos comentários agorinha mesmo de que não haveria problema se tivesse vindo à festa sozinho, seu rosto diz outra coisa ao encará-la.

Eu estava certa em achar que *ela* era o motivo pelo qual ele precisou *me* reinventar. Posso ser a protagonista dessa versão moderna de Pigmalião, mas a motivação é Olivia.

De repente, fico muito consciente de que estou brincando de me arrumar. De que, embora ache que estou me apaixonando por Ethan, a única razão pela qual *ele* está aqui é Olivia.

O ar parece cheio de dor. Dele. Dela. Minha. Só agora me dou conta do quanto me importo com Ethan. Porque minha dor perde importância diante da ideia de que ele possa sofrer.

E não era esse o objetivo de toda a farsa? Ajudar Ethan a passar por isso?

Não consigo afastar sua dor. Mas talvez possa contribuir com seu orgulho.

Boto um sorriso vago mas educado no rosto, como se não tivesse ideia de quem ela é.

"Ethan?", digo, mantendo o tom leve e confuso. Como se nunca tivesse me contado sobre ela e fosse só uma magrela bloqueando meu caminho até o caviar.

Minha voz interrompe a troca de olhares dos dois, embora ele precise de mais alguns segundos para se concentrar em mim. Sinto um aperto no coração, ainda que meu rosto seja a perfeita imagem da inocência e da confusão.

Ele pisca, e os olhos dourados com que me acostumei parecem tão perdidos que me pego apertando seus dedos para tranquilizá-lo, mesmo querendo dizer a ele que ela não vale a pena.

Ethan baixa o olhar para nossas mãos dadas como se não entendesse bem por que está me tocando antes de finalmente — *finalmente* — se recompor.

"Certo. Certo. Hum, Olivia, esta é Stephanie."

Ela tira os olhos de Ethan por tempo o bastante para me abrir o esboço de um sorriso. Tenho que dar crédito à garota, porque ela deve estar me odiando, já que estou segurando a mão do cara com quem ela namorou a maior parte da vida, mas parece educada e simpática.

"Oi", Olivia diz, estendendo a mão. "Muito prazer."

Mentira, digo ao apertar sua mão, sem deixar o sorriso vacilar. Por um segundo, considero perguntar como eles se conheceram, mas acho que seria ir muito além no joguinho do "ele nunca mencionou você".

O vestido dela é branco como o meu, um tubinho drapeado simples que faz maravilhas por ela e acaba comigo na comparação.

"Fiquei sabendo que estava saindo com alguém", ela diz para Ethan.

"É."

Nós duas ficamos esperando que ele diga mais alguma coisa. A esta altura, não me importo se vai me jogar na cara dela ou apenas me usar como uma desculpa educada para encerrar um reencontro desconfortável; só quero que fale alguma coisa. Só não quero que fique ali parado como se olhasse para o amor da sua vida.

Passo a mão no braço dele. "Talvez seja melhor a gente ir atrás daquele caviar antes que acabe, não?"

Ethan se vira para mim de novo, com a testa franzida. Noto que Olivia pisca, confusa.

Percebo meu erro na hora. É claro que uma festa como esta nunca ficaria sem caviar. A possibilidade nem passa pela cabeça dessas pessoas.

Mas eu não sou uma dessas pessoas.

"Claro", ele diz, sorrindo para mim de um jeito que nunca vi antes. É rígido, distante e *horrível*.

Ah, não.

Fica claro que ele quer ficar e trocar olhares demorados com a ex que o traiu. Já eu não quero passar de jeito nenhum a impressão de que o estou arrastando para longe daqui. Não preciso ser escoltada de modo deplorável até a mesa onde está o caviar.

Solto a mão dele, sem me preocupar se pareço infantil e óbvia.

"Na verdade...", digo, com a voz alta e animada demais. "Preciso ir ao banheiro antes. A gente se encontra nas ovas depois, tá?"

Eu me viro antes de desfrutar da reação esnobe deles ao fato de eu estar banalizando o caviar. Fico orgulhosa de mim mesma por não correr até o banheiro, ou tropeçar no caminho.

Fico ainda mais orgulhosa quando não choro ao entrar, apesar do nó na minha garganta.

Por um bom tempo, olho meu reflexo no banheiro elaborado do iate. Quando estava me arrumando no quarto em que os Price me colocaram, me senti totalmente no papel da namorada do garoto rico. Mas, depois de ver Olivia, percebo que, para me encaixar nesse mundo, não basta ter o vestido certo, o cabelo certo, o visual certo. É uma questão de confiança. De estar convencida de pertencer a este lugar, de que as pessoas querem você aqui em meio à ridícula ostentação à sua volta.

É *esse* o ponto da história de Pigmalião. *Esse* é o conflito de que Martin Holbrook falou. Você pode produzir uma florista, mas ela ainda vai ser uma florista.

E uma estudante de cinema maltrapilha ainda vai ser uma estudante de cinema maltrapilha.

Mesmo num vestido bonito.

Embora me sinta humilhada e completamente deslocada, tento olhar pelo lado bom. Pelo menos finalmente consegui inspiração para as últimas cenas do nosso roteiro. Talvez eu possa passar o tempo anotando ideias em guardanapos e me embebedando com o champanhe delicioso. Desconfio que Ethan não vai precisar que eu banque a namorada de mentirinha pelo resto da noite.

Abro a porta, com toda a intenção de aproveitar a primeira e provavelmente última vez que terei acesso a um open bar desse nível e a uma comida refinada de gente rica. Antes que consiga sair do banheiro, no entanto, alguém me empurra de volta para dentro.

"O que... Ethan?"

Ele bate a porta e a tranca antes de se virar para mim com um olhar assassino.

"Você me deixou sozinho."

A frase simples me tira o chão. *Eu* o deixei?

"Achei que não me quisesses lá!", digo. "Eu estava meio de vela enquanto vocês dois se devoravam com os olhos."

Ele tem a decência de parecer culpado por uma fração de segundo. Então o olhar possessivo volta, como se fosse eu quem estivesse fazendo uma grande confusão.

"Faz meses que não a vejo. Não estava preparado. Não estava..." Ele não termina.

"Você estava com saudade", digo.

Ethan coça a nuca sem me olhar. Por um breve segundo, sinto uma dor real no peito.

"Pode ser", ele diz baixinho. "Por um segundo, achei isso. Mas então passou, e eu não estava pensando em Olivia. Estava preocupado que você tivesse mudado de ideia e fugido pra Manhattan."

A dor no peito alivia um pouco. "Eu não faria isso", digo, com suavidade. "Eu disse que ia ficar."

Ele solta o ar devagar antes de pegar meus cotovelos e me puxar para perto.

"Promete?"

Olho em seu rosto, querendo que me diga que só quer a mim. Que esqueceu Olivia por completo. Mas ele não diz, e eu não pergunto.

De qualquer maneira, não vou deixá-lo. Não posso.

"Prometo", sussurro.

Então ele me beija, na privacidade do banheiro apertado, onde ninguém pode nos ver.

Onde ninguém pode nos ver.

Então, me dou conta de que tem dois tipos de beijo entre nós: o de cena e o importante.

E os beijos importantes acabaram de ultrapassar os números oficiais dos de cena.

20

ETHAN

"Esse vestido fica ótimo em Olivia."

Fecho os olhos ao som da voz da minha mãe. Ela está de brincadeira? Por outro lado, só me surpreende que tenha esperado até a última noite da festa para vir com essa história.

"É?", digo. "Não a vi ainda."

É mentira. Notei Olivia assim que ela chegou. E não porque estava procurando por ela, mas porque é muito difícil evitar alguém cujos olhos familiares estão em você o tempo todo.

Ela não os tirou de mim enquanto dava uma aula de degustação de caviar a Stephanie no coquetel de ontem.

Ela não os tirou de mim durante a festa da fogueira, quando eu e Stephanie ficamos colocando marshmallows um na boca do outro.

E teve esta manhã, quando apareci para o golfe e percebi que Olivia também ia jogar, além do meu pai e do pai dela. E que eu não tinha como escapar.

Stephanie ainda não sabe que Olivia e eu passamos oito horas juntos. Não é como se tivesse sido culpa minha. Não planejei nada. Mas Olivia joga golfe e Stephanie não, então... pronto.

Mas o verdadeiro motivo pelo qual não contei a Stephanie é que a manhã com Olivia não foi tão horrível como eu esperava. Na verdade, depois que superamos certa rigidez e a conversinha afetada nos primeiros buracos, foi quase como se nada tivesse mudado. E, por mais que eu tenha tentado me apegar à lembrança de vê-la nos braços de Michael quando nós dois namorávamos, trocar comentários sobre a maneira como o outro dava a tacada e ajudar a localizar uma bola perdida pareceu... bom, familiar.

Não que eu queira voltar com ela. Mas fui fortemente lembrado de que somos uma boa dupla em tudo o que importa. Que sempre vamos ser.

Lembrei que Olivia não é louca por crianças pequenas. Stephanie é. Olivia não revira os olhos quando os amigos dos meus pais começam a discutir as nuances das diferentes safras de vinho. Olivia não dobra a barra da calça para entrar num jogo de croqué um pouco sério demais entre homens e acaba encantando todos.

Olivia não me faz sorrir inesperadamente. Não faz meu coração palpitar.

Stephanie faz.

"Stephanie parece estar se adaptando ao nosso círculo", minha mãe diz, tomando um gole de pinot grigio.

Agora chega. "Mãe", digo simplesmente, "você é uma esnobe."

Ela inspira de forma incomodada, mas meus olhos não saem de Stephanie, que está conversando animada com meu pai e um de seus muitos contadores. Meu pai, com quem Stephanie foi pescar mais cedo. *Minha namorada foi pescar com meu pai.*

Ou minha namorada de mentira. Não sei mais se a distinção se aplica. E não tenho certeza de que me importo.

"Ethan", minha mãe diz, com a voz mais exasperada do que ofendida. "O que aconteceu com você?"

Olho para a tenda à luz de velas montada para a festa noturna na praia. Essa sempre foi minha parte preferida da reunião anual nos Hamptons. É quase que o encerramento perfeito para um fim de semana tomando sol, andando de barco e praticando esportes.

Mas esta noite parece um pouco demais. Estou mais preocupado com o risco de incêndio que é ter tudo isso de gente cercada por centenas de velinhas em uma tenda de tecido. Sem mencionar que está exatamente igual ao ano passado. E ao anterior.

Nunca pensei muito na diferença entre tradição e monotonia, mas agora não consigo pensar em outra coisa.

"Você sabe o que aconteceu comigo", digo, finalmente respondendo à pergunta da minha mãe.

"Ethan, ela é uma garota bonita e até agradável, mas tem certeza de que ela não...?"

"Não o quê?"

"Bom, não está atrás do seu dinheiro. Do nosso dinheiro."

A ideia é absurda demais para ser considerada. De repente, queria poder mostrar a minha mãe uma foto da Stephanie que eu conheci, com botas de brechó e cabelo descuidado. Queria poder explicar que eu tive que *obrigá-la* a ir às compras.

"Acho que ela não está nem aí pra isso."

"Só fico preocupada que você não esteja pesando direito. Já pensou em como deve ser para Olivia ver você se engraçando com alguém de fora?"

Alguém de fora?

De repente, não consigo entender por que fiz tudo isso. Por que escondi a verdade da minha mãe, ou me importei com o que Olivia pensava.

"Olivia me traiu."

Minha mãe fica quieta, e sei que, lá no fundo, a preocupação maternal está guerreando com a imagem social, sem comentar como deve estar se sentindo ao me ouvir acusando Olivia de algo que ela própria é culpada. "Tem certeza?", minha mãe pergunta. "Os limites nem sempre são claros, Ethan, principalmente quando se é jovem."

"Mas há um limite. E ela o ultrapassou. Com Michael."

"*Michael?*"

Sua voz parece subir uma oitava, de tranquilizadora a nervosa, e não acho que seja minha imaginação.

"Isso. Meu melhor amigo e minha namorada. Peguei eles no pulo."

Ela fica em silêncio por alguns segundos. "Quando?"

Aqui está, minha chance de ir embora e deixar isso para trás. Ou de botar tudo às claras — não para condenar minha mãe, mas porque não podemos continuar assim, com ela fingindo e eu deixando.

"No mesmo dia em que vi você com o pai dele."

É como se uma bomba explodisse e fôssemos os únicos a notar. Ela não se move, mas o pânico é palpável.

"Ethan, me deixe explicar..."

"Você não tem que explicar, mãe. Não pra mim. Já pro papai..."

Ela expira de forma trêmula. "Você não contou a ele?"

Dou um gole no drinque doce demais que peguei no bar e encolho os ombros. "Não cabe a mim contar. Mas ele tem que saber."

"É tão complicado, Ethan."

Minha mãe toca meu braço, implorando, mas eu me solto. "Tenho certeza, mas não quero detalhes, nem preciso deles. Só preciso que você saiba que eu sei."

Ela assente de leve. "Obrigada por não me odiar."

Solto o ar e fico olhando para o chão por um segundo, ainda incapaz de olhar para ela. "Você é minha mãe. Não te odeio. Estou tentando lidar com isso. Mas você tem que parar com essa história da Olivia. Ter que lidar com um caso já é o bastante. Não dou conta de lidar com dois."

"Ethan..." Há um pedido de desculpas ali, e eu assinto para mostrar que aceito. Então vou embora.

Vamos ter que conversar melhor depois, porque agora não é o momento. Droga, não era nem o momento de tocar no assunto. Mas fiquei olhando para Stephanie e pensando que fazia tempo que não me sentia tão em paz, por isso precisava me livrar daquele peso.

É claro que há outro elefante na sala, tão grande quanto, na forma da minha ex-namorada. E vou chegar nele.

Mas por enquanto...

Me aproximo por trás de Stephanie, sem tocá-la, mas chegando perto o bastante para sentir o aroma levemente picante de seu perfume. Nunca me canso de vê-la de vestido, mas esta noite ela se superou. Porque esta noite... esta noite está de decote. Não do tipo estrela pornô, não deselegante, mas o bastante para mostrar ao mundo que tem peitos bem incríveis.

Ela me pega olhando e dá uma piscadinha, então eu sei... que colocou esse vestido para mim.

"Percebi logo no primeiro dia que você era tarado por peitos", ela deixa escapar pelo canto da boca, baixo o bastante para que só eu possa ouvir.

"O que posso dizer? Você me enfeitiçou", digo, levantando a mão para colocar um dedo em seu lábio inferior, embora não seja nem de perto a parte do corpo dela que de fato queira tocar. Ou pelo menos não a única.

Sua respiração se altera e as pessoas à nossa volta têm o bom senso de se afastar.

Stephanie dá uma risadinha nervosa e finge olhar deliberadamente para a ostentação ao redor. "Seus pais continuam se superando na organização de festas."

Concordo, sem tirar os olhos dela. "É o encerramento do fim de semana, sem considerar o brunch de despedida de amanhã de manhã. Os Price gostam de se despedir em grande estilo."

O brilho de seus olhos azuis parece diminuir só um pouco, e eu me dou conta de que interpretou mal minhas palavras. Que acha que *eu* estou me despedindo.

Então percebo que não quero isso. Não mesmo.

Ofereço a mão a ela "Vamos dar uma volta."

Não digo aonde vamos. Ela não pergunta. Só coloca sua mão na minha e deixa que eu a conduza. Passando por pessoas que conheci minha vida inteira. Pela minha mãe, que parece resignada. Por Olivia, que não parece.

Nada disso importa. Só Stephanie importa.

Chegamos à beirada do quintal pavimentado da casa. Paramos para tirar os sapatos, e eu dobro a barra da calça.

Pego sua mão de novo, conduzindo-a até a água. Não tenho certeza para onde estamos indo ou por quê, mas quero ficar sozinho com ela. Não preciso de público.

O que é irônico, já que a ideia inicial era justamente atuar diante dessa gente.

Apesar de estar de terno e do vestido de Stephanie não ser exatamente de praia, sentamos na areia, deixando os pés a salvo das ondas que se aproximam.

As costas dela estão contra meu peito, minhas pernas uma de cada lado de seu corpo, e parece a coisa mais natural do mundo envolver sua cintura com um braço e deixar a mão em seu quadril. O vento que vem do mar de vez em quando leva fios de seu cabelo ao meu rosto, o que não me incomoda nem um pouco.

Stephanie apoia a cabeça no meu ombro antes de soltar um suspirinho trêmulo. "Meu pai casou seis meses depois que minha mãe morreu."

Minha nossa. Seis meses? Não digo nada, deixando que continue.

"A pior parte foi que eu nem imaginava. Quer dizer, em retrospectiva, acho que ouvi o nome dela algumas vezes quando ele tentava sustentar uma conversa durante os jantares com comida queimada que ele fazia pra nós dois... Mas eu era meio que um zumbi àquela altura. Nem me dei ao trabalho de terminar com Caleb. Só... nos separamos. Mal me lembro do enterro da minha mãe. E, de repente, meu pai me fez me mudar para outro *estado*, então não me formei com meus amigos..."

Ajeito ligeiramente a posição, sentando um pouco mais reto para poder me inclinar para ela. Me curvar sobre ela. Protegê-la.

"Sei que você acha que eu tenho ressentimento da felicidade do meu pai. E talvez sinta isso um pouco mesmo. Mas eu ainda estava vivendo o luto, enquanto ele seguiu em frente alguns meses depois de enterrar a esposa. E seria preciso ver uma foto de Amy e minha mãe lado a lado para compreender. Elas poderiam ser irmãs. Gêmeas até. Ele nem tentou superar minha mãe. Só a substituiu. Depois que os dois casaram, foi como se tudo até então nem tivesse existido."

Enfio o queixo em seu cabelo, tentando imaginar perder uma mãe aos dezoito. E não apenas *perder*, mas vê-la em uma lenta decadência, provavelmente dolorosa, e ainda não estar lá no momento final. Ficar sabendo pelo cara que drogou sua cuba-libre que sua mãe morreu.

A peça do quebra-cabeça que faltava acaba de se encaixar. As alfinetadas, a testa cronicamente franzida, o comportamento — eu costumava pensar que era tudo resultado de sua raiva do mundo, mas agora parece algo muito mais triste. É uma forma de autopreservação. Ela perdeu a mãe e o namorado, então meio que perdeu o pai, tudo em questão de meses.

Não é de surpreender que tenha passado de adolescente sorridente a gótica que odeia o mundo.

Beijo sua orelha, tentando pensar em uma maneira de garantir que ela não precise voltar a se fechar. Que pode confiar em alguém. Que só porque as referências principais de sua vida desapareceram não significa que não vá haver outras.

E que eu quero ser uma delas.

Ela se contorce um pouco, e eu sei que está nervosa por causa da confissão espontânea, então acaricio seus braços de cima a baixo, mantendo o toque delicado e fácil enquanto faço uma confissão também.

Conto a ela que sinto falta de Michael. Ele pode ter me traído, mas era meu melhor amigo, e fico dividido entre pensar em perdoá-lo e pensar que não preciso de um "amigo" que dorme com minha namorada.

Conto a ela sobre ter confrontado minha mãe, e sobre como morro de medo de que meus pais não vão se acertar.

Conversamos sobre infidelidade, e sobre como sempre achamos que era algo preto no branco, tipo "só não faça", mas que talvez seja algo muito mais complicado que isso, porque parece estar em toda parte. Olivia e Michael. Minha mãe e Mike. David. Até o pai dela, no sentido de que não foi leal à memória da esposa por muito tempo.

Não sei por quanto tempo falamos, abraçados na praia, sujando nossas roupas de areia e ignorando completamente os sons distantes da festa dos meus pais, conforme o barulho flutua até a água.

Mas, mesmo em meio ao momento "querido diário", mesmo estando vagamente consciente de que nunca conversei tanto com alguém — nem mesmo com Olivia —, não digo o que realmente importa.

Não conto como me sinto, porque tenho medo de que não sinta o mesmo.

Não pergunto o que vai acontecer quando o roteiro estiver pronto e ela tiver ido embora, porque tenho medo da resposta. Tenho medo de que o que estamos vivendo agora seja resultado da situação atípica em que nos colocamos, e que não vamos resistir a longo prazo.

Mas tampouco me despeço.

Porque acho que não vou conseguir.

21

STEPHANIE

Faz quase uma hora que estou na cama, mas não tenho ideia de quanto tempo faz que estou olhando o celular. Não tenho ideia de quantas vezes reli o e-mail.

Não levei o telefone comigo quando desci para a festa. O e-mail chegou enquanto eu e Ethan estávamos sentados na praia.

Relutante, eu o deixo na mesa de cabeceira. Já decorei tudo, de qualquer maneira. Uma parte específica fica repassando na minha cabeça.

Embora eu saiba que nem de perto isso seja uma desculpa pelo que fiz, você tem que saber que não me aproveitei de você dessa maneira. Nunca dormimos juntos, Stephanie. Achei que soubesse disso. Sinto muito por não ter deixado claro.

Puta merda. Não fui estuprada.

O restante do e-mail não me importa muito. Um monte de explicações sobre como não foi ele quem drogou minha cuba-libre, apesar de não ter se "esforçado o bastante" para me impedir de beber. Que seus amigos não queriam fazer nada comigo, só achavam que eu podia "descontrair um pouco".

Porque é disso que uma garota precisa para se sentir melhor quando sua mãe está morrendo, não é mesmo? Apagar por completo.

Caleb garantiu até que não tirou minhas roupas. Que eu disse que estava com calor e então me despi por completo só para, logo em seguida, dizer que estava com frio e me arrastar até sua cama. E que ele ficou cuidando de mim a noite toda.

É claro que há uma chance de que esteja mentindo. Mas não acho que seja o caso. Talvez Caleb tenha se misturado por um tempo com um pessoal da pesada, mas me lembro de Jordan dizendo que ele voltou a ser quem era por completo depois da morte da minha mãe. Ela inclusive comentou que Caleb disse que queria ter me ajudado, mas eu não deixei.

É claro que não deixei. Não respondi a uma única mensagem, não atendi a uma ligação, e foram dezenas.

Penso no que Ethan disse antes sobre perdoar Michael.

Não sei se posso perdoar Caleb. Não sei mesmo. O cara ainda foi um babaca por deixar a namorada ou qualquer garota se meter naquele tipo de situação. Ele não merece uma medalha por não ter me estuprado enquanto eu estava drogada.

Não posso perdoá-lo. Ainda não. Mas posso seguir em frente.

E sei exatamente com quem quero seguir em frente.

Saio da cama e vou até o espelho, feliz que o status de namorada de Ethan me garanta uma suíte.

Olho meu reflexo.

Nada bom.

A umidade da praia deixou meu cabelo mais maluco que o normal, sem contar o que os dedos de Ethan fizeram com ele enquanto me beijava à porta do quarto. Depois de ter visto o e-mail, fiquei abalada demais para tirar a maquiagem direito. Levando tudo isso em conta, meu visual não está dos melhores.

Lavo o rosto rapidamente, pensando se devo voltar a me maquiar. Então, me dou conta de que seria ridículo fazer isso à uma da manhã. Não há nada que eu possa fazer quanto ao cabelo que não seja lavar e secar, então espero que ele considere o penteado sexy, e não maltrapilha.

A realidade do que estou prestes a fazer me atinge enquanto escovo os dentes. Vou invadir a cama de Ethan Price.

E estou bem certa de que ele vai me querer esta noite.

Mas e amanhã?

O pensamento embrulha meu estômago. Percebo que, apesar de estarmos tão próximos neste fim de semana, não falamos sobre a vida real. Nem sobre o amanhã ou os dias que viriam em seguida.

Se fosse qualquer outra situação, poderíamos continuar assim. Todo mundo pensa que estamos namorando mesmo; ninguém precisa saber que só recentemente se tornou real. Mas agora estamos presos a essa história de Pigmalião. Posso não estar mais fingindo com Ethan, mas estou fingindo ser uma garota da alta sociedade. E não tem como ser assim para sempre.

A pasta de dente de hortelã não consegue remover o gosto amargo da minha boca, consequência do medo muito real de que os sentimentos de Ethan não tenham nada a ver com a Stephanie Kendrick que conheceu e tudo a ver com a Stephanie Kendrick que ele *criou*. Ethan quer Steffie Wright, e eu deixei de ser essa garota quanto tinha dezoito anos.

O cara nem sabe que costumavam me chamar de Steffie ou que eu adotei o sobrenome da minha mãe como um grande "foda-se" pro meu pai depois que ele casou com Amy.

Cuspo a pasta e respiro fundo para afastar as dúvidas. Ethan me conhece do único modo que importa. Tenho que acreditar nisso. Ele não teria me abraçado, confiado em mim e me beijado se não fosse o caso.

Convencida, abro a porta o mais discretamente possível, torcendo para lembrar qual é o quarto dele. Sempre imaginei que uma casa de veraneio seria mais como uma cabana ou um chalé, mas isso aqui é uma mansão. A maior parte dos convidados também tem casa nos Hamptons (claro), mas o resto está ficando aqui. De algum modo, imagino que não iam gostar de uma universitária entrando em seu quarto no meio da noite atrás de sexo.

Atravesso o corredor em silêncio na direção do quarto de Ethan, contando as portas na cabeça. *Uma, duas... cinco... corredor à direita...*

Paro na frente da primeira porta à esquerda. Minha mão paira sobre a maçaneta. E, então, eu abro.

22

ETHAN

A primeira coisa em que penso quando minha porta se abre é que eu deveria me lembrar de trancar quando há convidados na casa. Mas passei verões despreocupados demais aqui quando criança, de modo que a ideia nem me ocorreu antes.

Sento na cama, pronto para dizer ao velhinho perambulando à noite sem óculos que entrou no quarto errado.

Só que não é um velhinho desorientado.

Não consigo ver seu rosto, mas reconheceria sua silhueta em qualquer lugar.

Stephanie.

Ela fica parada à porta por alguns segundos, claramente morrendo de medo de que eu a mande embora ou pergunte o que está fazendo aqui.

Não sabe que precisei de todo o meu autocontrole para deixá-la sozinha em seu quarto algumas horas atrás?

Mas tive que fazer aquilo. Meus pais não são bobos. Posso fazer o que quiser na minha casa, mas, enquanto estiver sob o teto deles, não vou dividir um quarto com uma garota. Eu já estava esperando uma visitinha da minha mãe no fim da noite supostamente para se despedir, mas ela apareceu, na verdade, para garantir que eu e Stephanie estávamos em quartos separados. E, de fato, ela só deu uma batida suave antes de abrir minha porta sem fazer barulho, mas eu fingi que estava num sono profundo.

Não estou fingindo dormir agora com Stephanie, mas, como está completamente escuro, ela não tem como ver que estou acordado e feliz por vê-la.

Ela ameaça dar um passo para trás, então estico a mão em um reflexo. "Stephanie."

Ouço um suspiro assustado, então ela volta a se mover, desta vez na minha direção. A porta se fecha atrás dela, e eu torço para que a tranque.

Ela faz exatamente isso.

O quarto fica em silêncio a não ser pelos passos leves dela se aproximando. Stephanie para ao lado da cama, e eu fico pensando que gostaria de ter trazido um copo de água para o quarto, porque minha garganta está completamente seca.

Vasculho a mente atrás do que dizer — da coisa certa a dizer —, mas não quero foder com tudo, então me mantenho quieto e levanto as cobertas em um convite. Meu coração bate acelerado, e Stephanie agora está perto o bastante para que eu consiga ver o brilho de seus olhos, o formato de seu rosto.

Por um momento massacrante, acho que entendi errado. Que ela veio me dizer para cair fora, ou para se despedir, ou para dizer alguma coisa que faça com que eu sinta como se meu coração passasse por um moedor de carne.

Então, ela entra debaixo da coberta, e tudo em que consigo pensar é: *graças a Deus*.

"Não conseguiu dormir?", pergunto, adorando o jeito como ela se aninha em mim conforme a abraço.

Ela se deixa afundar em mim, enfiando o nariz em meu peito nu. Minha cueca não é o suficiente para disfarçar o fato de que estou curtindo *muito* o short minúsculo e a regata que ela usa como pijama.

Então, Stephanie fala.

"Caleb respondeu."

Ela diz isso com tamanha suavidade que, a princípio, não tenho nem certeza de que ouvi direito. Tento impedir o enrijecimento dos músculos do meu corpo, mantendo o toque fácil, mesmo sabendo como isso é importante para Stephanie. Para nós dois.

"E?", pergunto.

Eu a ouço engolir em seco. "Ele... hum... a gente não..."

Stephanie afunda a cabeça, incapaz de terminar a frase. Eu a ouço fungar um segundo antes de sentir a umidade no peito, e fico dividido entre querer matar o filho da puta que a fez chorar e querer enxugar cada uma de suas lágrimas com um beijo.

Ela me conta tudo em sussurros leves. Sua voz sai firme, mas ela parece estar citando cada palavra do e-mail, o que quer dizer que deve tê-lo lido uma dezena de vezes. O que dá uma boa ideia da importância da coisa toda.

"Como você se sente?", pergunto quando ela termina.

Stephanie dá um suspirinho, então se move para apoiar a palma da mão contra meu peito. Seu toque é hesitante, e não tem nada de particularmente sexual nele, mas eu perco o fôlego de qualquer maneira.

Sossega, Ethan. Não é hora disso.

"Aliviada, acho. E um pouco surpresa. Acho que sempre assumi... quer dizer, quando você acorda pelada na cama do seu namorado, meio que nem considera outra opção. Eu o culpei esse tempo todo, mas acho que agora... me culpo um pouco também. Ele tentou explicar. Não sei dizer quantas vezes ligou. E até passou em casa..."

Ponho o dedo sob o queixo dela, para levantar seu rosto e nivelá-lo com o meu. "Stephanie. Não é culpa sua. Nada disso é."

Ela sustenta meu olhar por alguns segundos antes de assentir lentamente. "É."

Não solto seu queixo. "Odeio que isso tenha acontecido com você, e não vou ficar falando bobagens do tipo 'veja o lado bom da coisa'. Mas fico feliz que sua primeira vez vai ser algo totalmente separado daquela noite horrível."

Ela arregala um pouco os olhos, e eu me apresso em me corrigir.

"Fico feliz por você, claro. Não quis dizer que... você sabe. Não estou achando que sua primeira vez vai ser *agora*..."

A mão dela vai do meu peito pros meus lábios. Seus dedos traçam o contorno da minha boca lentamente. Embora eu tenha toda a intenção de ser apenas o amigo que a consola esta noite, não consigo evitar dar uma lambidinha na ponta de seus dedos, e observo seus olhos se fecharem e sua respiração ficar rasa com esse leve contato.

Conheço a sensação.

Me mantenho imóvel, esperando que Stephanie dê o próximo passo. Quando ela volta a abrir os olhos, estão queimando de desejo. Meu coração bate forte em antecipação, ainda que eu morra de medo de estar entendendo tudo errado.

Stephanie se ergue de modo a nivelar nossos rostos e lentamente leva a cabeça perto da minha até que nossos lábios estejam a menos de um centímetro de distância. Cada fibra do meu ser quer deitá-la de costas e beijá-la loucamente, mas este momento é dela. Esta noite é dela. Stephanie teve a escolha retirada dela uma vez. Não vou deixar que aconteça de novo. É o motivo pelo qual queria que ela pusesse um ponto-final em sua história com Caleb. Quero que saiba o que está me oferecendo. Que faça sua escolha intencionalmente. Conscientemente.

E quero ser o cara que a ajuda a se levantar.

Mas não quero ser *apenas* esse cara. Sendo completamente honesto, quero que Stephanie me escolha porque gosta de mim, não apenas porque sou o primeiro que ofereceu ajuda para se livrar de seus fantasmas.

Seu beijo é suave e doce, e eu deixo que fique no comando. Deixo suas mãos irem para onde querem, e de repente elas estão em todas as partes, passando pelos meus ombros, pelo meu peitoral. Gememos de leve quando seus dedos passam pela cintura da minha cueca. Stephanie recolhe a mão como se tivesse se queimado.

Fecho os olhos e respiro fundo, lutando para me controlar, me recusando a apressá-la.

Pego seu rosto nas mãos e uso meus lábios para brincar com os dela, de forma leve e provocativa. De modo que saiba que eu poderia passar a noite toda beijando. Só beijando.

Mas Stephanie torna isso difícil, se esfregando em mim, suas mãos passeando de uma forma que não ouso retribuir. Não quero ser o babaca que insiste que ela primeiro descubra se ainda é virgem e se não foi estuprada, só para transar com ela assim que tem a confirmação. Stephanie é importante demais para mim.

Então, sinto seus dedos quentes no meu pulso. Ela puxa minha mão lenta e deliberadamente até pousá-la sobre seu peito.

"Stephanie, eu não..."

Ela me para com um beijo. "Faz amor comigo. Por favor."

23

STEPHANIE

Ele vai me recusar. Ethan se afasta de leve, já retirando a mão que o obriguei a colocar no meu peito na maior cara de pau.

Meu rosto queima.

Ele está me rejeitando.

A primeira e única vez em que quero dormir com um cara e ele não está interessado.

"Você não me quer." Não é minha intenção dizer isso, mas acabou saindo.

Ele para, então passa os dedos no meu cabelo. "Meu Deus, Stephanie. É claro que quero."

"Então por quê..."

"Você nem teve tempo de pensar a respeito. Ficou sabendo dessa bomba por e-mail há uma hora. Vai se odiar se sua primeira vez for com alguém que..."

Ele deixa a frase morrer no ar, e eu preciso saber, mesmo que tenha medo da resposta. "Com alguém que...?"

Que vai desaparecer pela manhã?

Que só quer dormir com você por causa de um joguinho?

Que pode ou não te notar quando voltar ao seu normal?

Ouço sua respiração, mas ele leva alguns segundos para responder. "Eu me importo com você, Stephanie."

Meu coração acelera. "Então por quê...?"

"Porque não seria só sexo. Se está procurando o jeito mais fácil de perder a virgindade, este é o lugar errado."

Estreito levemente os olhos. "Do que realmente se trata, Ethan? Não quer dormir comigo porque tem medo de que eu esteja tomando uma decisão apressada ou não quer dormir comigo porque tem medo de que só esteja usando esse seu corpinho de garoto rico?"

Ele deixa uma risadinha escapar. "Cara, não sei. A primeira opção. Talvez as duas. Eu só..."

"Não estou usando você", deixo claro. "Acha que foi fácil para mim vir até aqui? Acabei de recuperar algo enorme, Ethan. Agora tenho uma escolha. E escolho você."

Ele inclina a cabeça para baixo, descansando a testa contra a minha. "Por quê?" A pergunta sai rouca. Desesperada. Carente.

Levo a mão ao maxilar dele. "Porque eu também me importo com você."

Ethan fecha os olhos, mas só por um momento, porque então sua boca está na minha de novo, e não tem nada de provocador ou suave nisso, de modo que eu sei que ganhei.

Os beijos vão ficando mais frenéticos e quentes. Ele se move, se inclinando ligeiramente na minha direção, me dando tempo e espaço para surtar, o que não acontece. Enlaço suas costas e deixo meus dedos brincarem com seus músculos, enquanto ele me rola, colocando seu corpo sobre o meu.

Nossas mãos estão mais aventureiras agora, procurando dar prazer mais do que apenas explorar. Ele pega meu gemido em seus lábios quando sua mão encontra meu peito, fazendo movimentos circulares no mamilo, aplicando a pressão perfeita.

Todo o contorcionismo fez minha regata subir, e ele enfia a mão por baixo dela, devagar, como se eu pudesse me assustar.

Mas não me assusto.

Seus lábios passeiam por mim, chupando e provocando, e só consigo segurar sua cabeça, embora queira mais. Muito mais.

Ethan leva o rosto ao meu e desce as mãos, os dedos sentindo meu calor através da seda do shortinho.

"Tudo bem?"

Só consigo gemer em resposta.

"Pode me parar a qualquer momento."

"Ethan." Cravo os dentes em seu lábio inferior. "Cala a boca."

Sinto seu sorriso, e ele movimenta lentamente a mão entre minhas pernas. Ethan me esfrega ali até que minhas coxas cedam, então escorrega a mão por baixo do short e da calcinha. Ouço uma espécie de gemido suave vindo de algum lugar, e fico envergonhada ao perceber que é meu.

Os beijos de Ethan afastam o constrangimento conforme ele desce meu short e a calcinha pela bunda, deslizando ambos lentamente pelas pernas até que me livro deles com os pés.

Estou pelada sob o corpo de Ethan Price, e nada nunca pareceu tão certo ou perfeito.

Só quando ele está tirando a cueca que questões mais práticas aparecem sob a névoa sexual. "Espera!"

Ele exala com força pelo nariz, mas tira as mãos de mim, parecendo preocupado.

"Camisinha", digo, mortificada por não ter pensado a respeito, ainda que nunca tenha precisado antes.

Há um lampejo de alívio em seus olhos. Ele planta um beijo no meu ombro. "Para sua sorte, sou um cara maduro. Gosto de estar sempre preparado, caso acabe me dando bem com uma estudante de cinema gostosa."

Sorrio de leve, passando as mãos por seu peito e notando o modo como ele prende a respiração quando toco seus mamilos. "Você me acha gostosa."

Seus olhos passam pelo meu rosto, e seu olhar fica mais intenso. "Você é muito gostosa."

Ele não está brincando sobre estar sempre preparado: depois de uma fração de segundo vasculhando a gaveta do criado-mudo, já está abrindo a embalagem da camisinha.

Percebo que deveria estar assustada, mas nunca estive com tanto tesão ou tão certa de algo na minha vida.

"Última chance", ele sussurra no meu ouvido, se colocando acima de mim.

Puxo seus lábios até os meus em resposta, e Ethan coloca a mão entre minhas coxas, abrindo-as para se posicionar.

Sinto uma pontada inicial. Não dor, mas um aperto, e fico automaticamente tensa com a pressão.

"Tenta relaxar", ele diz, com os lábios no meu pescoço.

Eu tento, porque confio nele, que me penetra devagar enquanto ambos gememos. Percebo quando está todo dentro de mim, porque me sinto preenchida e satisfeita.

Então é isso.

Só que não é.

Porque então Ethan apoia uma mão de cada lado da minha cabeça e começa a se mover, sem nunca tirar os olhos do meu rosto. Ainda há resquícios de resistência, mas não o bastante para impedir meus quadris de se levantarem, para ir de encontro a suas estocadas.

Por algum motivo, sempre assumi que terminaria em alguns minutos, mas a coisa vai se prolongando até que estamos ambos nos movendo cada vez mais rápido, como se eu estivesse perto demais, mas não soubesse como chegar.

As mãos dele descem pelo meu corpo, e seus dedos fazem maravilhas, me tocando no ponto certo. Em questão de segundos, tenho que levar a mão à boca para me impedir de gritar quando tudo parece explodir.

Ethan solta um xingamento abafado, e pela primeira e única vez na noite se esquece de ser gentil, soltando o corpo sobre o meu antes de tremer uma, duas vezes. Então, eu sei que tudo explodiu pra ele também. E adoro.

Depois, ele rola devagar para o meu lado, me puxando pro seu peito e passando um braço em volta da minha cintura.

"É melhor eu voltar pro quarto", digo finalmente, em parte porque é verdade, em parte porque não sei o que mais dizer no desconforto do fim de algo tão maravilhoso.

"Se eu soubesse o que tinha em mente, teria ido até você", ele diz na minha orelha. "Pra te poupar de se esgueirar pelo corredor."

"É esquisito eu querer que sua mãe me pegue? Só pra ver a cara dela?"

Ele desloca um pouco a mão para beliscar minha bunda. "Nem pensa nisso. Vai ser engraçado por meio segundo, mas te garanto que não vai parecer assim quando a vir no próximo jantar de domingo."

Meu cérebro precisa de um segundo para registrar o que ele disse, então meu coração dá um pulinho de felicidade, mesmo que eu me pergunte se ele só está falando hipoteticamente.

"Vai ter um próximo jantar de domingo?", pergunto, mantendo a voz tão leve quanto consigo, considerando a importância disso.

Ethan se move, levantando um pouco e descansando a cabeça numa mão enquanto a outra passa da minha cintura para minha bochecha.

"Stephanie..."

Viro um pouco para ver seu rosto, então meu coração se derrete um pouco. Ele está nervoso.

"É o pior momento", ele diz, "porque a gente acabou de... você sabe. Mas juro por Deus que ia falar com você a respeito amanhã, mesmo antes da gente..."

"Consumar?", digo com um sorriso zombeteiro.

Mas ele não sorri de volta, mantendo o rosto sério. Esperançoso. "Sei que concordamos que isso só ia durar até as aulas voltarem, e sei que você está planejando ir para o dormitório e tal, mas..."

"Mas?", sussurro.

Seus olhos estão nos meus lábios. "Mas somos ótimos dividindo um apartamento. E melhor ainda na cama. E estava pensando... estava imaginando... se você quer... estava *esperando* que você talvez topasse... ficar."

Sinto algo quentinho e reconfortante se formando no meu estômago e subindo devagar até o peito. Faz tanto tempo que isso não acontece que preciso de um segundo para nomear o que estou sentindo.

Felicidade. Ethan me faz feliz.

É maluquice. É rápido demais. Jordan vai pirar. Meu pai vai ter um ataque do coração. Os pais dele provavelmente vão chamar a polícia.

Mas somos adultos, e só vamos morar juntos, não nos casar. E de jeito nenhum que vou dizer não. Nem consigo.

Então puxo seus lábios para os meus. "Acho que posso ser sua *colega de quarto*, sim..."

24

ETHAN

Levo Stephanie até seu quarto por volta das quatro da manhã, então vou sem fazer barulho até o meu e aproveito algumas horas de sono antes do brunch de despedida dos meus pais e de voltar para a cidade.

Quando acordo, às nove, preciso de cinco segundos grogues para me dar conta de por que estou de tão bom humor. Me lembro do momento em que Stephanie entrou debaixo das minhas cobertas e tudo o que veio em seguida.

Agora percebo por que parecia que havia um elefante sentado sobre meu peito nos últimos dias. Eu estava temendo o momento de entrar no meu apartamento e não sentir o cheiro da espuma que ela usa quando toma banho à noite. Estava temendo não ter ninguém para tirar sarro de mim por passar as bermudas que uso para jogar golfe ou lavar a seco minhas polos.

Estava temendo uma vida sem Stephanie. E agora não preciso mais.

Tomo um banho rápido antes de colocar uma bermuda cáqui e uma camisa verde, só porque uma vez ela me disse que não fico "tão mal" de verde. Foi um elogio relutante, mas definitivamente um elogio. Posso aceitar.

Quando saio do quarto, quase dou um encontrão em Mike e Michelle St. Claire.

"Ethan!", Michelle diz. Seu rosto me é tão familiar quanto o da minha própria mãe, e ela parece tão feliz ao me ver que me embrulha o estômago. "Não vi você o fim de semana inteiro. O verão inteiro, aliás."

Há uma pergunta escondida aí, mas não quero responder. O problema é de Michael. Ainda assim, não é culpa dela que seu filho tenha dormido com minha namorada ou que seu marido provavelmente esteja dormindo com minha mãe.

Me pergunto se ela sabe.

Movido em parte por dó e em parte pelas boas lembranças, dou um abraço nela e um beijo na bochecha, fazendo o meu melhor para evitar o contato visual com Mike. Como ele pode trair uma mulher como Michelle St. Claire está além da minha compreensão.

Conversamos por alguns segundos antes que Mike resmungue qualquer coisa sobre estar com fome e arraste a mulher na direção das escadas.

Ela me dá uma última olhada suplicante. "Vou dizer a Michael que você mandou um oi."

Não, por favor. "Tá", digo, forçando um sorriso.

Ainda assim, pensar no meu melhor amigo não machuca tanto quanto vinha machucando nas últimas semanas, e eu até me pergunto se é hora de ligar para ele. O mínimo que podemos fazer é colocar tudo para fora. Mais de uma década de amizade vale pelo menos isso.

Dou uma batida leve na porta de Stephanie, sem me importar em esperar que responda para entrar.

Ela está de costas para mim, guardando cuidadosamente seus vestidos e biquínis na mala.

Mas não são as roupas que está guardando que chamam minha atenção. São as roupas que está *usando*.

Ela vira a cabeça para mim e abre um sorriso tímido. "Oi", diz, e suas bochechas ficam cor-de-rosa.

Penso em dizer alguma coisa para tranquilizá-la. Para garantir que não precisa ficar nem um pouco constrangida por causa do que aconteceu entre nós ontem à noite. Que foi uma das melhores noites da minha vida, e não só por causa do sexo. A conversa, ficar abraçadinhos, as confissões... Tudo.

Mas não consigo tirar os olhos de suas botas. Sua calça. Sua regata preta. Seus olhos *maquiados*.

Noto o momento em que ela registra que não estou dizendo nada. Que não posso parar de encará-la, e não com a expressão carinhosa de alguém que acabou de tirar sua virgindade deveria ter no rosto.

Mas não consigo evitar. Esta não é a Stephanie da noite passada. É a Stephanie irritável e raivosa, que odeia o mundo. Achei que tivesse ido embora. Mas ela está olhando para mim.

Na casa do meu pai. Onde qualquer um pode vê-la.

"Qual é a do, hum, figurino?", pergunto.

O rosto dela fica imediatamente sombrio. Seus olhos azuis piscam magoados, e eu me sinto como um idiota. Ela se recupera rapidamente, e a dor se transforma em uma desconfiança agressiva.

"Meu *figurino*? Minhas roupas, você quer dizer?"

Aponto para a mala. "*Aquelas* são suas roupas. E achei que tivesse se livrado da sombra cinza."

Os olhos maquiados em questão se estreitam para mim. "Sim. E comprei outra."

Por quê?

"Você está brava comigo? É por isso que voltou a ser gótica?", arrisco, tentando entender o que foi que perdi. O motivo pelo qual não está usando um vestido leve e bonito, apropriado para o brunch, do tipo que todas as mulheres vão estar usando.

"Não estava. Mas certamente estou ficando", ela diz, entre dentes.

"Explica pra mim", digo, com um sorriso fácil. "O que eu fiz para merecer todo esse preto?" E *todo* esse preto mesmo. Da regata justa à calça larga e à bota onde a barra está enfiada, não tem uma gota de cor nela, a não ser pelos olhos azuis, que estão putos.

Os alarmes mentais que tinham começado como um leve badalar agora estão disparando.

"Você não fez nada para *merecer* isso, Ethan." A voz dela sai calma, o que é muito pior do que se estivesse gritando para mim. "Mas desde o primeiro dia dissemos que a farsa terminava hoje. Posso parar de fingir."

"Mas ontem à noite... pensei que..."

Ela olha para mim, com toda a paciência. "A noite passada foi muito importante para mim. Mas não sei o que isso tem a ver com meu guarda-roupa."

Passo uma mão pela nuca, lutando para encontrar a coisa certa a dizer. Por um lado, quero falar que não importa. Que me sinto da mesma maneira independente do que esteja usando. Que poderia usar um traje espacial e eu ainda não ia me importar.

Mas, então, imagino nós dois chegando ao brunch dos meus pais com ela vestida assim. Imagino os olhares, as sobrancelhas levantadas, a confusão.

E, antes que me dê conta do que está acontecendo, uma montagem se passa na minha mente, como uma sucessão espontânea de slides.

Eu levando Stephanie vestida como uma figurante de filme de terror para o baile da fraternidade.

Ela jantando nos meus pais com seus milhares de piercings nas orelhas.

Nós dois nos encontrando depois da aula, eu com os outros alunos de administração e ela com seus amigos do cinema, uns não sabendo o que dizer aos outros.

A gente indo jantar num lugar legal, eu de terno e ela em suas botas gastas no campo de batalha.

Não previ isso. Não previ nada disso.

"Ethan, você quer que eu me troque?"

Sinto uma onda de alívio com a sugestão. *Quero, e muito.* "Acho que você fica ótima com as roupas novas", digo, me congratulando por ser diplomático.

Silêncio.

Ah, merda. Ela não estava perguntando de verdade. Era um teste. E eu falhei.

Nunca vi a expressão de ninguém ficar tão fria. Eu poderia curar a mágoa. Poderia lidar com a raiva. Mas essa Stephanie inabalável, que está pouco se fodendo...

Isso é ruim. Muito ruim.

"Stephanie..."

Ela levanta uma mão. "Fora."

Sua dispensa fria traz à tona o pior de mim. É como se nem devêssemos um ao outro uma conversa a respeito. "Você está regredindo, Kendrick."

"Como assim regredindo?"

"Ao seu antigo eu. À sua versão desconfiada, assustadora e talvez até um pouco má. A versão que ficava brava com todo mundo e tinha medo de tudo."

Ela se aproxima meio passo, com os olhos faiscando. "Não tem antigo eu, Ethan. Tem a Stephanie verdadeira e a Barbie inventada que fingi ser no último mês."

Balanço a cabeça, sem acreditar por um segundo. "Você gostou das últimas semanas. Não negue."

"Não estou negando! Mas não era por causa das roupas novas ou da maquiagem, Ethan."

Entendo o que ela está tentando dizer, de verdade. E deveria me acalmar com o fato de que do que ela estava gostando era *eu*. Não do meu dinheiro, não do meu estilo de vida, não do fato de haver mármore legítimo no meu banheiro. Não é o que todo mundo quer? De alguém que goste de você por você mesmo, e não pela imagem que projeta?

Então, ela prende o cabelo atrás da orelha e seus piercings refletem a luz da manhã. Todos os sete.

Stephanie não vai durar um dia no meu mundo. Todos, dos meus pais aos meus amigos aos meus colegas, vão falar dela pelas costas. Não posso pedir que aguente isso.

Mas tampouco posso pedir que ela mude.

Meus olhos encontram os dela, e vejo o momento em que ela compreende. *Isso não vai funcionar.*

Só que quero fazer isso funcionar. Estou *determinado*. Talvez ela só precise ver que não precisa usar essas coisas. Talvez, então, se livre de tudo de uma vez.

E se não acontecer... bom, vamos dar um jeito. Acho.

Estendo a mão. "Vamos comer."

Stephanie parece surpresa com a oferta, e sinto uma pontada ao imaginar que ela pense que eu não queira ser visto ao seu lado quando está vestida assim.

Dói ainda mais o fato de que, por um segundo, eu não quis mesmo.

"Ethan, você... posso me trocar."

Por um momento, fico tentado. Pelo bem dela e pelo meu. Mas seus olhos estão vazios e perdidos. Sei que, se pedir isso a ela, vou perdê-la.

Balanço a cabeça em negativa. "Vamos lá."

25

STEPHANIE

Todo mundo encara. Quer dizer, eu sabia que fariam isso, mas...
É pior do que imaginava.

Não que possa culpar alguém além de mim mesma. Quando me vesti como um personagem de *O estranho mundo de Jack* aqui eu sabia que receberia alguns olhares. Que eu me encaixaria tanto quanto um vira-lata em meio a poodles de raça.

Mas eu precisava saber. Precisava saber como Ethan ia reagir. Se veria as botas e a maquiagem no olho ou se *me* veria.

A resposta partiu meu coração.

Ele está segurando minha mão, mas o gesto parece vazio. Frio. Como se minha camisetinha preta com o nome de uma banda de rock da qual nem gosto apagasse lentamente tudo o que aconteceu ontem à noite.

Preciso dar crédito a ele por tentar fingir que está tudo bem. De verdade. Mas as palavras que trocamos quando ele entrou no meu quarto continuam pairando sobre nós, e sei que ambos somos culpados. Eu, por não confiar nele. Por acordar esta manhã com o medo paralisante de que tinha perdido minha virgindade para um Pigmalião da vida real — um cara que se apaixonou por sua criação em vez da garota real. Por testá-lo. E ele, por provar que eu estava *certa*. Porque Ethan de fato me olha diferente agora que não estou vestida como um ovo de Páscoa.

Agora mesmo, ele está claramente desconfortável por segurar a mão de uma garota que não é uma *deles*.

"Ethan!"

Ambos viramos, gratos por ter uma distração dos olhares voltados para nós. Do silêncio que impera entre a gente.

É um homem mais velho e bem-vestido que me lembro de ter visto na noite da fogueira, mas a quem ainda não fui apresentada. Está de polo branca e bermuda cáqui. Está na meia-idade, mas parece mais bronzeado e em forma do que a maior parte do meu círculo social de vinte e poucos anos. Na verdade, poderia ser Ethan daqui a alguns anos. Ou o que Ethan pode vir a se tornar caso pare de se relacionar comigo.

"Oi, Pat", Ethan cumprimenta, abrindo um sorriso treinado para o homem mais velho.

"Só queria conhecer sua nova garota. Não tinha conseguido ainda."

Ethan hesita, não o bastante para que Pat note, mas *eu* noto, e o aperto no meu peito volta.

"Claro. Esta é Stephanie Kendrick. Minha namorada."

Eu deveria me sentir apaziguada por ouvi-lo dizer isso, mas não há nenhum entusiasmo em sua voz. Certamente nenhum orgulho.

"Pat Middleton", o cara diz, apertando minha mão. "Minha filha e Ethan cresceram juntos."

Quase rio na cara dele. Claro. Para ele, o "cresceram juntos" quer dizer "foram meio que prometidos um para o outro". Prestei atenção o suficiente nos sobrenomes para saber que esse cara é pai da Olivia. E, embora ele não tenha sido nada além de educado, sua expressão intrigada diz tudo.

Minha filha foi trocada por ela?

"Bom, é melhor a gente comer alguma coisa antes de ir embora", Ethan diz.

"Claro, claro. Bom jogo ontem, aliás. Talvez nós quatro possamos tentar de novo se não estiver tão quente no próximo fim de semana."

"Claro", Ethan murmura antes de se despedir de qualquer jeito e me empurrar para o bufê.

Olho para seu perfil. Tem algo misturado ao constrangimento agora. *Culpa.*

E acho que sei o que está causando essa sensação.

"Vocês quatro?", pergunto de maneira casual, enquanto enchemos o prato de comida mecanicamente. Tudo parece preparado de modo impecável, mas tenho certeza de que não vou conseguir comer nada.

"Isso. Os mesmos quatro do jogo de ontem", ele diz, demorando tempo demais para escolher seus ovos beneditinos.

"Então você, seu pai, Pat e... Olivia?"

Ele solta a colher com mais força que o necessário. "Sim, eu joguei golfe com Liv, satisfeita? Pura lascívia."

Então, por que não me contou?

Não é nada de mais, na verdade. Quer dizer, golfe não é um esporte sensual, e eles estavam acompanhados pelos pais. E, para ser honesta, nem perguntei a respeito do jogo. Estava mais do que disposta a acreditar que tinha sido uma partida inofensiva do esporte mais chato do mundo.

Só que...

Nunca joguei golfe. Provavelmente nunca vou *querer* jogar. Nunca vou ser convidada a me juntar ao "pessoal dele" para uma partida no próximo fim de semana.

"Bom, divirta-se com *Liv* na semana que vem", digo, odiando o ciúme mesquinho na minha voz diante da ideia dos dois de roupinha combinando, acompanhados pelos pais arrumadinhos e provavelmente saindo em seguida para comer uma salada, mas incapaz de controlar o tom com que as palavras saem da minha boca.

"Meu Deus, Stephanie. Não começa uma briga. Não por conta disso." Ethan vai para uma mesa redonda vazia e eu o sigo, me sentindo como uma aluna de intercâmbio deslocada. Só que não sou de outro país, mas de outro *mundo*.

Largo meu prato na mesa com um ruído, feliz em ver os morangos rolarem para a toalha branca. *Espero que manche.*

"Não estou brigando. Só quero saber por que você não me disse que passou a maior parte do dia ontem com sua ex-namorada."

Ele enfia uma garfada de uma batata com trufas na boca, e de repente tenho um desejo incontrolável daqueles ninhos de batata gordurentos que toda lanchonete tem, só porque parece *normal*. "Provavelmente porque sabia que você reagiria assim", ele responde, irritado.

Ethan tem um ponto. Estou agindo como a namorada imatura e incompreensiva dos filmes, aquela que sempre acaba levando um pé na bunda. Mas, aparentemente, sou destrutiva, porque insisto.

"Foi legal?"

"O quê?" Ele larga o garfo no prato, e desistimos de fingir que estamos com fome.

"A expediçãozinha ao clube de campo. Foi legal?"

"Claro", ele diz, devagar, sem me olhar nos olhos.

E, então, eu entendo por que Ethan não se deu ao trabalho de mencionar. Talvez não tenha acontecido nada de sexual com Olivia, talvez nem mesmo um flerte.

Mas houve algo mais perigoso que sexo.

Compatibilidade.

Ethan e Olivia têm isso.

Ethan e eu não temos.

Foi por esse motivo que ficou desconcertado com a minha roupa pela manhã. Cara, é o mesmo motivo pelo qual eu *coloquei* essa roupa; só não me dei conta. Porque meu subconsciente sabia o que eu não sabia. Que, embora ele se importe comigo — e nem por um segundo duvidei disso —, não é o bastante. Ele não ficaria feliz fora deste mundo, comigo tentando arrastá-lo para uma peça superindependente enquanto seus amigos passeiam de iate.

Ethan sentiria falta dos jogos de tênis, do golfe e sei lá que outras porcarias por minha causa.

E, porque também me importo com ele, não vou deixar que isso aconteça.

Por isso tenho que deixá-lo ir.

Sinto meus lábios se curvando em um simulacro desprezível de sorriso. "Acho que temos o fim do nosso filme então."

"Quê?", ele solta, parecendo exasperado.

Digo a mim mesma para ficar quieta e ir embora, mas minha boca idiota continua se mexendo. "Sabe, esse tempo todo, meio que pensei que seria uma dessas comédias românticas ruins. Estou até meio aliviada por ser algo mais real."

"Stephanie..."

Continuo falando. "É bem simples, na verdade. Você, como Pigmalião, é forçado a se dar conta de que aquilo com que acha que se importa é fruto da sua própria criação, algo irreal. E eu, como objeto, sou forçada a me dar conta de que era bom demais para ser verdade. Que alguém como você não ia se apaixonar por alguém tão problemática e com inúmeros piercings."

Ele cruza os braços. "Parece uma baboseira melodramática pra mim."

"Dê um tempo. Você vai ver que estou certa."

Ethan franze a testa, então sua expressão entediada fica mais intensa. "Espera aí... o que você quer dizer com isso?"

Você sabe. "Vamos fazer o que tínhamos planejado desde o início", digo, esperando que ele não note que minha voz vacila. "Seguimos nossos caminhos separados. Sem olhar para trás."

Ele quase faz uma careta diante da minha frase pronta, mas é mais fácil recorrer a um clichê do que dizer o que quero. Que estou magoada. Que estou com medo. *Que o amo.*

"Stephanie, vamos falar sobre isso. Sei que esta manhã está sendo difícil, mas talvez possamos chegar a um meio-termo."

Sinto como se ele tivesse dado um golpe de caratê no meu plexo solar. "*Meio-termo?* Quer chegar a um meio-termo quanto a quem eu sou?"

"Talvez você não seja assim!", ele diz, e sua voz sobe o bastante para atrair alguns olhares. "Não tenho nada contra o preto, mas você só está tentando provar que ninguém se importa com você!"

Espera aí, o quê? Isso me pega de guarda baixa.

Ethan pensa que estou fazendo isso para me proteger? Estou fazendo isso por *ele*.

Não estou?

Afasto a semente da dúvida. "Tenho que ir."

Ele tenta agarrar minha mão, mas eu a puxo de volta.

"Não me deixa", Ethan diz, suplicando com o olhar. "Só preciso de um minuto. Me deixa pensar por um minuto."

Sustento seu olhar. "Pensar sobre o quê, Ethan? Se você quer jogar golfe e frequentar o clube de campo ou ficar comigo?"

"Quem disse que eu tenho que escolher?"

"Não pertenço a este lugar! Como acha que isso vai funcionar? Com você fazendo suas coisas da alta sociedade nos fins de semana e eu fazendo minhas coisas góticas nos meus, enquanto nos vemos... quando?"

"A gente estuda na mesma faculdade, sabia?"

"Uma faculdade com outros trinta mil alunos, Ethan. Não fazemos as mesmas aulas, não temos os mesmos amigos. Ficamos em cantos opostos do campus..."

A mão dele procura a minha, mas eu a puxo de volta, segurando a dor em seus olhos.

"Você está me afastando." A voz dele sai sem emoção.

Estou? Talvez.

Mas ficar não é uma opção. Se eu ficar, vou me tornar quem ele quer que eu seja. Sei que isso vai acontecer.

E, se o tempo que passei com Ethan no último mês me ensinou alguma coisa, é que cansei de deixar outras pessoas me moldarem. Cansei de fazer piercings para afastar meu pai. Cansei de fazer uma tatuagem porque quero me distanciar da garota tola que Caleb namorava. Cansei de só usar preto porque quero ser a garota perturbada que acabou de perder a mãe.

Não sei muito bem o que quero. Mas preciso descobrir.

E não posso fazer isso como um fantoche de Ethan.

"Tenho que ir."

"Você está falando... de voltar para Manhattan? Posso te levar."

"Não foi isso que eu quis dizer."

Vejo o instante em que ele compreende. Seus olhos vão do dourado para o preto e sua expressão fica completamente neutra.

Ele parece bravo. Mas também aliviado. E isso machuca mais que qualquer outra coisa.

Levanto, quase derrubando o prato com minha falta de jeito, odiando não conseguir encará-lo.

"Stephanie", ele diz, com a voz rouca.

Olho em seus olhos. Silenciosamente, torço para que implore que eu fique.

Ele desvia o rosto. "Você me acusou de ser Pigmalião... de me apaixonar por minha própria criação ou o que quer que seja."

Engulo em seco. Concordo.

Seus olhos voltam a encontrar os meus quando ele levanta, se erguendo sobre mim. "Talvez esteja certa, mas essa não é a história toda."

"Não?" Minha voz parece patética ao sair. Menos que um sussurro.

Ele se inclina ligeiramente, apoiando os braços na mesa. "Posso ser o Pigmalião da história, mas *você* é a estátua. Toda essa merda preta atrás da qual se esconde? É só a sua versão do mármore. Você tem a chance de ganhar vida, Stephanie, e está escolhendo ser um pedaço de pedra inanimado."

Sinto a cor deixando o meu rosto.

Ele está certo? Sei que está. Ainda assim, não consigo falar.

Porque ser a estátua é mais fácil.

Ele se endireita. Diante dos meus olhos, vejo meu Ethan desaparecer. Sua expressão se esvazia, seus olhos também. Simples assim, ele volta a ser o atleta que conheci naquele primeiro dia que não está nem aí.

Antes que eu possa correr para longe para lamber minhas feridas, seu olhar encontra o meu e me atinge mais uma vez. "Entro em contato para falar do roteiro. Acho que podemos ter que mudar um pouco a protagonista feminina. Deus sabe que não vamos poder nos basear em você. Precisamos de alguém corajoso. Que não tenha medo de sangrar um pouco. Você pode voltar a ser uma estátua, Stephanie. Mas não espere que eu seja aquele que vai te trazer de volta à vida da próxima vez. Cansei."

Então, ele vai embora.

26

ETHAN

Estou vagamente ciente de que falo de amenidades com um punhado de pessoas depois que deixo a mesa pra trás — depois que deixo *Stephanie* pra trás.

Todos os meus instintos gritam para que eu me vire. Que a pegue em meus braços e diga que vamos dar um jeito de fazer com que isso funcione.

Mas não faço nada.

Ela está desistindo de mim. Da gente.

Depois de tudo, depois da noite de ontem, Stephanie está pronta para voltar atrás porque eu não morri de amores pelas botas e pela maquiagem bizarra dela.

Então, *eu* a deixo primeiro, pensando que seria menos doloroso assim.

O que é um erro. Parece que estou com uma faca cravada no peito.

E provavelmente nas costas também, conhecendo bem a garota.

Mas nem tenho mais certeza de que a conheço. Essa criatura assustada e indiferente não é a garota briguenta e corajosa que eu conheci. Falei sério: Stephanie está mesmo se tornando uma estátua. E eu sei por quê. Pra se proteger dessa merda toda.

Mas ela realmente acha que precisa se proteger de mim?

Bom, você perdeu o controle só porque ela estava com mais brincos na orelha do que gostaria. Por que confiaria em você?

Esfrego o rosto. Sou um babaca.

Um babaca muito, muito confuso.

Não me dou conta de para onde estou indo até que estou subindo no veleiro do meu pai e me dirigindo à proa.

Sempre foi meu esconderijo quando eu precisava fugir dos meus pais durante o verão. Era aonde eu ia para pensar melhor, evitar uma bronca ou só ter um tempo para mim. Mais tarde, mostrei meu refúgio para Olivia, e ele passou a ser o lugar onde nos beijávamos sob as estrelas.

Congelo quando vislumbro os fios loiros que me são muito familiares. Como se eu a tivesse conjurado com minhas lembranças, Olivia está aqui. Eu reconheceria sua silhueta esguia de costas e seu cabelo até os ombros em qualquer lugar. Ela está sentada no meu lugar, com as pernas dependuradas para fora, olhando para a água.

Tento me afastar devagar para procurar outro lugar onde possa ficar sozinho, mas Olivia sente minha presença. Seus olhos não parecem nem um pouco surpresos quando ela se vira e me vê. É como se soubesse que seria eu.

Quase como se estivesse me esperando.

Não sei se estou pronto para essa conversa, mas de repente parece o momento certo. Talvez eu possa tirar Olivia e Stephanie do meu sistema por completo e recomeçar do zero no meu último ano.

Talvez encontrar uma garota que não me traia. Uma garota que é real, e não imaginária.

Vou em sua direção, e ela abre espaço para que eu fique ao seu lado. Antes, eu sentaria tão perto que nossos quadris ficariam encostados, mas agora há alguns centímetros entre nós, e eu sei que não se trata apenas de uma distância física. É emocional também.

"Cadê a Stephanie?", ela pergunta.

Fico impressionado que tenha usado o nome dela. Sempre imaginei que uma ex perguntaria "onde está sua nova namorada", desdenhosa, ou seria ainda mais depreciativa com sua substituta. Mas Olivia nunca foi maldosa.

Infiel, sim. Desagradável, não.

"Esperando o ônibus, imagino", respondo.

"Sem você?"

"É."

Ela baixa o olhar para as próprias pernas, balançando sobre a água. "Quer conversar?"

Eu e Olivia não deveríamos estar falando sobre isso. Deveríamos estar falando sobre nós. Mas esse assunto não parece ser relevante no momento.

Quando terminamos, fiquei puto. Me senti humilhado.

Mas não me lembro de ter me sentido *aleijado* assim. Como se não soubesse quais deveriam ser meus próximos passos.

Então, sim, acho que *quero* conversar sobre isso, e Olivia está aqui, então...

"Stephanie e eu... somos diferentes", digo, sem saber como começar.

Olivia me olha de perfil. "Diferentes como?"

Olho para um iate à distância. "Ela não é como a gente, sabe?"

"Não é uma esnobe, você quer dizer?"

Olho de canto de olho, surpreso em ver que está sorrindo. "É isso que somos? Esnobes?"

"Ethan, estamos sentados em um veleiro de luxo do lado de fora de uma mansão nos Hamptons. Estamos usando roupas supostamente casuais, mas nem a minha nem a sua deve ter custado menos de quinhentos dólares."

Estremeço. Quando ela fala assim...

"Mas isso não é algo ruim. Ter dinheiro. Não é negativo."

"Nãããão", ela diz, e a palavra se arrasta. "Mas pode ser meio tóxico quando vivemos dentro de uma bolha. Quando não queremos sair dela."

As palavras dela são como suco de limão sobre um corte na pele. É isso que estou fazendo? Me escondendo como uma criança assustada em uma bolha, mais preocupado com classe e aparência que com conteúdo?

Pela primeira vez, eu me pergunto o que meu pai vai fazer se e quando descobrir do caso da minha mãe. Vai varrer a verdade para debaixo do tapete só para manter as aparências? Vai fingir que não aconteceu só para manter sua parceria com Mike nos negócios?

Possivelmente.

Não. *Provavelmente.*

A ideia me embrulha o estômago, mas por acaso sou melhor do que ele? Estou fazendo o oposto pela mesma razão. Em vez de manter por perto alguém que talvez me faça mal, estou afastando alguém que só me faz bem.

Tudo porque ela não *se encaixa*.

Os olhos de Olivia não deixam meu rosto. "Você ama Stephanie."

É como se ela tivesse me esfaqueado. A palavra foi usada com tanta facilidade por nós ao longo dos anos, nos dois sentidos. Embora eu tenha certeza de que estávamos sendo honestos, era tudo muito leviano. Acreditávamos no amor como algo certo, que estaria sempre ali. Fizemos o mesmo um com o outro.

E, porque ainda não posso pensar em "amor" e "Stephanie" na mesma frase, foco em Olivia.

"Por que fez aquilo?", pergunto.

Ela devia saber que a pergunta viria, mas ainda assim se sobressalta, acusando o golpe.

"Ethan... Tentei explicar várias vezes. Liguei. Mandei mensagem. Apareci na casa dos seus pais, mas você nunca estava lá..."

"Então explica agora."

A mão dela encontra meu braço, e eu espero sentir desprezo ou desejo, mas sinto... *nada*.

"Você tem que acreditar que eu nunca, nunca quis magoar você."

"Alegar que não foi premeditado não vai ajudar no seu caso, Olivia. Vi você. E não vem dizer que a culpa é dele, porque posso reconhecer um beijo recíproco quando vejo um."

Ela afunda a cabeça, o queixo está quase tocando o peito. "Fui até lá porque queria falar com Michael sobre fazer uma festa-surpresa pro seu aniversário."

Dou uma risada irônica. "Bom, parabéns. Eu definitivamente fiquei surpreso."

"*Aconteceu*, Ethan. Você tem que acreditar em mim. Foi uma coisa de uma vez só, eu não tinha pensando naquilo antes..."

"Nunca?", pergunto, curioso de verdade. "Michael é um cara bonitão."

"Você também", ela diz, leal. Mas não respondeu à pergunta e não me encara. Não de verdade.

"Olivia", digo, com suavidade. "Você sente alguma coisa por Michael?"

"Não."

Ela diz isso rápido demais, alto demais, e começo a entender tudo.

"Olivia..."

Não sei por que estou insistindo. Nem tenho certeza de que quero ouvir a resposta. Mas conheço Olivia há tanto tempo e tem algo nessa conta que não fecha. Ela não é do tipo descontrolado, uma vítima de seus próprios hormônios. Se beijou Michael, independentemente de quem tenha começado, é porque tinha alguma coisa rolando.

Isso também explicaria a expressão no rosto dele quando os interrompi. Não me permiti pensar muito nisso, porque estava ocupado demais bancando a vítima.

Mas, por baixo do choque de Michael ao me ver, por baixo da culpa... Havia algo mais ali, quando ele se colocou imediatamente na frente de Olivia, como se para protegê-la da minha ira.

Havia desejo.

Minha nossa. Coço a nuca. Talvez meu melhor amigo tenha sentido algo pela minha namorada o tempo todo e eu nem percebi. Gostaria de poder dizer que, em retrospectiva, houve dicas, mas a verdade é que nem me dei ao trabalho de notar.

"Ethan, você tem que acreditar que eu sinto muito mesmo", Olivia diz. "Eu me odeio a cada minuto de cada dia. Sei que vai ser difícil voltar a confiar em mim, mas podemos dar um jeito juntos, se me der uma chance..."

Ela agita as mãos para todos os lados. Seu monólogo em pânico me deixa um tanto desarmado, porque Olivia não é nem um pouco assim. Pego seus dedos trêmulos, segurando suas mãos nas minhas para que sossegue. Não há nenhum choque com o contato. Nenhuma energia.

Os olhos de Olivia encontram os meus, e eu sei que ela também se deu conta.

Já houve algo entre nós. Mas acabou. Primeiro por causa de Michael, e agora por causa de Stephanie.

Stephanie.

Acho que Olivia nota o momento em que supero de vez a nossa relação, porque seus olhos verdes ficam um pouco mais tristes antes de se suavizarem.

"Tá", ela diz. "Tá."

Aperto seus dedos. "Você vai ficar bem."

Olivia solta uma risadinha dura. "Não dá pra acreditar que você está tentando me reconfortar quando quem traiu fui eu."

"Sei como é perder alguém com quem a gente se importa."

Ela fica quieta por um momento. "Você não está falando de mim."

Não digo nada. Mas nós dois sabemos.

"Posso fazer uma última pergunta?", ela pede, colocando as mãos atrás da cabeça e inclinando o rosto para o sol do meio da manhã.

"Manda."

"Você me esqueceu. Isso é óbvio. Mas não está nem perto de superar a Stephanie."

Nem conheço Stephanie. "Você disse que tinha uma pergunta. Cadê?"

Ela me olha como alguém que não se deixa enganar. "Você só se agarra a esse tipo de detalhe quando está tentando desviar do ponto."

"E qual é o ponto?"

Olivia vira o rosto para a água, e seus olhos parecem sérios. "Sabe, quando minha mãe me disse, depois que sua mãe disse a ela, que você estava saindo com alguém, nem acreditei. Quer dizer, acreditei que *elas* acreditavam. Acreditei que você tinha arranjado uma garota e colocado o selo de namorada nela. Mas na minha cabeça você só estava fazendo isso para compensar o fato de eu ter te traído. Ou até só como uma maneira de reduzir as expectativas da minha mãe e da sua, porque a gente sabe como elas podem ser."

Quase sorrio, porque ela acerta na mosca. É irônico que Olivia seja a única pessoa que saque o que eu fiz. Mas faz sentido. A gente se conhecia bem. Quase como se fôssemos irmãos.

"Então cheguei aqui este fim de semana", ela continua dizendo, "e fiquei procurando com todo o cuidado uma falha. Um sinal mínimo de que era tudo uma mentira." Os olhos dela encontram os meus. "Mas não vi nada. Vocês dois... eram pra valer mesmo. *São* pra valer, porque não acredito que muita coisa possa ter acontecido desde ontem à noite."

Abro a boca para dizer que ela não sabe de nada. Para não se meter na minha vida.

Mas Olivia levanta a mão, me impedindo com toda a tranquilidade de iniciar uma discussão. "Ethan, o que eu vi entre vocês... faz valer a pena sair da bolha."

É um comentário simples, mas parece que ela me golpeou com a âncora do veleiro.

Olivia está certa. Completamente certa.

"Sou um idiota, Liv."

Ela assente, concordando. "Não deveria importar se Stephanie vive em uma caixa de sapatos, se você gosta dela..."

"Eu gosto", digo, interrompendo-a.

Gosto pra caralho.

Já estou de pé, virando para correr atrás de Stephanie, então me viro em um impulso para plantar um beijo casto na cabeça de Olivia. "Você sempre foi uma gênia", digo.

Eu deveria ter visto isso. Deveria saber que o que Stephanie e eu temos é tão real não importando se estamos com roupas em tom pastel ou pelados ou usando couro e tachinhas. Não que eu tenha alguma experiência com essa última opção.

O que Stephanie e eu temos não está relacionado com o tolo do Pigmalião ou com aquela estátua idiota, e sim com duas pessoas que são perfeitas uma para a outra.

E Olivia está certa sobre outra coisa também.

Eu não *gosto* de Stephanie.

Eu a amo.

Mas dei as costas para ela porque não gostei da roupa que estava usando.

"Sou um babaca", murmuro.

"Total", Olivia concorda, com um sorrisinho.

Já estou passando pela amurada, descendo pela doca e trotando na direção do quarto de Stephanie.

Que está vazio.

Encontro minha mãe na cozinha, discutindo com o pessoal do serviço de bufê por ter usado as taças de champanhe erradas.

"Cadê ela?", interrompo.

Minha mãe levanta uma sobrancelha. "Quem?"

"Stephanie. O próximo ônibus só sai em quarenta minutos. Ainda deve estar aqui."

Minha mãe avalia meu rosto. Sua expressão se ameniza um pouco diante do que vê nele. "Mike e Michelle ofereceram uma carona a ela, querido."

Jogo o corpo contra a bancada. "Sabe onde vão deixá-la?"

"Hum?" Minha mãe já se virou de volta para os funcionários. "Ah, acho que na faculdade. Ela mencionou alguma coisa sobre voltar antes para o dormitório..."

Fecho os olhos. Não é uma surpresa, claro. Dar as costas para ela não foi exatamente uma maneira de reafirmar o pedido de ontem à noite para que ficasse. Na minha casa. Comigo.

Mas a Universidade de Nova York é *enorme*. O lugar perfeito para quem não quer ser encontrado.

Saio da cozinha e subo as escadas para pegar minha mala antes de ir para a garagem. Meus pais vão ficar putos, porque precisam do carro para voltar para a cidade daqui a alguns dias, mas um pouco de contato com a "ralé" no ônibus para Manhattan vai fazer bem a eles.

Ligo para Stephanie enquanto manobro o carro e não me surpreendo quando cai na caixa postal. Mando uma mensagem, por desencargo de consciência. *Cadê você?*

Chego a Manhattan em tempo recorde.

Ela ainda não respondeu.

27

STEPHANIE

Tá, eu admito.

A Carolina do Norte não é nem de perto o inferno que eu estava imaginando. Mesmo se fosse, só de ver a surpresa e a alegria no rosto do meu pai quando apareci sem avisar já valeria a pena.

E o jeito como ele me abraçou na sacada da casa por cinco minutos além do que seria confortável.

E então, como um bom pai, ele quis saber sobre minhas aulas.

Não me dei ao trabalho de corrigir a impressão que passei antes explicando que na verdade as *aulas* eram de um único curso.

"Ah, no fim era tudo muito flexível", sugeri apenas. "Só preciso entregar um trabalho final semana que vem, e ainda tenho outra semana de folga antes que as aulas do semestre regular comecem."

É claro que estou falando do roteiro. Não toco nele desde antes da viagem aos Hamptons, mas imagino que vá ter que encará-lo em algum momento. Deus sabe que não posso deixar nas mãos de Ethan. Ou a história provavelmente terminaria com Kayla usando um vestidinho em tom pastel, trocando seu curso para comunicação e declarando que gostava de pérolas de verdade.

Não vou deixar que isso aconteça de jeito nenhum.

Nosso roteiro vai ser baseado na vida *real*. Na qual o cabeça-dura do Pigmalião se dá conta de que mostrar a alguém como *fingir* ser alguém não faz ninguém *se transformar* nessa pessoa.

Ainda assim...

Tem algo errado. Porque, embora provavelmente eu vá morrer feliz se nunca mais usar outro par de saltos altos, me sinto estranha nas minhas roupas. E não estou falando das novas, mas das velhas.

Eu esperava que continuaria a sentir a sensação de uma invisibilidade confortável.

Mas todas as peças do meu estoque infinito de calças escuras parecem quentes e nem um pouco confortáveis para os dias de verão. Tentei passar meu esmalte Céu da Meia-Noite de sempre, mas não cheguei à unha do terceiro dedo antes de decidir tirar e passar um amarelo-claro que comprei durante a farsa toda.

É. *Amarelo*-claro. E não porque alguém esperava isso, mas porque eu quis. Porque achei que ficava bonito com minha pele bronzeada, e porque combinava com as bolinhas do meu vestido preferido.

Porque, sim, estou usando vestido agora. Não todos os dias, claro, mas coloquei um quando deixei que meu pai e Amy me levassem a um jantar de boas-vindas. Usei também as botas, o que deve ter sido um crime contra a moda, mas meio que gostei do contraste. E, embora não tenha me livrado da maquiagem escura — pra ser honesta, meio que gosto do jeito como destaca meus olhos azuis —, estou pegando um pouco mais leve, de modo que meu visual agora é mais de uma rebelde ousada do que de uma gótica assustadora.

A simbologia em tudo isso não me escapou. A antiga Stephanie e a Stephanie de mentirinha se encontraram, formando uma nova Stephanie. E isso parece certo.

Mesmo que eu esteja solitária pra caramba.

Não sei por que achei que não sentiria falta de Ethan. Não deveria ser assim. Ele é um garotinho superficial que ficou com medo de ter sua imagem na alta sociedade manchada ao ser visto andando com meu antigo eu assustador.

Eu deveria ficar brava. E acho que estou.

Só que, mais do que isso, estou magoada.

O olhar dele quando me viu naquela última manhã dos pesadelos nos Hamptons, a expressão de horror em seu rosto...

Torço para nunca mais me sentir daquela maneira. Doeu muito, até chegou a queimar.

Ele não rejeitou apenas meu visual, que até podia ser inadequado. Ele *me* rejeitou.

E a pior parte foi que me pegou de surpresa. Achei mesmo que ele se importava com algo mais que minha aparência, para além do que os outros pensavam.

Mas não poderia estar mais enganada.

Não que eu não tenha culpa. Tudo o que ele disse sobre mim era verdade. Escolhi ser a estátua em vez de aceitar sua oferta e viver.

Só queria que não tivesse que ser a vida *dele*. Do jeito *dele*.

A dor foi tão forte que até quis voltar para casa. Só me dei conta de que estava pensando na Carolina do Norte como minha casa quando cheguei ao aeroporto, depois de avisar no trabalho que não ia poder começar antes de as aulas voltarem, no fim das contas.

Só queria meu pai.

Minha família.

Alguém bate na porta, e eu tiro os fones de ouvido que tocam uma angustiada música de fim de namoro.

"Entra."

É Amy.

"Vou ao shopping comprar o presente do chá de bebê da minha sobrinha. Quer ir junto?"

"Não, obrigada", digo no automático. Dizer não a Amy é um hábito.

Ela força um sorrisinho. "Tudo bem. Topa comer espaguete com camarão no jantar?"

"Tanto faz", murmuro.

Ela fecha a porta com cuidado atrás de si, e eu me sinto no meu direito de responder desse jeito por uns quatro segundos antes de me dar conta de que continuo me comportando como uma menina mimada.

Levanto e saio do quarto sem nem perceber.

"Ei, Amy."

Ela se vira.

"Na verdade, acho que vou, sim. Só preciso de um segundo pra dar um jeito no cabelo."

Não sei quem de nós fica mais surpresa, mas ela se recupera rápido, e seu sorriso faz com que eu sinta uma pontadinha de arrependimento por meu comportamento nos últimos quatro anos.

"Seu cabelo está ótimo", Amy diz. "Adorei o corte."

"Obrigada. Eu gostei também." Outra surpresa. Outra parte de mim que mudou. Outra mudança que abracei.

Talvez seja hora de fazer uma mudança maior que o cabelo e os vestidos.

Talvez seja hora de mudar minha relação com Amy. Talvez isso também acabe sendo melhor do que o esperado.

O passeio é consideravelmente menos doloroso do que achei que seria. Quando Amy sugere que paremos num *wine bar* de que ela gosta antes de voltar para casa, me pego concordando. E não apenas porque me sinto obrigada, mas porque tomar uma taça de vinho com uma figura maternal parece meio... legal.

Minha experiência com vinho tem menos de um ano, e meu acesso ao álcool antes dos vinte e um era limitado a cerveja em festas. Peço que ela escolha algo para mim. Quando as duas taças de sauvignon blanc chegam, é tão refrescante quanto Amy disse que seria.

"Seu pai e eu estamos felizes que tenha aparecido de surpresa", ela diz, quando sentamos nas cadeiras no pequeno pátio externo.

"Pena que perdi Chris", digo. "Não sabia que estaria no acampamento de beisebol esta semana."

"Ele volta semana que vem. Espero que possam passar alguns dias juntos, antes que você tenha que voltar para a faculdade. Seu pai e eu adoraríamos que se aproximassem, ainda que uma estudante de cinema de vinte e um anos e um atleta de dezessete talvez não tenham tanta coisa em comum."

Isso faz com que eu pense em Ethan, e tomo um gole de vinho um pouco maior do que seria elegante.

"E o que fez você decidir vir?", ela pergunta. Seu tom é casual, mas ela me observa de perto. Não é preciso ser um gênio para ver que está jogando verde, mas não de um jeito desagradável.

Sorrio para ela, sacando tudo. "Meu pai te convenceu a perguntar?"

Ela também sorri, mostrando os dentes brancos. "É, convenceu... Se não estiver a fim de falar, não tem problema nenhum. Só achei que talvez você quisesse, você sabe... conversar."

Passo o dedo pela base da taça, pensando a respeito. Desde a conversa com Ethan na praia, meu ressentimento por Amy foi perdendo força, como se colocar essas sensações em palavras me tivesse feito perceber como eu estava sendo mesquinha.

E, embora seis meses ainda pareçam rápido para um casamento, o amor talvez não siga um planejamento. Talvez meu pai e Amy não tivessem culpa de nada além de encontrar a felicidade com outra pessoa. Só que, por um acaso, não aconteceu de acordo com a minha programação emocional.

Falar com Ethan sobre Amy foi terapêutico.

Talvez o contrário também funcionasse.

Respiro fundo. "Foi por causa de um cara."

Ela assente, compreensiva. "Costuma ser."

De repente estou contando a ela toda a história. Sobre como achei Ethan lindo, apesar de ter sido um babaca naquele primeiro dia. Sobre como o achei ainda mais lindo quando comecei a pensar que talvez não fosse tão babaca no fim das contas.

Falo sobre o roteiro e sobre como acho que ambos sabíamos o tempo todo que não estávamos fazendo aquilo pelo curso, ou mesmo pelas aparências, mas porque nos dava uma oportunidade de ficar juntos quando não tínhamos coragem de simplesmente fazer isso.

Falo sobre a primeira vez que ele me beijou, e o fato de ter sido o beijo mais *incrível* da minha vida. Falo sobre as roupas, o corte de cabelo, a maquiagem e sobre como, embora me ressentisse de tudo aquilo, ele fez com que eu me sentisse bonita pela primeira vez em muito tempo. Falo sobre o casamento, as festas, a dança. E sobre os momentos em silêncio também, vendo filme ou comendo pizza.

Falo que o amo.

E que ele me magoou.

E que acho que o magoei também.

De algum modo, em meio a tudo isso, começo a chorar, o que eu odeio, e Amy aproxima sua cadeira da minha para me abraçar. E eu deixo.

Ela não parece se importar que estou manchando sua camisa branca de maquiagem. Só passa a mão no meu cabelo. E é gostoso. Amy não é minha mãe, mas está aqui. E isso é mais importante do que eu imaginava.

Finalmente me recomponho o suficiente para levantar a cabeça. Ela pega um pacote de lencinhos da bolsa e me oferece, então resume a situação: "Os homens são péssimos".

Dou uma risadinha enquanto asso o nariz. "São mesmo."

Então, Amy aperta minha mão. "Você precisa que eu diga todas aquelas coisas que lá no fundo você já sabe? Que, se ele não te ama por quem você é, não é digno do seu amor? Ou ficamos só odiando todos os homens por enquanto?"

"A segunda opção", digo, com um sorriso. "Mas obrigada."

Ela assente, compreensiva.

"Eu não gostava de você", solto.

É Amy quem ri agora. "Ah, eu não tinha nenhuma dúvida disso."

"É que você pareceu sair do nada. Como se num minuto eu tivesse uma família feliz, e no outro minha mãe partiu, e daí meu pai tinha você e eu... ninguém."

"Ah, querida..." Ela aperta minha mão de novo. "Você tinha a gente. Sempre teve."

"Acho que eu estava ocupada demais com a minha raiva", murmuro.

"Era direito seu. Nenhuma garota deveria ter que perder a mãe assim. E, se não estou enganada, você também estava tendo problemas com um garoto na época, não?"

Assinto, sem dizer mais nada. Talvez algum dia eu conte sobre toda a confusão com Caleb, mas estou exausta demais para abordar o assunto agora.

"Você parece com ela, sabia?", digo. Querendo botar tudo para fora.

Ela abre um sorriso triste pra mim. "Eu sei. Não é de propósito."

"Achei que era o motivo pelo qual meu pai tinha casado com você."

Em sua defesa, ela não hesita. "Sinceramente? Talvez tenha sido o que chamou sua atenção. Mas não foi por isso que casou comigo, Stephanie. E não é por isso que continuamos juntos."

"Eu sei", sussurro, me sentindo pequena.

Ela olha em volta, procurando um garçom. "Acho que precisamos de outra taça."

Concordo. *Com certeza.* "Amy?", digo de repente. "Sinto muito. Sei que não fui..." *Legal, amistosa, educada...* "Sei que não te tratei bem."

"Ah, por favor", ela diz, dispensando o que eu ia dizer com um gesto. "Já tive a sua idade. Tinha mechas azuis no cabelo e um piercing no nariz. Só tinha blusinhas tomara que caia no guarda-roupa."

Levanto uma sobrancelha enquanto avalio a mulher imaculadamente vestida e perfeitamente arrumada sentada ao meu lado. "O que aconteceu?"

Ela dá de ombros. "Eu cresci. E me tornei eu mesma."

Percebo que estou mexendo em um dos piercings na minha orelha, me sentindo estranhamente na defensiva. Como se ela estivesse tentando me dizer que minhas roupas "góticas", como Ethan diz, são algum tipo de encenação adolescente. "Então você acha que só estou passando por uma fase?"

"Ah, querida", Amy diz, fazendo sinal para o garçom nos servir mais uma rodada. "A vida não é nada além de fases. Algumas ficam, outras não. Você vai descobrir."

Olho para minhas botas. Me pergunto se os garotos também passam por fases.

E se Ethan vai passar por uma que o traga de volta pra mim.

28

ETHAN

Na verdade, é minha mãe quem me dá a ideia. Ela tem ligado quase todos os dias ultimamente. Só atendi metade das vezes. Até que conte tudo ao meu pai, não tenho muito que dizer a ela.

Em sua defesa, ela abandonou completamente a ideia de me fazer voltar com Olivia. Até usou alguns de seus contatos na faculdade para tentar me ajudar a descobrir em que dormitório Stephanie está. Não posso dizer que achei que veria o dia em que minha mãe ia me ajudar a perseguir outra garota, mas valorizo o esforço.

Depois de alguns dias perambulando freneticamente pelo campus, meu cérebro fala mais alto que meus lamentos, e eu me lembro que Stephanie disse que trabalhava na reitoria. Um telefonema rápido depois, estou ainda mais longe do que quando comecei.

Porque, aparentemente, Stephanie decidiu não voltar a trabalhar antes de o semestre letivo começar. O que significa que ainda não tem acesso aos dormitórios.

Agora não tenho *mesmo* ideia de onde possa estar.

"Encontrou ela?", minha mãe pergunta, como sempre faz quando conversamos, com tanta naturalidade na voz que parece que estamos jogando "Onde está Wally?".

"Não, mãe. Não acha que eu teria mencionado?"

"Provavelmente", ela diz, sem se abalar com meu tom de voz. "Também acho que você estaria sendo muito menos rabugento comigo."

Ignoro o comentário.

"E tentou a casa dela?", minha mãe insiste.

"Stephanie não tem casa", digo, pensando em toda a crise de identidade com Rhode Island e a Carolina do Norte.

"É claro que tem. Onde o pai dela mora?"

Relutante, explico que eles não se dão bem e que Stephanie não iria para lá de jeito nenhum. Tinha sido justamente o desespero para evitar essa viagem que a levara a aceitar minha proposta.

"Isso foi antes, meu bem", minha mãe explica, pacientemente.

"Antes do quê?"

"De você partir o coração dela."

Estremeço. "Nossa, mãe."

"Pode confiar em mim. Ela quer estar o mais longe possível de você. Aposto dez dólares que foi para a Carolina do Norte."

"Dez dólares? Você não pensaria duas vezes antes de assoar o nariz em uma nota de dez dólares."

Mas agora estou pensando que me apaixonar por Stephanie me ajudou a esquecer a raiva de Olivia e Michael, porque eu não precisava mais desse sentimento.

E se o mesmo valer para Stephanie? E se estiver pronta para fazer as pazes com o pai e a madrasta?

"Tenho que ir, mãe. Te amo."

Desligo antes que ela comece a fazer um milhão de perguntas. Abro o navegador do laptop imediatamente.

Dois minutos depois, sorrio vitorioso. Às vezes é uma bênção ser de uma geração tão tecnológica. Minha mãe pode ter sido de grande ajuda, mas não é nada em comparação com as redes sociais.

Nunca me dei ao trabalho de entrar no perfil dela. Há inúmeras Stephanie Kendricks, mas sei qual é ela de imediato. Alguém que estuda na Universidade de Nova York e tem um corvo preto assustador como avatar? Essa foi fácil.

Na verdade, Stephanie tem uma tatuagem desse mesmo corvo na bunda. Perguntei o que significava, mas ela só disse que gostava da cor. Claro que sim. A esquisitona.

Minha esquisitona.

Nem me dou ao trabalho de escrever para ela. Stephanie não respondeu às minhas ligações, minhas mensagens ou aos meus e-mails, então acho que é seguro dizer que não quer saber de mim. É hora de ser criativo.

213

Encontro entre seus amigos o garoto que acho que deve ser seu meio-irmão e mando uma mensagem para ele. Três dias depois, ele responde. *Cara, como você me encontrou? Isso é bem bizarro. Sim, sou o irmão de Stephanie. Você é o motivo pelo qual ela chora à noite? Se for, cai fora. Se não for, também. Ela está odiando todos os homens neste momento.*

Tá. Não é um bom começo. Mas estou decidido. Escrevo uma resposta. *Desculpa pela bizarrice, mas estou desesperado. Imagino que eu seja o motivo, sim. Sou um idiota. Quero consertar as coisas, mas preciso da sua ajuda. Vi que você tem namorada. Com certeza já deve ter dado mancada com ela...*

Fico ali esperando, atualizando a tela a cada cinco segundos por dez minutos até me dar conta de que um garoto de dezessete anos deve ter coisas melhores a fazer durante o verão do que ficar verificando se o cretino do ex da meia-irmã respondeu à sua mensagem.

Por isso passo a maior parte do meu tempo trabalhando no roteiro. Estou demorando uma eternidade, porque tenho que parar a cada cinco minutos para consultar a pilha de livros sobre o assunto que eu comprei, mas meio que estou gostando do processo.

Stephanie deve estar escrevendo também, o que significa que estamos fazendo trabalho duplo, mas é o que ela ganha por me ignorar.

Além disso, minha versão vai ficar melhor. Tenho certeza disso.

Mais tarde, o meio-irmão me escreve. *Fala.*

Fecho os olhos brevemente e dou um soquinho no ar.

Tá. A gente vai fazer assim...

29

STEPHANIE

Meu pai e Amy fizeram uma festa de despedida pra mim. O que é um pouco ridículo, considerando que só fiquei duas semanas aqui e só os visito uma vez por ano. Sem mencionar que nem sabiam que eu viria.

Mas sei o que estão tentando fazer. Estão tentando me convencer de que aqui é minha casa. E querem que todos os seus amigos e vizinhos saibam que sua universitária de Nova York é uma *deles*.

Estranhamente, não tenho problema com isso.

Amy me levou para comprar um vestido, e escolhi um azul-claro com babado na barra, porque gosto do contraste com as minhas botas. A coisa toda do vestido com bota meio que se tornou minha marca registrada nessas duas semanas. Fazia um bom tempo que eu não me sentia tão confortável com uma roupa.

Continuo maneirando na maquiagem nos olhos, mas nunca vou me livrar do lápis preto ou da sombra cinza por completo. Ou talvez me livre, se Amy estiver certa com aquela história de que a vida é uma sucessão de fases. Mas, por enquanto, continuo amando.

Os brincos também ficaram, embora tenha dado o resto das minhas bijuterias pesadas com couro e tachinhas para a caridade. Assim como gosto de combinar renda com as botas, comecei a usar um monte de pulseirinhas coloridas para contrabalancear a maquiagem e os brincos mais durões.

E, se o modo como o vizinho está dando em cima de mim servir de parâmetro, acho que meu novo visual é muito convincente.

Ou pode ser só o decote baixo do vestido.

"Seus peitos vão cair pra fora da roupa", Chris diz, trazendo um refrigerante pra mim e mandando o vizinho embora.

"Poxa, é uma pena que a gente não tenha crescido juntos. Você devia ser um menininho *tão* doce."

Espero que retruque. Passamos menos de uma semana juntos, mas ele parece mais do que disposto a perdoar minha ausência proposital na maior parte do casamento dos nossos pais e desempenha o papel de irmão mais novo pentelho maravilhosamente bem.

Mas, hoje, está lento nos contragolpes, olhando para o quintal à nossa volta como se procurasse alguém. Provavelmente a namorada com quem vive terminando e voltando, que liga oitocentas vezes ao dia, em geral para gritar com ele.

Dou um chutinho de leve em seu joelho. "A festa é minha. Me dá atenção."

Chris sorri, mas não para de olhar em volta. "Papai disse que você era uma criança supercarente. Aposto que era."

Ele chama meu pai de "papai". Isso me incomodou a princípio, mas agora meio que fico com inveja do jeito como se adaptou à nova situação familiar. Mas é diferente pra ele, claro. É mais novo e nunca conheceu o próprio pai.

Não acho que possa chamar Amy de "mamãe". Ela não é minha mãe.

No entanto, tem se mostrado uma madrasta excelente. Como se sentisse meus olhos nela, Amy vira e acena do deque, onde está conversando com alguns amigos, então aponta pros pés do meu pai e revira os olhos. Ambas iniciamos uma campanha de "nada de sandália com meia" esta manhã. E perdemos.

Estou prestes a ir me juntar a eles quando noto que o clima da festa mudou. Estava animado e jovial, mas agora um silêncio parece reinar. Olho em volta, tentando entender o que chamou a atenção de todo mundo.

"Ele está perdido?", ouço alguém sussurrar.

"Deve ter vindo de moto", outra pessoa diz.

A multidão se afasta levemente, e, de repente, eu vejo o que os outros estão vendo.

Ah, não.

Congelo, tentando absorver tudo aquilo. A calça de couro. As botas. O *paletó* de couro, meu Deus do céu. O cabelo é uma bagunça, destoando por completo de suas feições de galã.

"Aquilo na orelha dele é um piercing?", Chris murmura. "O cara não estava brincando quando disse que vinha com tudo."

Apesar do choque, de alguma forma consigo ouvir o que ele diz. "Chris", falo de canto de boca. "Me diz que você não sabe quem ele é. Que não teve nenhum contato com ele."

"Hã..."

Ele começa a se afastar lentamente, como se fosse culpado. Tento agarrar sua camisa, mas meu meio-irmão já se misturou à multidão que encara o recém-chegado.

Só que o recém-chegado tem os olhos fixos em mim.

Ele para à minha frente. Ainda que o odeie, ainda que tenha me magoado, ainda que mal o reconheça nessa produção ridícula, meu coração idiota dá um pulinho de alegria.

"Ethan", digo, mantendo a voz baixa. "Me diz que é um pesadelo. Me diz que não me seguiu até a Carolina do Norte com essa cara de que se perdeu dos outros Hell's Angels."

Ele sorri, e a expressão me é tão familiar que quero chorar. "Gostou?"

"Você está ridículo."

Ethan passa os olhos pelo meu corpo, absorvendo as botas, o vestido, as bijuterias... as mudanças. "Você está linda", ele diz.

Cruzo os braços. "Cuidado, ou alguém pode acabar achando que você está mesmo interessado em alguém como eu."

"Stephanie, eu..."

"Ethan, não acha que eu teria atendido o telefone se quisesse que me encontrasse? Aliás, *como* você me encontrou?"

"Pelo Chris", ele diz, sem parecer nem um pouco culpado.

Eu sabia.

"Mas, se serve de consolo, o cara não facilitou pra mim. Ele me fez mandar uma carta de referência da Jordan, uma foto da minha identidade e uma prova de que conhecia você de verdade, mas ele já havia se convencido disso quando eu disse que você era muito assustadora..."

Levanto um dedo para impedir a divagação. "Você tem trinta segundos para ir embora daqui antes que eu chame meu pai para pedir que cuide disso."

"Terminei o roteiro", Ethan diz, como se nem tivesse me ouvido.

Pisco, um pouco surpresa com isso. "Não, *eu* terminei o roteiro. Vou mandar para o professor Holbrook amanhã."

"Tarde demais. Já entreguei minha versão."

Meu queixo cai. "Me diz que isso não está no roteiro. Me diz que não termina com Tyler aparecendo na casa de Kayla vestido para o Halloween."

"Tem uma cena assim. Mas não é como termina."

Vejo algo em seus olhos, que estão fixos em meu rosto. É vulnerabilidade.

Não pergunta como termina.

"Como termina?", pergunto. Droga. Minha voz vacila.

Ethan engole em seco, então dá um passo para mais perto. Levanta as mãos como se fosse tocar meus ombros, baixando-as imediatamente quando recuo um passo. Tem a coragem de parecer magoado com minha rejeição. Como se não fosse *ele* quem tivesse me deixado pra começo de conversa. Como se não tivesse ido embora porque eu não estava usando a coisa certa.

"O roteiro, Price", digo. "Como termina?"

Ele faz menção de coçar a nuca, então para e olha para a luva de motoqueiro. É. Está usando uma.

"Depois que o cara gasta oitocentos dólares numa calça de couro, você quer dizer?"

Mordo a bochecha para não sorrir. "Me deixa adivinhar. São de marca? Da Saks."

Ele levanta o canto da boca. "Acertou na mosca. Eu não sabia onde mais procurar."

Balanço a cabeça. "Claro que não. Continua. O que acontece depois que Ethan-barra-Tyler gasta uma quantidade obscena de dinheiro em roupas que nunca mais vai usar?"

"Bom, parece que ele nem chega a guardar o cartão de crédito. Porque ele compra uma passagem de avião para a cidade de Charlotte."

Mordo a bochecha mais forte. "De executiva, imagino."

Ethan inclina a cabeça. "Não sabia que havia outro jeito de viajar. Se tem outra pessoa usando o jatinho, digo."

"Tá, então o herói esbanjador do nosso filme vai para Charlotte porque...?"

"Sinceramente, Kendrick, é como se você nunca tivesse ido ao cinema. Ele vai para Charlotte porque é onde a garota dele está."

"Mas, se é a garota dele, por que ela está em Charlotte?"

Com um passinho, Ethan chega mais perto de mim, e desta vez eu não recuo. "Porque ele foi um babaca. Fodeu com tudo. Completamente."

Ele nem se preocupa em baixar a voz. Percebo que todos os convidados estão imóveis, assistindo aos desdobramentos. Me pergunto se Ethan tem ideia de quão cinematográfico é isso.

"E ele achou que a desculpa soaria melhor com um pouquinho de couro?"

Ethan tira a jaqueta e sobe a manga para mostrar o bíceps. "E isso."

Fico embasbacada. "Você fez uma tatuagem? De um pombo?"

"Bom, queria fazer um corvo, mas achei que seria pouco original."

"Ethan, pombos nem são pássaros. São ratos gigantes dos céus."

"Mas são bem nova-iorquinos. E achei essa bonitinha. O nome dela é Gótica."

Levo as mãos ao rosto, tentando descobrir se quero rir ou chorar. "É melhor você ir, Ethan. Por favor."

Ele tira as mãos do meu rosto, levando-as ao seu peito, me puxando para mais perto.

Qualquer sinal do Ethan despretensioso desaparece. Há uma urgência em seus olhos enquanto observa minhas feições. "Não é assim que acaba, Kendrick. Primeiro ele tem que se desculpar. Então, ele diz que estava errado, que foi um idiota. Ele diz que não se importa se ela decidir ir jantar nos pais dele com uma capa de veludo. Que não se importa se as botas dela vieram de um museu de guerra. Que não se importa se quiser ir de moletom à ópera ou de calça a um casamento, ou se quiser delinear os olhos com canetinha preta. Ele diz que estava completamente errado em dizer que ela não tinha coragem, porque a verdade é que não estava disposto a encontrar ela no meio do caminho."

"Ethan..."

Ele leva os dedos aos meus lábios, fechando os olhos brevemente. Quando volta a me olhar, a emoção que vejo ali me atinge com toda a força.

"Eu não mudaria nada em você, Stephanie", Ethan diz, parando com o fingimento de que se trata de um filme ou de qualquer outra coisa que não sobre nós dois.

Abaixo a cabeça, com medo de encará-lo. "É fácil falar agora", digo. "Ninguém aqui conhece você, seus amigos e familiares não precisam testemunhar esse excesso de couro que você está usando."

Ele pega o celular do bolso de trás da calça. "Eu sabia que diria algo do tipo. Então fiz *isso*. E isso. E isso..."

Fico estupefata conforme ele passa pelos diferentes aplicativos de redes sociais no celular. Meu cérebro mal consegue processar o que vê. "Você mudou todas as suas fotos de perfil para uma de si mesmo vestido *assim*?"

"Mudei", Ethan confirma, orgulhoso. "E passei na casa dos meus pais. Achei que eles mereciam ver ao vivo. E tenho que dizer que essa calça é extremamente desconfortável, mas vou usar todos os dias, em todas as aulas, em todas as festas da fraternidade, se significar que você vai voltar pra mim."

"Por quê?", pergunto. "Esse não é você."

Ele abre um sorrisinho pra mim enquanto acaricia minha bochecha com o dedão. "Ainda sou o mesmo cara, não importa minha aparência. E você é a mesma garota."

"Você não me quis", sussurro.

Ethan fecha os olhos brevemente. "Quis, sim. Ainda quero. Só fiquei com medo e fui burro. Idiota." Ele abre os olhos. "Eu te amo, Stephanie. Do jeito que você é. Pode usar rosa, preto ou um monte de penas. Isso não vai mudar como me sinto a seu respeito."

Sinto meu coração explodir. De alegria. De medo. De esperança.

"Seu círculo não vai me aceitar", sussurro, jogando a última carta em que consigo pensar.

Ele dá de ombros. "Então vamos achar gente nova."

"Mas seus pais..."

"Meus pais gostam de você. Além disso, têm suas próprias questões com que lidar."

Ele segura meu rosto nas mãos agora, e fico aliviada ao notar que, mesmo não parecendo o meu Ethan, ainda tem o cheiro dele.

Deixo meus dedos agarrarem sua camisa. "Meu roteiro não tem um final feliz."

Os dedos ficam tensos, e há um lampejo de pânico em seus olhos castanhos. "Não?"

Balanço a cabeça em negativa.

Ele descansa a testa na minha, seus olhos suplicantes. "E que fim vamos escolher? De filme independente ou de comédia romântica?"

"Depende", digo, com a voz áspera. "Essa tatuagem é de verdade?" Ele evita meus olhos, e eu sorrio. "Não achei que fosse. E o piercing?"

Ele pigarreia, culpado. "De pressão."

Ainda bem.

Apoio a mão em sua bochecha. "Nesse caso... escolho o final feliz."

Vejo um princípio de sorriso, então sua boca está na minha e meus braços estão em volta dele enquanto me levanta e me gira.

Quando meus pés voltam a tocar o chão, estou ciente de que todo mundo olha pra gente com um sorriso bobo no rosto. O único jeito de ficar mais meloso seria se começassem a aplaudir, o que ninguém faz, e sou grata por isso. Não posso dizer que imaginei que um dia seria o centro das atenções na Carolina do Norte, ao lado de um cara que tenho quase certeza de que possui um taco de polo em algum lugar do armário. Mas estou adorando.

Quando meu olhar cruza com o de Chris, ele me faz sinal de positivo. Sorrio para ele antes de encontrar meu pai e Amy. Ela enxuga os olhos enquanto abre um sorriso pálido para mim. Meu pai faz um sinal de o.k. todo torto. Clássico pai desajeitado.

Família, penso, enquanto meus olhos se enchem de lágrimas.

Ethan aperta minha mão, e eu sei que ele entende. Entende que me devolveu a vida.

"Eu te amo", sussurro.

"Por favor, Kendrick. Como se eu não soubesse."

Quero falar mais. Que sinto muito também. Que ele estava certo sobre eu ser uma tonta assustada, e que eu usei aquela porcariada preta toda aquele dia para afastá-lo, porque era mais fácil que encarar os problemas.

Olho para ele, que pisca para mim. Então me dou conta. Ele já sabe disso. E me perdoa.

Porque me ama.

Sorrio de volta para ele. "Isso só confirma o que tenho dito o tempo todo. Você é um *péssimo* Pigmalião. Em nenhuma parte do mito ou de qualquer um dos filmes inspirados nessa história ele aparece com couro, chicote e todo o resto."

"Bom, provavelmente porque nenhum dos outros Pigmaliões sabia como calças de couro são confortáveis. E não deviam ficar tão bem nelas."

Dou risada, sabendo que nunca vou me cansar dele. Nunca vou me cansar da gente.

O celular dele vibra, e Ethan o pega. Aproveito para ir buscar alguma coisa para ele beber. Todo mundo nos dá espaço, embora eu saiba que é só uma questão de tempo até que Amy venha querendo saber os detalhes e meu pai comece a perguntar a Ethan quais são suas intenções.

Ele agradece distraído quando lhe entrego uma cerveja. Levanto a sobrancelha diante da expressão confusa em seu rosto enquanto encara a tela.

"Me deixa adivinhar", digo. "O pessoal do clube de campo *amou* o novo visual."

Ele levanta o olhar. "Era um e-mail do Martin."

Preciso de um segundo para compreender. "Do professor Holbrook?"

"É. Ele leu o roteiro e amou. Tomou a liberdade de mostrar para o agente, que também amou, e quer oferecer a algumas pessoas."

Meu queixo cai. "Você não pode estar falando sério."

"Parece que Tyler e Kayla estão destinados às telonas."

"Com uma condição", digo, ficando na ponta dos pés para esfregar meus lábios nos dele.

"Qual?"

"Tem que abrir com o aviso de 'baseado em fatos reais'."

"Tá. Essa é sua exigência. Eu vou pedir pra fazer uma ponta."

"Sério? Porque desconfio que você vai estar ocupado demais tentando sair dessa calça. É uma pintura corporal ou..."

Ele me beija para me calar.

E é melhor que qualquer beijo de cinema.

Agradecimentos

Como sempre, devo muito à minha agente, Nicole Resciniti, por me apresentar aos livros para jovens adultos, por insistir com toda a gentileza que eu escrevesse um e por segurar minha mão o tempo todo. Você é a melhor.

A Sue Grimshaw, que teve fé neste livro desde o começo, mesmo quando era pouco mais do que um esqueleto de capítulo e uma semente de ideia. Obrigada.

E aos leitores incrivelmente dispostos por aí que amam os romances para jovens adultos tanto quanto eu. Seu entusiasmo inabalável pelo gênero é o que me faz seguir em frente.

TIPOGRAFIA Adriane por Marconi Lima
DIAGRAMAÇÃO Osmane Garcia Filho
PAPEL Pólen Soft, Suzano S.A.
IMPRESSÃO Lis Gráfica, fevereiro de 2022

A marca FSC® é a garantia de que a madeira utilizada na fabricação do papel deste livro provém de florestas que foram gerenciadas de maneira ambientalmente correta, socialmente justa e economicamente viável, além de outras fontes de origem controlada.